KB073869

우리 구전설화

이 복 규 엮음

지식과교양

머리말

우리 이야기 전공자로서 종종 구전설화를 채록했습니다. 혼자 채록한 것도 있고, 학생들 또는 동료 연구자들과 함께 한 것도 있습니다. 그 가운데 이강석 할아버지의 구전설화는 따로 책을 묶어서 냈고, 나머지 것들은 미처 손대지 못하다, 이번 여름방학에 정리했습니다.

지역을 헤아려 보니, 남한 전역을 망라했습니다. 전라도, 충청도, 경상도, 강원도, 경기도, 제주도. 그곳 출신이거나 거기 사는 분들의 이야기입니다. 대부분 채록한 그대로 옮겨 적으려 노력했지만 윤문한 데도 있습니다. 특히 어릴 때 들었던 우리 할아버지(이순필 님)의 이야기는 내 일기에 줄거리만 메모한 것이라 다듬을 수밖에 없었습니다.

대부분의 설화집과는 달리, 줄거리를 따로 적지는 않았습니다. 그 대신 제목에 중요한 특징을 드러내려 노력했습니다. 아울러 본문 바로 앞에 핵심어(키워드)들을 적어, 이야기의 성격, 내용, 특징을 미리 파악하게 했습니다. 어쩌면 줄거리 제시보다 이것이 더 효과적일 수 있다는 판단 때문입니다. 이야기 배열 순서는 제보자별, 채록 순서별, 이 두 가지만 고려했습니다.

이 책의 제목을 '우리 구전설화'라 했습니다. 북한 지역이 빠져서 서운하지만, 우리 한국 설화를 대표할 만한 이야기들이 그런 대로 갖추어져 있다고 여겨지기 때문입니다. 무엇보다도 아직까지 이런 제목으로 나온 책은 없어서 이렇게 했습니다. 24번 〈장사 철수 이야기〉는 아주 장편으로서 여러 요소를 아우른 아주 흥미진진한 모험담인바 애니메이션 소재로 딱입니다. 다른 이야기들도 스토리텔링의 좋은 원천 자료들입니다.

우리 이야기는 언제 듣고 읽어도 좋습니다. 재미있는 가운데 삶에 대한 통찰력이 번득여, 한결 편안하고 넉넉한 마음으로 세상살이를 하게 만들어 줍니다. 고등학교 때부터 최근까지 기록하거나 채록한 이야기 보배들을 세상과 나누게 해주신 지식과교양사 윤석산 사장님의 후의에 깊이 감사합니다.

2017년 7월

이복규

우리
구전설화

01

가난한 집 쥐와 부잣집 쥐의 대결

*핵심어 : 가난, 쥐, 부자, 쥐들의 패싸움, 동물보은, 금덩이

어떤 사람이 가난하게 살았다. 어느날 밤 가만히 보니 집안에 사는 쥐 수십 마리가 총집결하는 것이 아닌가. 흰 쥐가 지휘하는 가운데 어디론가 주욱 나가는 것이었다. 따라가 본즉 그 동네 갑부인 장씨 집 근처의 평평한 곳에 진을 쳤다. 그러자 이번에는 장씨 집에서 수십 마리의 쥐가 나왔다.

두 진의 쥐를 보니, 이 사람네 집 쥐는 바짝 말라서 갈비뼈만 앙상하고 시들시들한데, 장씨 집 쥐는 살이 쪄서 포동포동하니 기름이 번질번질하고 기운이 넘쳐나는 듯했다. 싸움이 벌어졌다. 승패는 뻔한 것. 이 사람네 쥐들 가운데 몇 마리의 전사자가 나오고 나서 패전하여 퇴진하는 것이었다.

이를 지켜본 이 사람은 자기 가난한 것은 깜박 잊고 자기 집 쥐들이 지는 것을 보니 화가 버쩍 났다. 그 길로 장씨 집에 가서 벼 10섬을 빚을 내서는 자기는 안 먹고 곡간에 풀어놓아 쥐를 먹였다. 그집 쥐가 실컷 잘 먹어서 강아지만 해졌다.

그후 장씨 집 쥐와 다시 혈전이 벌어졌다. 이번엔 장씨 집 쥐가 패전하였다. 그날 밤 승리에 도취한 이 사람네 집 쥐들이 공론을 벌였다.

"우리집 주인이 가난한 가운데서도 우리를 먹여서 오늘의 대승리를 가져왔으니 은혜를 갚자. 들으니 장씨가 베고 자는 베개 속에 금덩이라 들어있다 한다. 그걸 가져다 드리자."

어느날 장씨가 외출한 사이에 이 사람에 집 쥐들이 나가서 그 베개를 쏠고는 금덩이를 가져왔다. 그래서 이 사람은 잘 살았다고 한다.

제보자 : 이순필(1915년 출생. 전북 익산 거주. 1972.12.31 채록. 일기에 메모해 두었던 것을 정리한 것임)

02

효도하여 임진란에 무사히 지낸 변씨

*핵심어 : 임진란, 피란, 효도, 왜적의 감동

조선 선조, 임진란이 일어났을 때의 일이다. 변씨란 사람이 피란을 가고 있었는데 늙은 부모를 모시고 있었다. 효성 깊은 변씨는 부모를 모시고 천천히 피난을 가다가 그만 왜병이 오는 오른쪽으로 가는 바람에 잡혔다.

잡히기 직전, 변씨는 부모의 짚신이 다 해어져 신을 삼고 있었다. 왜적 대장은 변씨가 노쇠한 부모를 안 버리고 온 사연을 듣고는 놓아주었다. 부하들에게 변씨의 집은 노략하지 말라고 경고장까지 내렸다. 그 덕분에 변씨는 임진란 가운데서 편히 지낼 수 있었다.

부모에게 효도해야 한다.

제보자 : 이순필(1915년 출생, 전북 익산 거주. 1972.12.15 채록. 메모한 것을 정리한 것임)

03

친구 도와주어 동학란에 무사하기

＊핵심어 : 벼베기, 친구의 부탁, 친구 돕기, 동학난, 보은, 피란

　용안에 사는 아무개가 가을철에 햅쌀을 먹으려 논에 나가 벼를 베고 있었다. 다섯 못째 베고 있는데, 너머에 사는 친구 아무개가 와서는 부탁하였다.

　"우리 부모님이 아파 누워계셔서 죽 좀 끓여드려야 하겠네. 미안하네만 그 벼 다섯 못만 주소."

　보통 사람들은 새로 베어서 주었겠지만, 아무개는 그 말을 듣는 즉시 자기가 베어놓은 다섯 못을 친구에게 주었다. 그후에 동학난이 일어났다. 벼를 빌려간 그 친구는 동학군의 대장이 되었다. 그 대장은 부하들에게 명령하였다.

　"용안 아무개 집의 재물을 노략질하면 사형이다."

　이래서 아무개는 동학란 때도 대문을 열어놓고 살았다고 한다.

　벗에게 인심 잃지 말아라.

제보자 : 이순필(1915년 출생, 전북 익산 거주. 1972.12.15 채록. 메모한 것을 정리한 것임)

04

돈 안 빌려주었다가 죽은 장사꾼

*핵심어 : 불한당, 장사치, 돈 안 빌려주기, 보복

어느 봉놋방에 장사치들이 투숙하고 있었다. 갑자기 불한당들이 쳐들어와 재물을 털었다. 그 불한당 중의 하나가 방안에 있던 장사치 가운데 아무개를 보더니 앞으로 나오라고 하였다. 그러고는 물었다.

"돈 50전이 크냐, 네 목숨이 크냐?"

이렇게 묻고는 계속하여 말하였다.

"예전에 내가 사정이 아주 급해 너더러 50전쯤 꿔달라고 했더니 안 줬지?"

이러고는 칼로 쳐서 죽였다.

제보자 : 이순필(1915년 출생, 전북 익산 거주. 1972.12.15 채록. 메모한 것을 정리한 것임)

05

단명한 이율곡

*핵심어 : 율곡, 단명할 사람 연명하기, 저승사자 대접하기

하루는 율곡 선생의 아버지가 율곡더러 말했다.

"내 친구의 독자가 죽었단다. 13세인데 죽었단다. 만약 내 생명과 바꿀 수만 있다면…."

이러면서 탄식하고 슬퍼하였다. 그러자 율곡이 말했다.

"그럼 아버지, 밥 세 그릇을 해서 어느 길가에 가서 놓고 숨어서 기다려 보셔요."

율곡의 부친은 그대로 하고 기다렸다. 그러자 저승사자 3명이 지나가다가 배고프다면서 율곡 아버지가 차려놓은 밥을 다 먹고 나서 이렇게들 말했다.

"우리가 이 은혜를 갚아 그 애를 살려야 할 텐데, 그 대신 누구의 수명을 감할꼬?"

"이렇게 한 것은 다 율곡의 짓이니, 마땅히 율곡의 수명을 10년 감해서 이 아이한테 주면 23세까지 살 수 있으니, 그만하면 장가가서 자손을 퍼뜨릴 수 있을 것이야."

그러나 저승사자들이 주고받는 말이 율곡 아버지의 귀에는 안 들렸다.

아니나다를까, 그 아이는 살아났고 율곡 아버지는 떨듯이 기뻐했다. 그러자 율곡이 사실을 말했다. 율곡 아버지는 10년 감수는 과했다며 서운해 했다.

만약 율곡이 10년만 더 살았더라면 임진란은 그렇게 우리가 크게 피해를 입지 않았을 것이다. 조선의 운이 안 좋아서 율곡이 일찍 죽었다.

제보자 : 이순필(1915년 출생. 전북 익산 거주. 1972.12.15 채록. 메모한 것을 정리한 것임)

06

호묘하인곡비(虎墓下人哭碑)

*핵심어 : 가난한 선비, 중으로 변신한 호랑이, 호식당할 사람 구하기, 3대 독자

전남의 어느 가난한 선비가, 평양갔던 친구가 부자가 되었다는 말을 듣고는 아내한테 말했다.

"평양에 갔다 올 테니 그 사이에 집이나 잘 지키시오."

얼마쯤 가다 중을 만났는데, 마침 평양까지 간다고 해서 동행하였다.

여관에 투숙하면 그 중이 투숙비를 다 내었다. 한 가지 이상한 것은, 자다가 가만히 살펴보면 사람이 아닌 호랑이였다. 그러나 그는 내색을 않았다.

여러 날이 걸려 평양에 거의 왔을 때 어느 산에 이르렀다. 그때 선비가 말했다.

"좀 쉬었다 갑시다."

호랑이가 물었다.

"당신은 내가 사람인 줄 아시오?"

선비는 모르는 척 시치미를 뗐다.

"사람이지 뭐요?"

"나는 지리산 호랑이오. 지리산 신령의 명으로 평양 제일 부자인 이방의 3대 독자를 잡아먹고 오라고 해서 지금 가서 내일쯤 먹으려 하오."

이러면서 어슬렁어슬렁 산속으로 사라졌다.

호랑이와 이별한 선비는 친구네 집에 가려던 생각은 까마득히 잊어버리고, 이방 집에 가서 호랑이와 주고받은 이야기를 해주었다. 이야기를 들은 이방은 선비의 말대로 집안팎 경계를 삼엄하게 했다. 강한 재목을 사다 높다랗게 담을 쌓고, 군데군데 횃불을 피우고 병사들을 시켜 지키게 하고, 돼지를 갖다 묶어놓았다. 아들은 방에서 못 나오게 하고, 그 방문에 재목으로 빗장을 질러 놓았다.

한밤중, 아닌게 아니라 호랑이가 나타났다. 담이 높다랗자 호랑이는 포효를 하였다. 그러자 병사들은 놀라 달아났다. 선비가 호랑이더러 말했다.

"아무리 신령의 명이라지만 남의 집 3대 독자를 없애서 쓰겠습니까? 밖에 놓아둔 돼지나 먹고 가십시오."

그러자 호랑이는 하릴없이 돼지를 먹고 사라졌다. 이러자 이방은 선비의 말이 사실임을 알고는 그 선비를 못 가게 하고 3년간 먹였다.

3년이 되자 집 생각이 너무나도 간절하여 이방한테 말했다.

"이제 집에 가야겠습니다."

"그럼 가 보세요."

선선히 허락한 이방은 타고 가라면 나귀 한 마리를 주고 가는 데 필요한 차비만 주는 것이었다. 서운하지만 선비는 두말없이 나섰다. 그런데 이게 웬일인가. 그 호랑이가 중이 되어 집앞에 웅크리고 앉아 있었다. 중이 말하였다.

"네 이놈! 너 때문에 신령의 말을 어겨 난 지리산에 못 들어가고 귀양살이를 하고 있다. 내 너를 잡아먹겠으니 원망 말라. 먹기 전에 네 몸 수색부터 먼저 하자."

이러면서 몸을 수색하였는데, 집에 갈 노비밖에는 없자, 호랑이가 말했다.

"네가 돈에 눈이 어두워 이방에게 일러바친 줄 알았더니, 너는 아주 착한 사람이구나. 내 너를 죽일 수가 없구나. 하지만 난 지리산엔 이젠 다시는 못 들어가니 죽은 목숨이다."

이러면서 곤두박질하면서 뻗었다. 큼직한 호랑이였다. 즉시 이방을 찾아가 그 사실을 말하고 묘를 만들어 주고 비석에 이렇게 새겼다.

'호묘하인곡비(虎墓下人哭碑 : 호랑이 무덤 아래에서 사람이 곡을 하는 비)'

그길로 고향에 내려왔더니, 그 사이에 이방이 내려준 재물로 큰부자가 되어 있었다.

제보자 : 이순필(1915년 출생, 전북 익산 거주. 1972.12.15 채록. 메모한 것을 정리한 것임)

07

모양산 계화춘
-단명할 손자 명 늘여준 평안감사-

✳핵심어 : 평안감사, 단명, 점쟁이, 모양산, 계화춘, 보복, 연명

평안감사였던 홍판서라는 사람이 손자를 보았다. 사주를 보나 점을 쳐보나 손자가 단명하겠다고 한다.

하루는 글자를 풀어 점치는 것으로 유명한 사람이 있어서 찾아갔다. 그 사람은 점치기를 다하고 나서는 종이에다 이렇게 썼다.

'모양산 계화춘'

이것을 주면서 이렇게 말하였다.

"언제나 이걸 품속에 품고 다니시오."

그후, 이 손자가 성장하여 평안감사가 되어 부임하던 날이었다. 방에 앉아 앞을 내다보니 푸른 산이 보여 아전에게 산 이름이 무엇인지 물었더니 '모양산'이라고 했다. 그 말을 들은 감사가 느낀 바가 있어 육방관속에게 명을 내렸다.

"오늘 밤 무슨 일이 나면 나한테 보고할 것이며, 자지 않고 있다가 내가 부르면 대령하라."

한밤이 되자 인적은 고요한데 대문을 넘어 웬 여자가 쏜살같이 감

사 방문 앞에 들어섰다. 감사가 놀라서 물었다.

"야밤에 웬 아낙네요? 이름을 대시오."

그러자 그 여인이 대답하였다.

"에, 제 성은 계요, 이름은 화춘입니다."

이 말을 들은 감사는 이 여자가 바로 자기를 죽일 여자라는 걸 알고는 즉시 육방관속을 불러 그 여자를 묶었다. 그리고는 물었다.

"어째서 네가 나를 죽이려고 하느냐?"

그 여자가 대답하였다.

"숨겨서 무엇하겠습니까? 실은 제 아버님이 감사님의 할아버님이 이곳 감사로 계시던 시절에 죽임을 당했습니다. 저는 아버지의 독녀였고요. 그래서 그 원수를 갚기 위해 감사를 죽이려 한 것입니다."

이 말을 들은 감사가 말했다.

"듣고 보니 너는 효녀다. 내 감사로서 효녀를 죽일 수는 없다. 자, 나를 죽여라."

이러면서 그 여자를 풀어주자 그 여자가 감히 손을 쓰지 못하고 칼을 내던지며 말하였다.

"감사님의 태도에 감복했습니다. 제 아버님은 잘못이 있어서 돌아가셨지 무고히 돌아가시지 않았을 것입니다. 그런데도 무조건 선하신 감사님께 원수를 갚으려던 저의 철없는 소견을 버리고 잘 살겠습니다."

이러면서 물러갔다. 이래서 그 감사는 60살까지 평양감사를 지내다 명대로 살았다고 한다.

제보자 : 이순필(1915년 출생, 전북 익산 거주. 1972.12.15 채록. 메모한 것을 정리한 것임)

08

대원군의 당백전

*핵심어 : 대원군, 경복궁 공사, 당백전

때는 조선 대원군의 섭정시절. 경복궁 공사비가 모자라자 지금의 지폐와도 같은 당백전을 통용시켰다. 그리고 그 돈으로 물자를 사서 경복궁을 완공하고는 그 돈의 사용을 금했다. 이래서 많은 상인들이 쫄딱 망했다. 여기에 얽힌 이야기가 있다.

어떤 상인이, 당백전 사용이 금지되는 날 새벽, 장날이라 길을 가는데, 웬 사람 셋이 가면서 이야기를 나누는 것이었다.

"오늘 점심 전에 장터에서 돈을 쓰는 사람은 잘 쓰는 사람이지만, 오후에는 돈을 못 쓰게 되니 버린 사람이지."

이 말을 들은 상인은 급히 집에 가서 지금까지 모은 당백전을 모두 갖고 가서 장에 있는 물건을 조조리 사들였다. 오후에 당백전 사용이 금지되자, 다른 상인들은 다 망하고 이 사람은 부자가 되었다.

이때 상인들이 집에 가다 다리위에서 신세타령하면서 울자, 어떤 놈이 지나가다 그 연유를 묻고는 이렇게 말했다.

"대감 망한 것은 대원군이요, 돈 망할 것은 당백전이다."

이러고는 내뺐다. 사령들이 이놈을 잡으려 소란을 피웠다.

제보자 : 이순필(1915년 출생, 전북 익산 거주. 1972.12.31 채록. 메모한 것을 정
　　　　리한 것임)

09

재로 동아줄 꼬기
-아이의 지혜-

＊핵심어 : 왕이 낸 난제, 아이의 지혜

조선시대, 어느 왕이 나라 백성에게 질문서를 보냈다.

"재로 서 말의 동아줄을 꼬아 바치라."

담당관원이 팔도를 다 다녀도 그 문제를 푸는 자가 없었다. 돌아다니던 끝에 비가 와서 어느 초라한 집에 비를 피해 들어갔다. 어린아이 하나가 혼자 있다가 옆집에서 벼를 찧던 그 어머니가 부르며 빗자루를 가져오라고 하자, 강아지에 묶고는 어머니한테 말했다.

"어머니, 강아지 불러요."

강아지가 어머니한테 가니, 비를 맞지 않고 어머니 심부름을 하고 자기는 안 가도 되는 게 아닌가.

이를 본 관원은 그 아이의 재능이 쓸 만하다고 생각되어, 그 문제를 들이밀었다. 아이는 한참 생각하더니, 이렇게 말하였다.

"재로 동아줄을 꼴 수는 없고요, 진짜 동아줄 서 발을 꽈서 그걸 항아리에 묶은 채 태워 재로 만들어서 바치면 됩니다."

그 말대로 보고하자 임금이 매우 좋아하였다.

제보자 : 이순필(1915년 출생, 전북 익산 거주. 1972.12.31 채록. 메모한 것을 정
리한 것임)

10

박문수의 가짜 외삼촌

*핵심어 : 암행어사 박문수, 가짜 외삼촌, 생침 맞기

박문수 어사가 전라도에 내려오니 어느 집 문패에 이렇게 씌어 있었다.

'박문수 외삼촌 집'

박어사가 괴이하게 생각하여 그 주인더러 물었더니 이렇게 대답하였다.

"제가 이곳에서 애써 돈 벌었더니, 이 고을 관장들이 가끔가끔 윽박질러 돈을 뺏어갔습니다. 그꼴 보기 싫어 이렇게 박문수 어사의 이름을 써먹게 되었습죠."

이 말을 들은 박어사가 말했다.

"내가 박문수요. 금명간 출도하여 이방을 통해 당신을 부르면 이렇게 말해시오. '삼촌을 조카가 부르다니….'하며 오지 마세요. 형리가 와도 오지 말고, 고을 좌수가 오면 못 이기는 체하고 오세요."

그러고는 즉시 어사출도한 다음, 박 어사가 육방관속에게 말하였다.

"내가 나라일로 바빠 이 고을 우리 삼촌을 오랫동안 뵙지 못했으니, 그분을 모셔오라."

그러고는 그 사람이 오자 반가이 나가 맞았고, 이래서 이 사람은 그만 금세 진짜 양반이 되었다.

그후 박 어사가 서울에서 대감들과 얘기를 나누다가 이 이야기가 나왔다. 성미가 괄괄한 박 어사의 동생이, 그 사람을 죽여 버리겠다며 뛰쳐나갔다. 박 어사가 급히 사람에게 편지를 띄웠다.

'일이 이렇게 되었으니, 네가 알아서 처리하라.'

이 편지를 받은 사람이 급히 대책 세우기를, 장정10여명과 침장이 몇 명을 불러 술을 먹여 숨겨놓았다.

드디어 박 어사의 동생이 와서 죽이려고 하자, 숨겨놨던 사람들을 불러 묶게 하고는 말했다.

"이게 내 조카요. 미친 병이 있어 침으로 낫게 해주면 보상하리다."

이리하여 생침을 수십 번 맞아 거의 죽을 지경이 되자 살살 빌기 시작하였다.

"삼촌, 살려주쇼."

그러자 박 어사가 말했다.

"아주 싹 낫게 해 주오"

계속 침을 맞아 정말 죽을 지경이 되자 다시 빌었다.

그러자 용서하며 놓아주자 혼비백산하여 서울로 내뺐다. 어사가 물었다.

"전라도 간 일은 어떻게 됐나?"

"아이고 그놈 사람 죽일 놈입데다."

"허허, 내가 그 사람의 사람됨을 보고 삼촌 삼았지, 그냥 헛일 한 게 아니다."

　이래서 그 사람을 벼슬시켜주었다는 이야기다.

　제보자 : 이순필(1915년 출생, 전북 익산 거주. 1972.12.31 채록. 메모한 것을 정
　　　　　리한 것임)

개땅쇠의 유래

*핵심어 : 태조 이성계, 즉위 허락, 산신, 지리산신, 불복산, 각땅, 개땅

옛날, 이 태조가 팔도의 산신들을 찾아다니며 자신이 왕위에 오르는 것을 허락해 달라고 빌었다. 다른 7도 산신은 다 허락하였는데, 마지막으로 전라도 지리산신한테 가서 빌자, 지릿한 산신이 말하였다.

"나는 전라도에 속한 산이지만 대부분은 경상도에 속하므로 임의로 승락하지 못하겠소."

그러자 이태조는 이 산을 '불복산(不服山)'이라 하면서 이렇게 선언하였다.

"이 산은 나하고는 각산(各山)이고, 이 땅도 각 땅이다."

그후 세월이 흘러 각땅이 '개땅'으로 바뀌었다고 한다.

제보자 : 이순필(1915년 출생, 전북 익산 거주, 1972.12.31 채록. 메모한 것을 정리한 것임)

12

임진란을 무사히 지낸 비결

＊핵심어 : 임진란, 산속, 신의 시험, 피란

임진란 때 어느 사람이 산속으로 피신해 들어갔다. 웬 남자 여섯이 살고 있었다.

매일 함께 밥 먹고 인사 한마디 없이 살았다. 어느 날 저녁 잠을 자는데 그중 한 사람이 일어나 그 사람을 불러내 목에 칼을 들이대고 말했다.

"저기 자는 다섯 명이 억만장자다. 당신과 내가 저 사람들을 죽이고 같이 부자가 되자."

"내가 이렇게 신세를 겼는데, 어찌 그럴 수 있겠소? 차라리 나를 죽이시오."

"그게 정말이오?"

이러면서 다시 방으로 돌아와서는 자는 사람들을 깨우고는 이렇게 말하였다.

"이 사람도 우리와 같이 있을 만한 사람이오."

이래서 이 사람들은 임진란을 무사히 피하였다고 한다.

제보자 : 이순필(1915년 출생, 전북 익산 거주. 1972.12.31 채록. 메모한 것을 정
    리한 것임)

13

정만인과 해인(海印)

＊핵심어 : 대원군, 정만인, 해인, 해인사

대원군이 아들을 낳기 전에 정만인이란 자가 와서 말했다.

"어느 정승의 묘비들 들어내고 당신 아버지의 유골을 넣으면 그 달로 그 아내가 태기가 있어 낳을 아이가 왕이 될 것이오."

하였다.

대원군이 그 말대로 하여 고종을 낳았다. 고종이 13세에, 철종이 죽고 아들이 없자, 그 양자로 들어가서 왕이 되었다.

고종이 어리자 대원군이 대신 정치를 하였다. 이에 정만인의 예언이 맞았음을 알고 정만인에게 소원을 말하라 하자 말했다.

"난 원래 중이므로 합천 해인사에 가서 절이나 구경하렵니다. 그런데 대감님의 상을 보니 살(殺)이 있으니 만인을 죽여야 합니다."

이 말을 들은 대원군은, 정만인이 한 말이 '정만인 자신'을 죽여야 한다는 진의를 모르고, 애매한 천주교 신자 만 명을 죽였다. 그 길로 정만인은 해인사에 가서 고려 태조 왕건이 숨겨놓은 해인을 빼가지고 동해로 도망쳐 숨어버렸다.

제보자 : 이순필(엮은이의 조부. 1915년 출생. 전북 익산 거주. 1972.12.15 채록.
메모한 것을 정리한 것임)

14

유조(留鳥) 풍습
-사금갑-

*핵심어 : 신라, 새가 전한 쪽지, 수수께끼, 후궁의 간통, 궤짝, 활쏘기

신라 무슨 왕때인지 하루는 새 한마리가 날아와 쪽지를 떨어뜨렸다.

"쏘면 두 사람이 죽고, 안 쏘면 한 사람이 죽는다."

그 의미가 무엇일지 신하들과 이야기 나누었으나 아무로 몰랐다. 하진만 왕의 예감에, 자꾸만 그 한 사람이 자기일 것만 같았다.

사실인즉 그 왕의 후궁 하나가 어떤 사내와 상관해서 그날밤 그 왕을 쳐 죽이려 궤짝 속에 들어 있었다. 드디어 왕이 결단을 내렸다. 신하들은 두 목숨을 살리고 한 목숨이 죽는 게 낫다고 했다. 화살을 쏜즉 아닌게 아니라 놈도 죽고 궁녀도 죽었다.

그후로 그 새를 기리려고 한 풍습이 생겼다. 이를 '유조(留鳥)'라 한다.

제보자 : 이순필(1915년 출생, 전북 익산 거주. 1972.12.31 채록. 메모한 것을 정리한 것임)

우연히 왕후의 병을 고친 김은진

＊핵심어 : 김은진, 서울 가는 길, 여관방, 우연히 병 고치기, 평민이 원님 되기

김은진이 서울 가는 길이었다. 여관방 아낙네가 쌀뜨물을 내버리면서 이러는 것이었다.

"두부 먹고 체한 데는 이게 최고지."

서울에서는 마침 민 중전이 두부 먹고 체했다. 김은진은 정릉 집에서 하룻밤을 묵었다.

'그럼, 내가 민 중전을 낫게 해야지.'

김은진은 약에다 뜨물을 넣었다. 백약이 무효더니 그걸 먹고 완쾌되었다.

"무슨 소원이 있으면 말하라."

"예, 은진 고을 원을 하고 싶습니다."

"그 이유는?"

"소인이 은진에서 농사를 짓고 있는데, 아전들이 어찌나 간섭하는지 물대기가 귀찮았습니다요."

김은진이 원님이 된 후로 아전들이 꼼짝 못해 은진은 좋은 고을이

되었다고 한다.

제보자 : 이순필(1915년 출생, 전북 익산 거주. 1972.12.31 채록. 메모한 것을 정
리한 것임)

16
우연히 남의 병 고친 동생

*핵심어 : 형제, 몸의 때로 환약 만들기, 정승 아들 살리기

　　옛날 옛적에 형제간이 사는데, 형은 잘 살고 동생은 못 살어. 그러
믄 형한테서 뭣을 달라면 안줘. 그려서, 허다 허다 못혀서, 나갔어. 동
생이 나간 거여.

　　나갔더니, 어느 정승네 집에를 갔더랴. 갔더니 정승이 아들 외아들
을 뒀는디, 그 사람이 죽게 되얐어. 그 병을 낫울라고 사람이 수수십
명이, 안다는 사람이 왔다 그 말여. 왔는디,

　　이 사람이 거기를 떠억 당하닝게, 그런 일이 있더랴. 그려서 들어가
본게 대우를 잘허드랴. 저녁을 먹고서, 저녁은 잘 얻어먹었지. 잘 얻
어먹고서 앉었응게, 이 사람이 뭐 암것도 몰르거등?

　　그런디, 개가 한 마리 마당에 돌아다니더랴.

　　"그러면 저 개를 잡으라고. 개를 싹 잡어서 나 고아달라고."

　　그려서, 주인이 개를 안 잡겠어? 개를 싹 잡어서 주는디,

　　"다른 사람은 일절 하나도 주지 말고, 하나도 주지 말고, 그그다 팍
고아서 나를 달라고."

그렇게, 거그다 불을 땡게 방이 뜨걸 거 아니냐? 방이 훅신훅신 뜨
겅게, 그놈을, 개국을 먹고, 자기 혼자. 먹고, 잘못허믄 죽은게.

[조사자: 웃음]

[조사자 : 병 못 고치면 죽지]

응 그려서, 먹고서, 앉었웅게 몸에 땀이 날 거 아니냐 그 말여. 땀이
펄펄 나는디, 이렇게 문댄게 막 때가 나와서, 환을 짓더랴. 환약을 짓
는 거여. 이렇게 이렇게 문대면 나오거든?

그려서 그렇게 허는디 인자, 인자, 이놈을 갖다 (정승) 아들을 준게,
이놈을 먹고 눈을 뜨거든?

"살았다고. 낫는다고."

그때는 이제 싸악 더듬어서, 배꼽까지 싹 때를 벳긴 거여. 벳겨서,
벳겨 갖고 먹인게, 확 낫었거든?

"나는 잘 얻어먹었는디, 아들도 병을 낫었는디, 우리 식구는 다 죽
었어. 나만 잘 먹었지 우리 식구는 죽지 않었냐?"

"걱정도 말라고."

"왜 그러느냐?"

아, 채비혀서 줘서 가본게, 논밭 사주고, 논도 사주고 집도 사주고
이사갔더랴. 즈 집은 아니고. 물어본게 그렇다고 혀.

"아, 당신이 내려가서 어떻게 혔는가, 전부 가서 싹 혀줬더라."

그려서 인자 자기 성(형)네 집에를 갔더랴.

"성, 내가 못 살을 적이, 원 조매나 도와줘야지 그렇게 안 도와줬냐
고."

"응, 너는 속에 인황이 들었어. 내 그럴 줄 알었다. 그려서 안 도와줬
다."

그려서 그러고 저러고 잘먹고 살더랴.

내가 엊그저께 이 이야기를 들었어. 검지 해두한티, 박봉렬한테서 들었어.

제보자 : 이수환(엮은이의 부친. 1925년생, 전북 익산 거주. 1995.1.1 채록).

17

단명할 뻔한 김정승의 아들

*핵심어 : 중의 동냥, 단명 예언, 수명 늘이기, 금덩이

김정승의 아들이 외아들인디, 한번은 중이 와서 동냥을 달래서 동
냥을 준게, 김정승 아들이라도, 동냥을 가지고 간게, 바랑에 받아 넣
더니,

"허, 참 아깝다. 네가 살긴 살어야 하는디, 곧 죽게 된다."

그러드랴. 그놈이 인자 즈 아버지한티 그 얘기를 헐 거 아녀? 얘기
를 떠억 헌게,

"그려? 데려오니라."

그래서 데리고 왔어.

"어찌해서, 죽을 중만 알고 살 중은 모르느냐?"

"그럼, 네가 세 번 죽을 고비를 겪어야 살어. 그렇잖으면 못 살어."

그러거등?

" 그러면은, 시 번 죽는 디는 어떻게 살고, 어떻게 사냐?"

물어볼 거 아녀?

"나 하라는 대로 하면 살 수가 있지만 그게 어렵다고."

그러드랴. 그려서, 그놈이 나갔어 그냥. 나가버렸어.

나가버렸는디, 그놈이 어디로든지 갔든지 가서 본게, 죽게 돼 있어. 남 죽게 돼 있어. 저는 암시랑토 않은디. 그때 여자가 잘혀갖고 살게 돼 있어. 한번은 땜을 혔어. 세번을 죽을 고비를 넘겨야 한다는디.

그려갖고서 나가갖고서 어디를 가서 꼭 그때도 죽게 됐는디. 아니, 그러자, 애초 중이 요만헌 노란 보 하나를 주더랴.

"고놈을, 너 꼭 죽을 때 그걸 내보여라."

그래 갖고서 이걸 지니고 다니는데, 이제 두번째 가서 죽게 되았는디, 그때에는 간간이로 몰리게 돼 있어 무조건. 그러면 간간이 나오면 깨딱허면 죽거든? 그때 어떻게 여자가 허는 말이,

"당신은 잘못허믄 죽은게, 내 말만 꼭 들으라고."

그래서 그걸로 살어나왔어. 그려서 두번은 넘겼거든?

그런디 세번째 고피는, 세번을 넘겨야 사는디, 세번을 안 넘기면 못 살어, 고놈이 죽어. 세곱판이는, 갔는디, 어느 집이를 갔더니, 자라고 혀서 자는디, 허청(헛간)이 가서 자라고 혀서 자는디, (여자가) 꿈을 꾼게 이상허거든? 그려서 이 여자가 찾더랴.

"당신은 헛청이 잘 사람이 아녀. 들어오라고."

[청중: 꿈에 현몽혀서 여자가 찾는고만?]

응. 들어오라고 혀서는, 시방 말로 허면은, 주안상을 차리고 먹었든 그건 내가 잘 몰르는디, 그렇게 혔는디, 그 여자 말이,

"당신은 여그서 잘못허믄 죽어."

금덩이를 이만한 거 하나를 주더랴. 금덩이를. 그러면 그날 저녁이 만일 발표가 나면 바로 죽게 되야. 그런게 금덩이 하나를 주먼서,

"요것을 꼭 중요헐 때 씌라고."

고놈이, 인자 새벽녘이 된게 떠미다 내쏘는 것여. 여기서 간 놈을. 물에다 띄울라고. 그러믄 천리나 만리나 되는 디다 뒹굴리면 죽어. 띠미고(떠메고) 가거든? 그 사람이 그때에,

"죽기는, 죽는 것이 서러운 게 아니라, 내 몸에 금이 들어 있어."

금덩이 이만한 거를 내놓거든? 내논게 같이 띠미던 놈이 혼자 자기만 살라고 그놈을 밀어넣었어. 하나를 밀어 넣어야 지가 다 먹게 생겼은게.

[조사자: 둘이 메고 가다가?]

응. 같이 미고(메고) 가던 놈이 죽고 그 사람은 살었어. 살었단 말여. 그려서 잘 먹고 잘 살더랴. 그 희한헌 일 아녀?

제보자 : 이수환(1925년생, 전북 익산 거주. 1995.1.1 채록).

18

서천 서역국에 복 빌러 가기

*핵심어 : 서천 서역국, 복 빌러가기, 고아, 머슴살이, 의문 해결

　서천 서역국에 복 빌러간다는 거, 그거는, 옛날에는 얻어먹고 댕기
는 게 고아여. 혼자. 얻어먹고 댕기다, 동네에서 머슴을, 늙드락 사는
겨, 머슴으로. 그런게, 그전에는 사람들이 없으니께 사랑에들 모여서
들 놀다 자고들 그러잖어?

　산내끼(새끼) 꽈서 짚새기 삼고, 신도 없응게, 짚신 삼고, 삼태기 만
들고, 멍석 만들고. 그런디, 사람들이, 늙은 총각으로 살으니까, 한다
는 말이 그렸어.

　"야 이놈아, 그 나이 먹도록 장가도 못 가고 늙어 죽을래? 서천 서역
국에 복이나 빌러 가거라 이놈아."

　서천 서역국에 복 빌러 가라는 말을 한두 번 들은 게 아녀. 가만히
그 사람이, 그 소리를 듣고 생각허니까,

　'서천 서역국으로 복 빌러 가면 어떻게 되는 건가?'

　서천 서역국이 세상 끄트머리니께, 죽으러 가는 거나 똑같어. 나섰
어. 그전에는 서울이랑 다 걸어다녔지 뭐, 말 있는 사람, 말이나 타고

가지만, 그 가난헌 사람은 여자가 머리카락이랑 팔어가지고 노자 혀 가지고, 노자가 적으면, 밥을 얻어먹다시피 해서 가는 거여.

나서 보니, 점드락(저물도록) 걸어가면, 그전이는 10리 가야 사람 사는 거 만난다고 혔어, 지금같이 사람이 많간디? 그런게 인자, 첩첩 산중을 만나면, 어쩔 수 없이 산중에서 자는 거고, 굶고. 어디 민가라 도 외딴집이 민가라도 만나면 밥 한 술 얻어먹, 방에서 자고. 그러 고 가는데, 며칠만에 가다가 간게, 이렇게 산중 속에가 초가집이 있 어. 그래서 그집으로 들어가서,

"어디를 하염없이 끝도 없이 가는디, 배도 고프고, 잠자리도 찾기가 어렵고, 하룻저녁 자고 가게 해달라고."

"아무래도, 목적지가 있지. 목적지도 없이 가는 양반이 어딨냐고."

그 주인 여자가 그런게,

"나 서천 서역국으로 복 빌러 가요."(웃음)

그래서 그 집에서 재우고 아침 해서 먹이고 혀서, 아침 잘 얻어먹고 인사허고 가는디, 서천 서역국, 그걸 진담으로 들은 건 아냐. 서천 서 역국이라는 디가 어디 있가디? 세상 막 간딘디.

"서천 서역국을 가거들랑, 다른 사람은 다 자식이 있는디, 왜 나는 자식을 못 낳나, 그것을 알아봐 달라고."

"그러라고."

그려갖고 다시 가는 거여. 젊드락(저물도록), 배는 얼매나 고프겄 어? 죽으러 가는 디가 그렇지.(웃음)

그런데 가니까, 그때는 어지간히 가졌는디, 바다가 뵈는 거야. 아니, 바다가 뵈는 게 아니고, 큰 낭판인디, 그 내려다 보니까, 무슨 시장마 냥 백여(百餘) 대촌(大村)이, 늘늘이가락 백여 대촌인디, 그 복판이

가서 푹 솟은 기와집 한 채가 있더랴. 동네가 그렇게 부촌이고 좋은 디, 사람이 없어.

'거 이상허다. 하여튼, 이렇게 된 신세가, 동네 한 번 들어가보자.'

들어가 본게, 사람이 없어.

"별일이다."

그 큰 집에가, 열두 대문 안으로 그 집으로 들어가야 허는디, 대문이 다 열려 있더랴.

'하여튼 여기까지 왔응게, 들어가 보자.'

열두 대문 그 안으로 들어가야할틴디, 사람이 또 없는 거여. 그러니 무서운 맘도 들어가고 혀서, 주인을 찾었댜.

"아니, 이렇게 큰 댁에 사람이 아무도 없냐고."

그런게, 선녀 같은 처녀 하나가 안에서 나오더랴. 나오더니,

"뉘신지는 모르겄지만, 사람이 없는 건 사실이라고. 그런 이유가 있다고,"

그러더랴.

"그런게 손님도 여기서 주무실라고 하지 말고, 바깥이 나가서 주무시고, 가실 수 있으면 가시라고."

그러더랴. 그 소리를 들으니 이상허더라나?

"이왕에 내가 여기서 처녀를 만났으니, 다른 디 나갈 거 없이 이 안채에서 자고서 가면 어떡겄냐고. 한 번 자보면 되지 않겄느냐고."

그래 이제 들어갔어. 들어가서,

"내가 오늘 저녁이 여기서 자고, 낼 아침에 길을 뜰테니까, 뭣 땜이 이 동네에 사람이 없으며, 이렇게 큰 대궐집에도 어른도 안 계시고, 그 심부름허는 하인도 있을 거 같은디, 그런 사람이 없냐?"

고 허니까, 샥시가 얘기허더랴.

"이 동네가 다, 우리 집 행랑살이, 우리집 하나 바라고 여러 사람이 살았는데, 저녁마다 우리집 식구가 하나씩 죽기 땜에, 변두리 있는 사람들부터 다 떠나고, 오늘 나 죽을 날이라고."

"오늘 저녁에 나 죽으먼 이제 끝나는 거라고."

"왜 그러냐고."

"밤중이면 죽는다고."

허더랴.

"그러냐고. 그럼 이 집이 분명히 이렇게 생긴 걸 보니까, 벼슬집은 분명헌디, 그 벼슬혀서 입는 옷과 그 정자관과 담뱃대니 무슨 이런 게 있을 거 아니냐고."

그걸 물었어, 그래도 이 늙은 총각이 오래 머슴을 살았어도, 배운 것 없이 살았어도, 알았던 모양여,

"그 다 있다고. 우리 아버지도 벼슬하셔서 정자관이니 뭐 도포 같은 거, 담뱃대 이 지팽이만 헌 것."

화로여다 그걸로 뚜드리면 징 두드린 폭허지 뭐.

"있다고."

"그러면은 나 오늘 저녁, 여기서 자는데, 그 기구를 다 내노라고."

그러더랴.

"하여튼 자정시에 이 짓이 나겠지, 초저녁에는 안날 거 아니냐? 그러니까 처녈랑 이불 갖다가 요 내 여기 뒤에나 폭신 무릅씨고 드러누워 있고, 그 시간에 있고, 그 옷을 다 내놓으라고."

그러고서 그 옷을 다 입었어, 그 사람. 그 벼슬할 때 입는 옷들. 도포니 정자관이니, 화로도 갖다 놓고, 불도 환허게, 사방에 촛불 켜놓

고, 그러고서 있는디, 아니나다를까, 자정쯤 되니까, 하여튼간에 호족기(제트기) 날라가는 소리가 나더랴. 비양기 날라가는 소리가 나오더랴. 그러는디 그냥 대문이 확허니 열렸다 닫혔다 허더니만은, 기차 들어오디기 들어오더라네. 기차허고 똑같지, 지네니까.[조사자: 지네야?] 응 지네가 사가 돼가지고 대가리가 수십 개가 돼가지고, 그 지네가 들어오닝게 그 놀래서 죽을 일 아녀? 그 어설픈 사람 같으면, 세상없이 똑똑헌 놈도 죽어. 그렇게 마당 와서 우뚝 서더랴.

그런게, 이 사람이 그렇게 불을 켜놓고 담배를, 담뱃대를 화악 화로에다 뚜드리면서,

"뭐냐 말여."

"뭔데, 이 어마어마한 이 집에 와서, 이렇게 사고를 많이 내냐? 말이 있어야 될 거 아니냐?"

그러고 허니까, 그것이 헌다 소리가 그러더랴.

"오늘 저녁에는 임자 만난 모양이라고. 사람도 아니고 짐승도 아니고 귀신도 아니라고."

그러드랴.

"그럼 도대체 뭐냐?"

그러니까,

"이 집에서 옛날 몇 대 할아버지가 벼슬을 하셔서, 나라에 왕으로 앉았을 때에, 옛날 그 엽전 있잖아? 그 돈을 이 뒤 당산 위에다가 세 항아리를 묻은 거여. 세 항아리를. 그런디 이것들이 세상바람을 쐬어야는디, 몇 대를 내려와도 대접하지 않으니, 사(邪)가 돼서 그러니까, 그 세상바람만 쐬 주면 아무 지장이 없다고."

[조사자: 으응.] 세상바람만 쐬 주면 아무 지장이 없다고.

"썩 물러가라고. 네 소원 풀어줬으닝게 썩 물러가라고."

혼이 쳐들어오닝게 그 처녀는 기절혀서 죽은 거여. 그런게 물을 퍼다가 떠넣어도 안 살어낭게, 코를 빨고 입을 빨고 그려가지고 숨을 통과시켜 가지고, 막 지가 침을 내서 먹이고 그려가지고 살렸어. 그 사람 아녔으면 죽었지. 소리만 들어도 죽어.

그래 살려놨는디, 살려놓고 본게 얘기를 허는디, 처녀가 허는 말이 그 말여. (이 남자가)

"이 바람만 쐬면 아무 지장이 없으닝게 이제 맘놓고 살라고."

그러닝게,

"누구허고 맘을 놓고 사냐"

그거여. 저 혼자.

"이제 나간 사람들은 다 들어오기는 들어오는데, 그 집 식구는 이미 다 죽었응게 소용없고, 나는 당신이 은인잉게, 당신허고 맺어갖고 사는 수밖에 없지 않냐? 내가 누구허고, 이 크나큰 이 집을 다 어떡허고 살란 말이냐?"

"나는 하여튼 작정헌 디가 있어서 나왔응게 거기를 갔다와야 헌다고."

그렁게,

"어디를 갈라고 그러냐고."

그려서 그 얘기를 혔댜.

"서천 서역국으로 복을 빌러 간다고."

그렁게,

"아 서천 서역국에 가기 전에 복 타지 않았냐고."(웃음)

처녀 말이 그 말여.

"이만허면 우리 평생에 못다 쓰고 호강허고 살다 죽을텐데, 서천 서역국은 내나 바단디, 무인지경 바단디 거기를 왜 가냐고."(웃음)

"그리고 거기를 간다고 부탁도 받고 그렸응게 가얄 것 아니냐고. 하여튼 내가 갔다는 올텡게 그런 줄 알으라고."

아침을 먹고 간 거여. 바닷가로 간 거여. 그런디 배가 있나? 뭐가 있어, 그냥 바다뿐이지. 그래서 바닷가에 가 그냥 우두커니 있응게, 바닷물이 한 번 후욱 이렇게 뒤집어지더니 용이 나오더랴 용이. 그전에는 나 용 올라가는 것도 많이 봤어. 화악 틀어올라가는 거 봤어. 지금은 용이고 뭐고 암것도 없어. 바다에 용이 툭 솟아나오더니 거기까지 오라고 허는 거여. 용이 업어서 저쪽이다 건녀줬어. 저쪽으다 건너준 건 저승여. 저승 최판관한테 간 거지.

저승 최판관한테 가야 그 부탁받은 것도 얘기를 허고 그럴 거 아녀? 그렇게 용이 알고 벌쎄 건네다 준 거여. 저쪽으로. 근디 용도 부탁을 허는 거여.

"아 다른 용은 여의주가 하난데도 천상으로 올라가는디, 나는 여의주가 둘인데도 못 올라강게, 무슨 이유인지 그것 좀 알아다 달라고."

거그다 건네다 주면서 그랬어.

"아 그거야 문제냐고."

이제 그러고서 저승에 갔는데, 거그도 내나 열두 대문이지. 저승에 들어가는 데 열두 대문여. 열두 대문 안으로 들어간게, 노인네가 책을 이렇게 놓고 막 거시기들은 쇠방맹이, 칼 들고, 문지기마다 섰잖여. 왜 큰 절에 가면 문지기 있잖아?

"왜 왔느냐?"

"최판관님 만나러 왔다고."

그런게,

"들여보내라."

들여보낸게는, 무릎꿇고 엎드려 있으면서,

"세상에서 아무 데 아무 데 사는 아무개라고."

그런게,

"너 올 줄 알았다. 네 등어리여다가 복 한 짐 짊어졌으닝가 어서 가거라. 여기 있을 디가 못돼 너는. 지체힐 디가 못 되니까 어여 가거라. 너는 이제 그새는 고상을 많이 혔지만,"

그래서 저승에서 다 안다는 거여. 이 세상 살 때 뭔 죄를 어떻게 졌냐, 너는 아무 마음씨에 뭘 혔다, 그걸 다 알어.

"고생을 많이 혔지만 이제는 네가 아주, 그놈 가지면 네 생전에 못 다 먹고 못다 입고 호강을 한번 날리고 살텅게 어서 가라."

"그런디 그거 안 바라고, 부탁받은 것 좀 말씀 들어야겠어요. 처음 이는 어느 주막에서 잠을 자는디, 주막 여자가 밥도 잘혀주고 잠도 잘 자고 오는디, '다른 여자는 애도 잘 났는디, 나는 애를 못 났는디, 그것 좀 물어다 달라'고 허대요."

"응. 그 여자는 애를 못 나. 다른 여자는 남자 하나를 지키고 있응게 애를 낳지만, 그 여자는 남자가 여럿인게 애를 못 낳아. 당장 가서 애 기허라고."

"그러냐고. 그런데 여기서 강을 건너올 적에, 용이 업어다 주고 그 렸는디, 그 용이 '다른 용은 여의주가 하나래도 하늘로 올라가는디, 나는 여의주가 둘인데도 천상에 못 올라간다고, 그것 좀 알아다 달라 고.' 그렸다고."

"응 그거? 너무 욕심이 많여서⋯⋯. 여의도 하나인 사람이야 올라가지, 그러나 가외로 하나 더 있기 땜에 못 올라가는 거여. 여의주 하나 너 달라고 혀, 그럼 금방 올라가지. 너 거시기 가기 전에 올라간다."

그렸어. 그래서 끝이지 뭐. 오니까, 열두 대문 바깥에 나와서 있응게, 또 용이 푹 솟아서 업어다 주더랴. 그려서,

"용님은 욕심이 너무 많아서 여의주가 둘이라 천상으로 못 올라간대요. 여의주가 하나인 용은 욕심이 없어서, 본맘이라 올라간대요."

"그럼 누구 주냐고"

여의주라고 혔으니, 지금으로 허면 운동허는 데서 금메달이나 똑같은 모양여. 그려서 여의주 하나를 받았지. 받어 가지고 인자 여자 있는 디로 와 가지고, 찬물 떠다 놓고 성례 지내고서 재미스럽게 살았지. 살다가 그 술집 여자 생각이 나는 거야. 그려서 열일 제백사허고 여자한티,

"내가 오다가 이만저만혀서 가서 얘기를 허고 와야겠다고. 사람이 실없는 사람이 되지 않냐고."

"그러라고."

가서, 그때는 뭐 돈이 많다고 거드렁거리고 간단 말여. 거드렁거리고 가서, 그때 가는 거하고는 사람이 또 다르잖어? 갈 때는 거지로 갔는데 올 때는 신선이 돼서 말을 타고 오닝게 몰라봐. 그렁게 그 남자가,

"여기서 잘 얻어먹고 잘 자고 서천 서역국으로 복 빌러 간 사람이라고."

그렁게 알더랴.

"아이고 그러시냐고. 하도 잘되야서 몰라봤다고, 미안허다고."

그러고 허닝게,

"내가 부탁헌 거, 가서 얘기해 봤냐고."

"얘기 해봤다고."

"뭐라고 허더냐고."

그 소리를 혔어. 얼굴이 뻘간혀 가지고 쏙 들어가버리더랴. 사실이 니께. 뭐 빤히 알고 얘기하는디 뭐라고 대답허겄어? 그려가지고 잘 살더랴. 잘 살지, 그거 어떻게 저 혼자 다 먹고 다 쓰고 살어? 그런게 복이 아주, 늦복이 그냥 아주. 서천 서역국에 복 빌러 가서 큰 복을 얻은 거지.(웃음)

제보자 : 이강희(엮은이의 당고모. 1930년대 출생, 전북 익산 출생 성장, 경기도 안성으로 출가해 거주. 1995년경 채록)(어려서, 오빠한테 들었음).

중국 왕씨의 유래
-무지개로 임신되어 태어나 중국의 왕이 된 사람-

*핵심어 : 청춘 과부, 무지개로 임신, 왕이 될 아이, 중국 왕씨

우리 삼국시대, 그 이전에는, 우리나라는 중국 천자의 지배를 받았어요. 중국의 속국으로다가 소국으로다가 그렇게 정치를 해나왔습니다. 어느날 공주 땅의, 계룡산 기슭에서, 한 젊은 과부가 혼자가 돼 가지고, 밭을 일구고 이렇게 살아나가는 청춘 과부가 있었는데, 아주 부지런했어요.

늘 그 동네사람들이 보면은 아무리 일찍 나와서 일을 해도, 그 과부가 먼저 나와서 밭을 갈고 하는 걸 보고 그랬는데, 한번은 동네의 그 이쁜, 이 농사꾼들이 보니까, 그 과부가 일하는 그 밭에, 안개가 자욱허고, 하늘서부터 무지개가 내리고, 그런 사건이 한번 있었어요.

그후에 그 과부가 몸이 임신이 돼가지고, 몸이 만삭이 되니까, 그 동네 사람들이 수군거리고, 저 과부를 누가 저 과부를 그랬을까, 의문을 갖고 있는데, 이 과부는 그런 음란한 일이 없어요. 어느 한날 새복에(새벽에), 여늬 때와 같이 이렇게 일을 하는데, 하늘서 큰 백말이 내려와 가지고, 자기를 덮쳐서 애를 먹어서, 그런 사건이 있었던 것만

과부가 알고, 또 그런 얘기를 딴 사람한테 얘기를 헐 수도 없고, 일축을 혔습니다. 그러다가 인자 열 달 만에 애기를 난 것이, 옥동자를 났다, 그 애기를 과부가 아주 기쁜 마음으로, '하늘서 준 내 아들이다' 해가지고, 열심히 개를 가르치고, 키웠습니다.

그래, 시골이 보면, 서당이 있는데, 그 서당에서 공부를 허고 이러는데, 얘가 어떻게 총명허고 영특헌지, 한 자를 일러주면 열 자를 알어. 천자문 띠고 그 다음에 명심보감, 계몽편 이런 것 띠고, 소학, 대학을 떳단 말여. 얘는 학교, 서당 훈장 선생님 얘기가,

"더 가르쳐야 할 애다."

그려서 훈장의 소개로, 지금 말하면 서울, 옛날 한양으로 글공부, 유학을 보냈던 모양여. 그 어머니가 과부 몸으로다가 농사를 져서, 그 애를 유학을 보내고 이렇게 혀서, 있는 동안에, 중국에서는 그때 인자 대국, 청국인데, 무슨 일이 있었는고니는, 유명헌, 그 천기를 보는 천문학박사들이 보니까, 이 동방에, 동방이라고 허는 것이 인자 조선땅, 우리 한국땅을 얘기허는 건데, 별이 하나 생겼어요.

"별이 하나 생겼는디 이 별이, 엄청나게 밝고 큰 별이 되더라, 이 별을 그냥 놔두면은 이거 장차 우리 대국이, 소국 이 조선나라에, 그 어떠한 왕이 나서, 중국이 당하게 되어 있다, 그 별이 생긴 이우제(이웃에), 장차 왕이 될 그런 애를, 그런 사람을 찾아내라."

이것이 중국 천자의 명을 받고, 한국을, 그때 당시에 조선나라를 헤매고, 한양땅을 더듬고, 또 유명헌 그러헌 천문학박사고, 관상을 보고 허는 사람이기 때문에, 사람을 알아내는 디는 일가견이 있단 말여.

그려서, 한양땅에서 발견헌 것이, 지금 주인공인 그 애를 데리고, 왕 앞에 무릎을 꿇게 되는데, 그 애 관상을 보니까, 그애를 가만두면

은 장차 해를 입게 돼 있으니까, 걔를 옥에다 가뒀어. 그런데 그 옥이라는 것이, 지금같은 옥이 아니고, 독(돌) 담으로다가, 다섯 자가 넘는 그런 큰 독담으로다가 담을 쌓아가지고, 가둬놓고, 그저 주먹 하나 들어갈 만한 구멍에다가 죽지 않을 만큼 밥을 넣어주는데, 그러고 나니까는, 그 별이 사그라져버려. [조사자: 아하!] 별의 빛이 사그라져. 그러니깐,

'아하! 얘만 없이면은(없애면), 그런 화는 입을 필요 없겠다.'

이렇게 생각하고 있는데, 얘가 그 속에서 어느 영문인지도 모르고, 뭣 때문에 그런지도 모르고, 어머니의 품을 떠나서, 고향을 떠나서, 수만리를 떠나서 갇혀 있는데, 영문을 모르는 거여, 얘가. 그래서 거그서 나름대로 기도를 허고, 그때 뭐 기도라는 것이 하나님한테 허는 예수의 기도가 아니고, 하늘님한테 기도를 허는데, 한 달이나 지나니까는, 밖에서 사그락 사그락 허는 소리가 나.

저녁마다 소리가 나. 낮에는 안 나고. 밤만 되면 밖에서 쥐가 좇는 소리가 난단 말여. 그러더니 한 보름쯤 되니까는 머리통 하나 들어갈 만헌 구멍이 빵 뚫려. 그런디 그 구녕으로다가 일곱살이나 여섯살이나 먹은 애가, 어린 애가 쑤욱 들어와. 그때 애의 나이는 열다섯 살쯤 먹었는데, 장성을 혔는데, 이런 어린 애가 쑥 들어오더니,

"빨리 나가야 헌다. 오늘 처형당하는 날이다. 처형당하는 날이니까, 오늘 저녁으로 여기를 피해야 헌다."

"너는 누구냐?"

"나는 알 필요가 없고, 빨리 나가야 헌다. 한시가 급하다."

"그럼 어디로 나가야 헌단 말이냐?"

"이 구멍으로 나가야 헌다."

이 얘기여.

"아니, 이 구멍으로, 내 머리도 안 들어가는데."

그 다섯 살 먹은 애 머리는 들어가도 자기 머리는 안 들어가.

"안 들어가는데 어떻게 나간단 말이냐?"

"구멍에다 머리를 대라."

그러니까, 대고 있으니까는, 다섯 살 먹은 애가, 꼬마가, 냅다 차니까, 궁둥이를 차니까, 쑥 빠져버린단 말여. 그래 쑥 빠져 나와가지고,

"지금부터 이 동쪽으로 향해서만 뛰어라."

이제 그때는 새벽에 일어나니까, 해 뜨는 방향이 동쪽 아냐?

"해 뜨는 방향, 동쪽으로만 뛰어라. 거기 가면 당신을 구할 사람이 있을 것이다. 그 사람한테티 가서 구원을 요청혀라."

이러고 사라져 버려. 그 애는. 그래서 그저 죽어라고 뛰는 거여. 동쪽을 향해 뛰는데, 중국의 군사들이 순회를 매 시간 도는데, 구멍이 빵 뚫어져 있어. 그래 그 문을 열고 보니 애가 없어졌단 말여.

난리가 나 가지고, 그 군대들이 특명을 내려가지고, 체포 작전이 일어나서, 수백 명의 군사가 쫓아오는 거여. 말 타고 오는 거여. 말 타고. 애는 뛰어가는 거고. 옛날 말로, 걸음아 나 살려라 하고 막 뛰어가는데, 앞에 강이 딱 나와. 앞에 강이 딱 나오니 더 이상 뛸 수가 없어. 그렇잖아? 앞에 강이 딱 나오는데, 처녀 하나가 빨래를 허고 있는 거여. 그려서 그 처녀한테,

"내가 이러이러헌 사람한테 쫓기고 있으니, 좀 구해 주쇼."

"그러시냐고."

그러면서 처녀가, 그 빨래통, 그 큰 함박이 있는데, 거그다 넣고, 깔고 앉고 빨래 일을 허느 거여. 그러니까는 그 군사들이 와서,

"여기 그 애를 못 봤느냐?"

"못 봤다."

"왜, 이리 왔는데, 못 봤느냐?""

"전혀 난 본 일이 없다."

그러니까는 그 처녀보고,

"그럼 그 함박을 열어봐라. 일어나 봐라."

"그 없다는데, 남녀가 유별헌디, 어디라고 와서 자꾸 그러냐?"
고 허면서, 빨래방망이로 냅다 던지니까, 모세가, 모세 지팡이를 던지
니까 뱀이, 독사가 되는 식으로, 뱀이 돼 가지고 그 장군 그 대장의 코
를 물어버린단 말여. 물어버리니까 그 대장이 즉사해 버려. 그러니까
그 나머지 군사들은 다 무서서 도망가 버렸어. 싸악 다 도망가 버리
고. 이제 그 함박을 열고,

"일어나시라고. 다 도망갔으니까 일어나시라고. 나 따라오라고."

그 처녀를 따라서 산속으로 산속으로 들어간단 말여. 이제 그 처녀
허고 산속으로 산속으로 들어가서. 열다섯 살이고 스무 살인데, 혼인
을 맺은 거여. 혼인을 맺고, 늘 먹고 허는 일이 뭐냐면은, 소나무를 벼
서 강물에 떠내려 보내. 매일 아름드리 소나무를 벼서 밑으로 둥글리
고 둥글리고 이렇게 허기를 10년. 10년 세월을 그렇게 허고 나더니,
그 아내가 허는 얘기가,

"당신의 세상이 왔소. 당신의 세상이 왔으니까, 내려갑시다."

그래서 인제 그 처녀한테, 정치를 배우고, 그 모든 정치를 터득해
가지고서나 내려와 보니간, 뭐 10년 동안 소나무만 베어잦혔으니간
소나무가 수천 개 수만 개지 뭐. 그 수만 개가 되는 소나무가 있는데,
그 소나무가 둥둥 떠 있는데, 저 멀리서 배가 한 척 오는 거여. 배가 한

척 가물가물허게 오는디, 바짝 오더니, 거기 그 장군이, 배 가장 앞에
갑옷을 입고 서 있는데, 그 장군이, 인사를 허는 거여.

"그 동안 안녕히 계셨느냐고."

"도무지 나는 모르겠다."

"10년 전에 그 감옥에서 내가 구출해 준 아무개입니다."

그 누구냐 허면 처남여 처남. 그건 누이고 이건 처남이라.

그럼 어떻게 됐느냐 허면, 하늘에서 자기 누이가 실수를 혔어. 말하
자면 아버지한테 하나님한테 실수를 혔다고. 범죄를 저질러 가지고
세상으로 쫓겨나 버린 거여. 쫓겨나 버리니까 그 누이를 그냥 놔둘 수
가 없잖여? 그러니까 그 동생이 그 누이를 구해 주기 위해서, 누이를
구해줄라면은, 천상 여기는 인간세상이니까, 하늘세계가 아니고 인간
세계기 때문에, 구해 줄라면은 그런 방법밖에 없어.

또 얘는 원래 타고나기를 그렇게 타고났고. 처음, 어머니가 태어날
때, 하늘서 말이 내려와서, 백말이 내려와서 애기를 뺐어. 그러니 얘
태어난 것도 하늘서 태어났고, 인연이 된단 말여. 이려서 거기서 만나
가지고 자기를 살려준 개가 인자 세월이 흘르니까 어른이 됐는데,

"이제 매형의 세상이 돌아왔소."

그러면서 군대를 모은다,

"중국의, 군대 수백만을 가진 중국을 어떻게 치냐?"

그러니까, 인자 작전 개시를 허는 거여. 종이에다 부적을 써서 하나
씩 던지면, 그 둥둥 떠있는 소나무가 장수가 돼서 일어나는 거여. 수
백만 장수가 돼 가지고, 그 나무들이 배가 되고 해 가지고, 중국을 가
서 쳐 가지고 도읍을 하고, 그것이 왕씨다, 임금 왕자 왕씨. 우리나라
에도 임금 왕자 왕씨를 가지고 있지만, 중국의 임금 왕자 왕씨가 거의

70프로야. 그런데 그때의 왕씨가 자손들이다, 이런 전설을 가지고 있다, 그런 얘기입니다.

제보자 : 구필조(1930년, 충남 한산 거주. 1995.10.8 채록)(초등학교 때인 1940년대에 들었음)

20

우연히 옥새 찾아주고 명의 노릇한 사람

*핵심어 : 옥새, 인재 찾기, 아이, 옥새 찾기, 지혜, 우연히 명의 노릇, 낙반지토

중국 천자가 옥새를 잃어버렸어. 옥새라는 것이 도장인데 그 도장이 없이는 천자 행세를 못허는 거여. 그때에 중국에 내부적으로 알력이 생겨가지고 왕권을 찬탈할라고 그 옥새를 훔쳐간 거야. 그런데 이걸 비밀로 해서 찾을래야 찾을 길이 없어. 옥새를 찾어야 안심하는 거여. 왕노릇 허기는 해도 이게 허재비라. 그러니깐 은밀허게,

"옥새를 찾어라."

이러는 수밖에 없어. 그때 시절에, 물론 우리나라 삼국시대 그 전전 때가 되는가 그런데, 인재가, 인재라는 거 알지? 천기도 보고 모든 것을 알 수 있는 그런 인재가 있다고 그래. 그 인재가 동양 쪽 조선 땅에 많이 나왔다고. 그러니까 천자가,

"동양 땅 조선에 가서 인재란 인재는 다 구해가지고 오너라. 인재가 와서, 옥새를 어떤 놈이 훔쳐가져갔는지 찾어야겠다."

이렇게 돼 가지고, 인재를 찾으러 여러 사람들이, 관상쟁이같이 관상을 보는 중국 사람들이 조선땅에 왔는데, 1년 열두 달 3년을 댕겨도

인재란 것이 없어. 인재 될말헌 사람도 없어. 그러니까 그냥 가면 혼 나졌고. 그런데 하루는 충청도 예산 땅에 해가 저물었는데, 그 산속에 서 빈탈의 잔디밭에서 애들이 노는데, 그 동네 애들이 모여서 노는데, 열댓 명이 노는데, 한놈이, 제일 체격도 적고 단단하게 생긴 놈이, 그 놈이 왕이라는 거여.

"내가 왕이다, 너희는 신하다."

애들을 꼼짝을 못허게 혀. 하여간 무슨 술책을 가지고 있는지는 모 르겠지만, 그런 수완을 가지고 있어가지고,

'저놈의 허는 짓이 보통놈이 아니구나. 아주 세구나.'

그런데 키는 쪼그만헌데 나이는 제일 많이 먹다고. 거그서. 키는 조 그만헌데. 다 이제 애들이 다 놀고 너웃너웃 해가 지려고 하자, 그놈 한테 다가가서,

"나, 지나가는 행인인데, 느 집에 가서 하루 저녁 좀 유하자."

이러니까는, 개가,

"그러쇼. 사람 사는 디에서 당연한 얘기지. 우리집으로 갑시다."

가보니까는, 오두막집도 그 동네에서 제일 오두막, 곧 쓰러질 것 같 은 오두막으로 들어가더라 그거야. 오두막집으로 들어가더니, 어머니 아버지도 없고, 할머니와 단둘이 사는데, 그 할머니보고,

"우리집 손님 왔으니까 저녁 반찬도 잘해서 내시라고."

그 저녁 반찬이라고 허는 것이 뭐여? 보리밥 덩이에다가 된장밖에 더 있어? 시골 다 그렇게 살 때니깐은.

그래 저녁을 먹고, 뭐 그게 인재라고 헐 것도 없고 뭐 생각도 않고 있는데, 즈 할머니가 그 윗집에서 보리방아를 찧는 거여. 도구통(절구 통)으다가 보리방아를 찧는 거여 즈 할머니가. 내일 아침거리를 찧는

거라. 보리방아를 찧으니까는 보리가 바깥으로 허트러질 거 아닌가? 그러니까 그걸 쓸어야겠단 말이야. 그러니까는,

"아무개야, 그 빗지락 좀 가져와라."

그러니까 애가 강아지를 부르더래. 강아지에다 빗지락을 딱 묶어놓고,

"할머니, 강아지 부르세요."

그러니까 강아지가 가니까는 빗지락도 가는 거여. 그러니 이놈이 보통 머리가 아니란 말이야.

'이놈이 보통 머리가 아니구나.'

싶어서 고놈을 점을 찍고 있는데, 조금 있으니까,

"인재 계신가?"

그래.

"예. 왜 그러세요?"

아자씨가 인제 와 가지고,

"이봐, 지금 석달째 가문데, 언제 비 올라는가 보소."

"아이고, 비 올라면 아직 멀었네요."

아 이런단 말이야.

"옳다, 이놈이구나!"

점을 찍었어. 그래 가지고 다음날 아침에,

"너 몇 살이냐?"

허니까 스물한 살이나 먹었다 이거야. 쪼그만해 가지고 봉퉁이져 가지고 크도 못허고 이래.

"너 내일 서울 갈래?"

"아 좋지요."

"서울 가서, 좀 넓은 데서 견문도 허고, 여러 가지 구경도 허고, 서울 가자."

그래 얼른 따라나서더래. 일단 서울 와 가지고, 조선 왕궁에 가서 허락을 받아야 돼. 데리고 가려면은. 천자한테 데려가려면 왕의 허락을 받아 가지고,

'애를 데려가겠소.'

이렇게 수속을 끝내고, 지금 말하면 외무부 여권을 끝내고, 애를 데리고 간 거야. 가서 천자 앞으다가,

"모셔왔습니다."

"응, 그러냐고."

그래 딱 앉혀놓고,

"이리이리해서 지금 옥새를 잃어버렸는데, 그걸 찾아야겠다. 그걸 그냥은 찾을 도리가 없고, 별짓을 다혀도 없고, 자네가 찾아야겠다."

그러니까,

"그러냐고."

그러냐고 헌 거여. 참 대담헌 놈여. 인자 거그서 묵는 거여. 한 달을 묵는 거여. 한 달을 묵는데, 호의호식을 허는 거여. 고기반찬이다 뭐 없는 거 없이 그거 뭐여 천자의 황실이니까, 좋은 반찬이다 먹고 그러는데, 이게 알 길이 있나? 엉터리거든. 옥새를 어디다 감췄는지 알 길이 없잖아?

게, 자기가 여그까지 오게 된 동기는, 동네 아저씨가 '인재, 언제 비가 오는가' 이거 물어보는 것 때문에 오게 된 거야. 그런데 이놈이 왜 그렇게 못 컸느냐면, 담배가 골초여. 담배를 피면 또 피고 또 피고. 그런데 그 담배 쌈지가 말피라고. 말가죽. 말가죽으로 되어 있는데, 쌈

지라는 거 아는지 모르겠네? 옛날에는 쌈지에다 담배를 넣는데 그러면 담배가 안 말러. 담배가 빠싹 말르면 안되잖아? 이런 가죽으다 담배를 넣으면은 담배가 마르지 않어.

그런데 골초니까 말피에다 담배를 넣어서 먹는데, 이제 저녁을 먹고, 인자 담배를 한 대 피는 거야.

그런데 (옥새) 훔친 놈이, 조선 땅에서 인재가 와서 딱 점을 치고 있다고 그러니까, 걱정이 돼서 매일 저녁 엿을 듣는 거여 거그 와서. 응? 엿을 듣는 판인데, 이제 한 날쯤 잘 먹고, 죽어도 원 없어 이놈은. 그려도 사람이라는 게 죽으면 애착이라는 게 있잖아? 담배를 한 대 딱 피면서, 담뱃대에다 집어넣으면서, 한탄을 허는 거야.

'말피야, 너 때문에 내가 죽게 됐구나!'

그런데 그 훔친 놈이 말피여. (웃음)

[조사자: 이름이?]

응 이름이 말피야.

'옳다. 이젠 죽었구나.'

싶어가지고, 한밤중 자정이 되니까는 문을 똑똑 두드리는 거야.

"계십니까? 선생님, 죽을 죄를 졌습니다."

이놈이 센스가 얼마나 빠른 놈인지,

"아 이 사람아, 진작에 오지 왜 이제 오나?"(웃음)

"나도 자네 희생시킬 수는 없고, 한 달 동안 고민을 참 많이 했네."

이러는 거여.

"사실은 저 연못에다가 던졌습니다. 연못 속으 가 있습니다."

"그래? 알았다고. 가라."

그러고 인자 딱 여전히 얻어먹고 있으니까, 지금으로 말하면 총리

처럼, 비서실장 이런 사람이,

"여보, 도대체 언제 찾을 거냐?"

"왜 성질이 급허냐? 그럼 오늘 찾자."

"그럼 어떻게 찾느냐?"

"물 푸는 장정들, 백 명만 동원을 허고."

그때는 뭐 양수기도 없으니까,

"그러고 저 연못을 퍼라."

그래 연못을 푸니까 연못 안에 가서 옥새가 있는 거야. 그려서 인자 제대로다가 딱 맞아가지고, 이제 선물도 좀 얻고 고향에 가서 할머니 모시고 집도 좀 고대광실로 짓고 잘 살려고 막 그러는데, 잡어.

왜 잡냐면은 천자의 장인이 병이 들었다고. 천자의 장인이 어디에 병이 들었느냐면은 마빡 대가리 꼭대기에 종기가 나 가지고, 이게 안 낫어요. [조사자: 마빡에?] 그 대가리 한가운데가 종기가 생겼는데 이게 안 낫어. 중국의 유명헌 의사란 의사는 다 대로 안 낫는 거야. 그래 그 유명헌, 중국의 유명헌 의사란 사람들이 학질을 바치는 거여.

'대관절 저게 무슨 놈의 병이길래, 종기가 안 낫느냐?'

는 거지. 잡히질 않여, 고름이. 잡히지 않는다고, 농이 나 가지고. 그러니까는,

"이건 인재라야 고치지, 하늘서 낸 병이기 때문에 인재라야 고치지, 그냥 다뤄선 안된다. 이 병 좀 고치고 가쇼."

딱 잡는 거여.

"이 병을 좀 고치고 가쇼."

아 그놈이 병을 알 수가 있나, 뭐 대야 모르지. 그러니깐 아까도 얘기했지만, 좀 시떳하고 얘가 센스도 있고 눈치도 빠르고, 둘러 붙이기

를 잘허고 그런 소질을 가진 애여. 나이는 조그만 혀도, 쪼그만허게 생겼어도.

"거 한 번 고쳐보자."

그래 가는데, 과연 천자의 처가집을 가는 거여. 가 가지고, 큰 열두 대문 문을 통과해서 가는데, 널이 수십 개가 달려 있어.

"저게 뭔 관이냐?"

"유명허다는 의사들이 와서 고치겠다고 장담허고 못 고치고서나 사형당혀 갖고 들어간 관이다."

는 거여. 아니, 정 떨어진단 말여.

'이제는 죽었다.'(웃음)

이제는 다 죽은 거 아녀? 그래, 거그서 또 역시 밥을 먹는디, 잘 먹지 뭐. 잘 먹고 대접도 잘 받고 그러는데, 밥 먹고 나면은, 밥테기가 몇 개 떨어져. 상 밑으로 떨어지잖아? 밥테기를 줏어서, 하루 종일 할 일 없으니까 밥테기를 똘똘 뭉치고, 또 침도 바르고, 또 뭉치고, 그래서 봉창으다 넣고 그렸어.

자기 체면도 있고 그러니까는, 그 청소허는 사람들한테 체면도 있고 또 나라 위신도 있고 그렸던가, 그렇게 허고 있는데, 하루 저녁이는, 생각이 나서 밤에 화장실을 가는데, 냅대 호랑이란 놈이 업고 가버려. 호랑이란 놈이 냅대 들쳐업고 가버려. 호랭이가.

'옳다, 이제 죽었구나. 이리 죽으나 저리 죽으나 뭐 한가진디, 좌우간 갈 데까지 가 보자.'

그래 호랑이가 가더니, 호랑이 굴로다가 들어가. 들어가는디, 암호랭이가, 이놈은 숫호랭이고, 암호랭이가 바짝 말라가지고 있어. 병이 걸린 거여. 호랭이가, 유명헌 의사가 왔다니까 알고 업고 간 거여. 그래 보니, 입을 벌리고 하품을 허고 그려쌌거든?

그래 입 벌린 데다 손을 싸 늫보니까는, 비녀가, 찔려가지고 백혀 있어. 그놈을, 피가 맺혀 있는 놈을 빼냈더니, 좋아서 호랭이가 이리 뛰고 저리 뛰고 그려. 그러니 여자를 잡아 먹고 비녀가 걸린 거여. 그러니까는 호랭이가 침대롱을 하나 물어 줘.

'이건 당신이 필요헌 거니까 당신이 쓰라.'

고. 그렇게 의원을 하나 잡아먹고 침대롱이 남았던 게벼.(웃음) 그 침대롱을 떠억 주는데, 그런 거 같애. 말은 못허지만. 그놈을 답례품으로, 침대롱을 하나 줘. 침대롱이 뭔지 아는가? [조사자: 네.] 이렇게 저 안경집 같이 생겨가지고, 침을 여러 개 집어넣고, 싹 잡아댕겨서 허는 게 있어. 그게 침대롱여. 그 속에 이제 침이 여러 개 들었지. 그러고는 그 자리에다 갖다 놓은 거여. 그 자리다가. 아까 그 화장실 앞으다 갖다 놓는 거여.

그래 들어와가지고 있는데, 그 이제 매일 저녁 그 모았던 그 밥테기, 동글동글허고 몰랑몰랑허니 탁구공만 해. 뭉쳐논 것이 탁구공만 해. 이제 어차피 끝은 내야 되겠고.

"오늘 환자를, 오늘 봐야 되겠다."

들어가 보니까는, 바짝 말러가지고, 이 장백이에 가서 구멍이 났는데, 약이 있나? 고놈 갖다 쏙 집어넣은 게 딱 맞어.(웃음) 그렇게 맞을 수가 없어. 딱 들어맞어.

엊저녁에 호랭이가 준 침대롱을 꺼내서 몇 방을 쑤셔 놓은 거여. 몇 방을 쑤셔 놓고서나, 이제 와서 있으니까, 다음 날 아침에 그 환자가 통증이 없어졌다는 거여. 그래 그날 또 가서 그 침으로다가 또 몇 방 뽜 놔주고, 나아 버렸어. 깨끗이 나았다고.

그려가지고 인자 그 선물이다 뭐다 한짐 짊어지고, 성공을 허고 두만강을 건너야 조선땅을 오는 거야. 두만강을 건너는데, 배로다가 건너는데, 꽉 잡어. 또.(웃음) 그게 누구냐? 지금 말하면은, 유명헌 석학, 박사여. 이 한국으로 말하면 유명헌 박사, 의학박사. 근데 그 박사도 죽여야 할텐데, 워낙 고명하기 때문에 살려놨어. 그 한 사람을 살려뒀다고. 이제 그 사람이 쫓아와 가지고 딱 잡는 거여.

"도대체 그 병명이 뭐냐? 그리고 또 거기에 쓰는 약은 뭐냐? 좀 일러주쇼."

알어야지.(웃음) 자기는 집이 가는 게 급허거든. 아 충청남도 서산땅을 가려면은 두만강을 건너서도 며칠을 가야 된게, 빨리 가는 게 문제인디, 그런데 해가 뉘엿뉘엿허거든?

"여보쇼. 해 다 가. 고만 물어."

"역시 하늘서 내린 명의"

라고. 그 얘기가, 그 박사 얘기가, 역시 하늘서 내린 병이라고, 자기도 그렇게 봤다고. 그러니 이 세상에서는 약이 없다는 거여. 하늘서 내렸기 때문에 약이 없다는 거여. 고칠 수가 없다는 거여.

"그럼은 그 약은 뭘 썼소?"

"이 봐, 밥 먹고, 밥상에 밥테기 떨어지는 거 있잖어?"

아 그러니까는, 그 의사 박사가,

'아하, 낙반지토구나!'

낙반지토. 떨어진 밥허고 흙허고 합쳐져서 뭉친, 그래서 그런 종기, 하늘서 내린 종기 약에는 낙반지토가 섞인 것. 하늘서 내린 병에는 낙반지토(落飯之土), 떨어진 밥하고 흙허고 합쳐서 뭉친 것, 낙반지토가 약이라는 거여. 지금도 종기 나면 낙반지토를 쓴대.

그래서 이놈은 그렇게 혀 가지고 돌아와 가지고, 할머니를 모시고 잘 살았다는 그런 야담이 있어.

　[조사자: 해 다 가라는 말허고 하늘서 낸 병이란 것하고 무슨 관련이 있나요?]

　해는 하늘 아녀? 그러니까 해를 바라다보면서 말하니까, 그 사람이 해는 하늘 아냐? 해는 하늘이고, 달은 땅이고 이렇게 해석을 혔는디.

　해 떨어진다, 나 빨리 급하다, 빨리 가야겄다, 그러면서 해를 가르치니까, '하늘이 내린 병'이라고 알아들은 거지. 이렇게 해석을 혀가지고, (웃음) 병명이나 약명은 그 사람이 냈고, 이건 순전히 그 엉터리로다가(웃음).

제보자 : 구필조(1930년생, 충남 한산 거주. 1995.10.8 채록)(초등학교 때인
　　　　 1940년대에 들었음)

21

숙종의 외사촌 정진사
-과거 불합격자 합격시키기-

＊핵심어 : 과거시험, 사투리 한자 훈, 갈매기 구(鷗)

옛날 고대 얘기라고는 볼 수 없고, 숙종 5년 때 일어난 얘긴데, 숙종 왕의 외사촌 되는 분이, 정진사라는 분이 있는데, 이 양반이 상당히 박식허고, 학식도 높고 여러가지, 다방면에, 인품도 있고 그러는데, 이 숙종 때 우리나라 고시(과거)제도가 생겼어요.

고시제도가 생겨가지고, 고시에 꼭 합격을 해야 일을 허는데, 훗날 정진사 되시는 분이, 양시를 허야, 초시와 중시, 양시를 허야 진사나 생원이나 하는 벼슬을 주는 건데, 그 다음에 임관을 혀서 정8품 정도로다가 받게 돼 있는데, 우선 그 시(試)에서 과거시에서 낙방을 자꾸 헌단 말여. 딱허니까 고시위원, 지금으로 말하면 입시위원들이,

'이 어른을 좀 합격을 시켜주자.'

그래서 정아무개 교수 그래놓고, 그때는 이자 한 사람 한 사람씩 불러다가 그 실내에서 시험을 보게 한 것 같은데, 이제 글씨를, 한자를 하나 써놓고, (무엇인가를 꺼내며) 내가 적어왔는데, 응 여기 있다.

"이게 무슨 잡니까?"

정진사 그 글씨를 분명히 아는데, 이 양반이 시험보는 데는 약하기 때문에, 영 생각이 안 나는 거예요. 그러니까, 병풍 뒤에 갈매기가 이렇게 날아가는데, 그 고시위원장이 갈매기를 딱 가리키면서 딱딱 뚜들겼단 말여. 그러니까 이 양반이 언뜻 생각한 것이, 딱딱 뚜드린게, 저게 '구'자(字)는 구잔디 무슨 구잔지는 모르겠는데,

"예, 그 딱딱이 구잡니다."

"알았습니다. 나가 보세요."

그래 안타깝게 떨어졌어요. 나오다가 가만히 생각해 보니까, 그게 갈매기 구잔디 자기가 딱딱이 구자라고 했단 말여. 그 다음에 들어가는 선비는 젊은 사람인데,

"여보쇼, 그 구자가 갈매기 구(鷗)잡니다. 딱딱이 구자라고 내가 잘못 얘기했는데, 지금 생각허니 갈매기 구자라고."

이렇게 일러줬어. 그래 그 선비가, 하도 그 양반이, 그때나 지금이나 시기가 많을 땐데, 자기를 희생허고, 자기는 떨어질망정 그 선비를 합격을 시켜줄 마음으로다가 공손이 일러주는 디에 감탄했어. 딱 들어가니까, 역시 방에 쓴 자를,

"이게 무슨 잡니까?"

그러자 그 청년 얘기가,

"예 그게 갈매기 구잡니다마는 시골에서는 딱딱이 구자라고도 합니다."

이게 얘기를 했단 말여. 그러니까,

"아하, 아까 그 정진사도 합격이다."

그래서 합격을 혀 가지고, 양시는 했는데, 벼슬은 사양허고, 고향 촌락에서 진사로다가 그저 일생을 보내면서, 나라에 좋은 일에 대해서

는 찬성을 허고, 정치가 좀, 지금으로 말하면은 못해지는 그런 때는 아낌없이 나섰다는, 그러헌 유명헌 옛날 얘기가 있었습니다.

제보자 : 구필조(1930년, 충남 한산 거주. 1995.10.8 채록)(초등학교 때인 1940
    년대에 들었음)

색동저고리의 유래
-첫날밤에 해산하기-

*핵심어 : 장가, 신부, 첫날밤 해산, 허물 덮어주기, 간부의 씨, 색동저고리 유래

한 선비가 장가를 가는데, 결혼식 첫날밤에 신부가 산기가 있어 가지고, 애기를 낳는 거여.

이거 큰일났거든? 그래서 도리없이, 양반의 집에서, 이거 뭐 어떻게 됐든간에, 신부가 문제가 크니까. 양가에 큰 망신이니까. 이 선비가 생각허기를, 이걸 수습을 허기를, 그 이불의 호청을 모두 뜯어가지고 그 애기를 받았다고.

전부 뒤로 싸서 놓고, 그려놓고, 옛날에는 결혼을 해가지고 첫날밤은 처가집에서 대개 지내는데, 처가에서 지낼 때 밤찬이 나오게 되는데 종을 부르는 거여.

"이봐라. 나는 그 밤참을 미역국을 평소에 먹으니까, 미역국을 좀 끓여서 다오."

그러니깐,

"아이 뭐, 별사람 다 있다고. 신랑이 말이지, 미역국을 다 밤에 먹는 사람도 있다고."

하여튼 미역국을 달라니까는, 신랑이 뭐 제일 그날은 고객이니까, 미역국을 후히 끓여서 들여놓으니까, 신부가, 새댁이 그걸 먹겠어? 얼굴을 돌릴 바가 없는 거지 뭐. 이왕에 그렸으니까, 안 먹을 수도 없고, 미역도 먹고 그렸어. 이 신랑이 그 애기를 보통이다가 싸고 싸고 혀 가지고 자기 집으 가는 도중에 다리 밑구녕으다가 딱 놓고, 밤중이 갖다 놓고,

"이봐라!"

"왜 부르십니까?"

"내가 이 출가하는, 오늘 배양을 가는 시간을 다시 짚어보니까, 빨러졌다. 그려서 좀 시간을 당겨서 가야할 테니까, 서둘러라."

그려서 부랴부랴 서둘러 가지고, 가는데, 그건 왜 그러냐하면, 애기가 거기 있기 때문에 신랑이 애기를 데리고 오려고 마음먹고 그랬는데, 이 막난 애기가 뭐 울기를 허었어 뭐를 허었어? 그냥 숨만 쉬고 있는데, 그 다리 위를 지나가는데,

"애들아, 좀 지체해 봐라. 느덜 무슨 소리 못 들었느냐?"

"아무 소리도 못 들었는데요?"

"아이 이 쌍놈들은 귀가 그러냐고. 틀림없이 다리 밑에서 애기 우는 소리가 났다. 내려가 봐라."

"예, 무슨 보통이가 있습니다."

"가져와 봐라."

애기가, 옥동자 머슴아 사내여. 딱 있단 말여.

"이 애기를 가마에다 실어라. 하나님이 우리 형수한테 주는 선물이다."

자기 형수가, 자기 형님이 일찍 작고혀 가지고 청상과부로 혼자 사

는디 아주 외롭게 산단 말여. 그래서 그 형수한테 줘야겄다 맘 먹고, 드리고, 자기 집으로 돌아가서, 들어가기 전에 대문 바깥에서 형수를 찾은 거여. 그래 형수가 나오니까,

"아주머니, 이리이리해서 오다가 하나님한테 선물을 얻었는데, 이게 형님의 자손요. 길르쇼."

"아이고 서방님, 참 고맙습니다."

하고서나 그 애기를 맡어서 길르고, 그려놓고 이 선비는 부인으로 맞은 그 새댁허고 그런 일이 없는 것처럼, 자식도 없는 것처럼 그렇게 지냈는데, 그 형수가 갑작키 돌림병으로 들어가지고 죽어버렸어.

죽으니까 그 애기가 어디로 오느냐하면, 자기한테 오는 거야. 다시 말하면 그 어머니한테, 즈 어머니 품안에 다시 오는 거여. 그래 자기 자식으로다가 호적 올리고, 이러고 자기 자식처럼 키고, 그 다음에 아들 형제를 나서 삼형제가 됐어.

삼형제가 돼 가지고 이 양반이 이제 벼슬도 허고, 이렇게 잘 지내다가, 참 호의호식허고 참 잘, 그런 마음씨를 가졌으니까 이 사람이 잘 될 수밖에 없는 거고.

참 그 유명헌 인품을 가지고 일생을 보내다가 환갑이 돌아왔단 말이야. 옛날에는 사람 수명이 길지 않아서 환갑지내기가 극히 드문 때니까, 환갑이라는 거는 아주 굉장히 부러워하고 또 잔치를 아주 크게 하는데, 환갑 잔치를 하는 날, 삼형제를 딱 앉혀놓고, 애기를 허는 거야. 애기를 허면서,

"이리이리해서 너희들이 앞으로 장가가 가지고, 첫날밤에 너희 신부가 이렇게 이렇게 혀서 애기를 나면 너는 어떡허겠느냐?"

큰아들한테 물어봤어. 그랬더니 큰아들이 펄쩍 뛰면서,

"그거 뭐 당장에 내치고, 그런 법이 어딨냐고."

그러는 거야.

"그래?"

그럼 둘째놈보고,

"너는 어떡허겠느냐?"

한참 머리를 숙이고 있다가,

"그거 참, 어떡허겠습니까? 양가의 체면도 있고 사회 체면도 있는 건데, 그걸 어떻게 수습을 해서 허야지 어떡허겠느냐? 수습할 방안은 없지만은 수습책을 강구해서 허야겠다."

또 셋째놈보고,

"너는 어떡허겠느냐?"

"나도 두째 형님 생각허고 같은데요?"

그러니까 종자가 다른 거여. 그러니까,

'과연 내 씨가 낳은 것은 그렇구나.'

그걸 느끼고서나, 이 영감이,

"사실은 내가 그랬다."

그러니까 큰아들이 화를 부르르 내면서, 튀쳐 나가버렸어.

"나는 절대 장가를 안 가고 입산수도혀 가지고 절에 가서 살겠다."

이래 가지고 장가를 안 가고 집을 떠나버렸어. 그런 일이 있었어.

그 얘기는 일단 이렇게 중지허고.

한 시골 산속에서 과부가 산을 일어(일구어)먹고 밭을 일어먹고 사는데, 냇가에 가서 빨래를 할라고 이렇게 빨래거리를 한통, 동네것 다 맡어가지고 품도 받고 이렇게 사는 혼자 사는 과분데, 어렵게 사는 과분데, 뭐 아주 가난하고 옛날 말로 똥구멍이 찢어지게 가난하게 산단 애기지.

똥구멍이 찢어지게 가난하다는 말은 무슨 뜻인지 알지? 그게 무슨 애기냐 하면은, 밥을 세 때를 먹어야 하는데, 세 때를 못 먹고 굶는 때가 많으니까, 대변이 괴고 괴고 해서 한번에 나오다 보니 대변 자루가 큰 거여. 크니까 이게 안 나오는 거지. 안 나와 가지고, 지금으로 말하면, 고놈을 억지로다 똥을 눌려면 그 똥구멍이 찢어진다, 가난한 사람을 똥구멍이 찢어지게 가난하다고 내려오는 말인데, 그 정도로 가난한 살림을 혼자 사는데, 무우가, 팔뚝만 헌 무우같은 것이 두 개가 냇가로 떠내려오거든? 그놈 둘을 건져서, 시장한 판에 다 먹어버렸어. 무우 두 개를 먹어버렸다고.

먹고 집에 돌아와서 사는데, 그달부터 배가 불러오는 거야. 배가 불러와 가지고 임신이 돼 가지고 애기가 밴 거여. 무우 두 개를 먹었는데. 그 동네 사람들이 수근거리기를,

"저 못난 과부를 누가 후렸는지 몰르겠다."

고.

"저걸 누가 그렸을까?"

그렇게 눈총맞고 있는데, 이 여자는 여하튼간에 누가 뭐라고 허든간에 기쁜 거야. 아들일지 딸일지는 모르지만 좌우간 애기밴 건 사실이니까. 또 놀고, 뱃속에서 애기가 놀고 그러니까. 그래서 난 것이 아주 그 아들만 둘을 옥동자를 둘을 낳았다고. 아들 둘을 낳았는데 이거 뭐 먹을 게 없으니까 가르칠 수가 있나?

옛날에는 서당인데 서당에 넣을 수도 없고, 일자무식이지 뭐. 즈 어머니가 모르니까 뭐 가르칠 수가 있나, 일자무식여. 그런데 가르친 일

이 없는데, 모르는 게 없어. 한문이고 뭐고 문장이고 모르는 게 없어 자동적으로. 어느 정도 애들이 기억이 있느냐 하면은, 새소리도 다 듣고, 짐승 소리도 다 듣고, 이 모든 만물들허고 대화를 허고 그런단 말여 애들이 그런단 말여.

하루는 까치가 집앞에 와서, 아침 일찍이 와서 짖어대니까. 그러니까 동생이 있다가, 쌍둥인데 쌍둥이도 형이 있고 동생이 있는데.

"형, 저 까치가 뒷산에 송아지가 하나 매달려 죽었다고 갖다 먹으라고 그러는데 갖다 먹을까?"

"글쎄 그럴까? 이거 뭐 배도 고프고."

"갖다 먹자."

고. 그래 죽은 송아지를 갖다가 먹었어. 먹었는데, 그 소 임자가 고발을 헌 거여. 소 임자가 고발을 혀 가지고, 관가에 불려간 거야.

"너 어찌 남의 소를 훔쳐다 먹었느냐?"

"훔쳐다 먹은 게 아닙니다. 까치가 와서, 죽은 소 가서 먹으라고 해서 먹은 것이지, 그런 게 아닙니다."

"그럼, 네가 새소리를 다 듣는단 말이냐?"

"다 듣습니다."

그러니 할 말이 없어.

애들이 너무 굶고 그래서 원이,

"너희들한테 한 끼 대접하고 싶다."

그러고는 진수성찬을 차려놓고, 원이 돼지도 한 마리 잡고, 술도 막걸리도 놓고 해서, 진수성찬을 해서,

"너희들, 실컷 먹어라."

그런데 안 먹는 거야. 일절 안 먹고 밥만 몇 숟갈 떠먹고는 돼지고

기도 안 먹고, 술도 안 먹고 밥만 그냥 먹고 가는 거여.

"왜 그렇게, 시장할 텐데 안 먹느냐?"

"아니 뭐 사양허겠습니다. 잘 먹었습니다."

그러고는 안 먹는 거야. 그러고는 갔는데, 그 원이 생각할 때 아무래도 수상하단 말여.

그 원이 암행을 시켜서 몰래 알아보게 했어,

"따라가 봐라."

그래 멀찍이 따라가서, 자기 집에 숨어들어 가가지고서 들으니까,

'아이, 그 돼지고기라는 것이 인(人) 고기고, 사람 고기고.'

'술이라는 것이, 모든 술이 그러허지만, 송장 썩은 물이고, 또 그 원이라는 녀석이 중 자식이고, 그런 불길한 데 가서 어떻게 음식을 먹겠느냐?'

"이렇게 중얼거리더라."

'그대로다가 종이 가서 얘기를 헌 거야. 문제는 자기가 중의 자식이라는 게 문제야. 백정놈이지.

"그 돼지 어떻게 해서 잡았느냐?"

"새끼를 낳은 암돼지가 바로 죽어서, 돼지새끼를 마누라 젖을 먹여서 키웠습니다."

이런 얘기고. 또 술 맨드는 놈한티 족치니까,

"예, 지난 번에 공동묘지를 다 파헤치고 밀을 심었는데, 그 밀로 누룩을 만들어 이렇게 술을 빚어서 만들었습니다."

이렇게까장 나온 거야. 나온 건데, 근거가 그렇게 나왔는데, 그럼 도대체가 자기가 원인데, 그래도 지방 원이라면 그 지방의 10권을 가지고 있는 사람여. 입법 사법 행정권을 갖고 있는 거거든.

"내가 원인데 그런데 내가 어떻게 중의 자식이냐?"

자기 어머니한테 대들은 거여. 자기 아버지는 먼저 작고허고,

"바른 대로 얘기허쇼."

그러니까 그 어머니 얘기가,

"사실은 내가 느 아버지한테 손이 없어서, 집안에 대가 끊어지게 생겨서, 무슨 무슨 절에 가서 백일 기도허면은 애기를 임신헌다고 혀서 백일 기도를 허는 도중에, 어느날, 마루 밑창이 툭 꺼지는 거여. 마루 밑창이 툭 꺼지니깐 어떤 남자가 겁탈을 혀서 임신이 돼 가지고 애기를 배서 너를 낳았다."

"그럼 그 절이 어디냐?"

그래서 그 절을 찾아가 보니까, 주지가 그런 식으로다가 애기를 전부 맨들어 가지고. 그런데 그 장본인이, 그 절 주지, 그 절 이름은 내가 기억이 안 나는데, 원래 그 절 이름도 있었는데 내가 지금 생각이 안 나. 이 원래 먼저 얘기에서 제일 큰아들, 첫날 밤에 나서 집을 뛰쳐나가나 큰아들놈이, 장가도 안 가고 입산수도해서 절에 들어가 중이 된다는 놈이, 그놈이 주지승인데, 그렇게 해서 애기를 배면은, 이렇게 기도드렸으니까, 애기를 배면은,

"색동저고리를 입혀라."

요새 애기를 색동저고리를 입히는 것은 원 따지고 보면은, 그렇게 불길혀서 낳은 애를 색동저고리를 입히는 거야. 그게 유래가 돼서 지금은 멋도 모르고 색동저고리를 입히는데,

"색동저고리를 입혀라 반드시."

그래야 자기 파악을 하기 때문에. 그래서 그 주지승이 죽으니까 상여 뒤에 그렇게 난 자식이 백일곱이 상여 뒤를 따랐다, 그렇다는 이야

기가 있어(웃음). 절 이름도 나오고 주지승 이름도 나오는 이야기가 있어요.

제보자 : 구필조(1930년, 충남 한산 거주. 1996.7.1 채록)(초등학교 때인 1940년 대에 들었음)

23

암행어사 박문수의 절세 미인 소실

*핵심어 : 박문수, 암행어사, 절세미인, 혹 달린 여자, 오입, 아버지 찾기, 모과

박문수가 유명헌 암행어산데, 어느 한 고을에 가서 절색 미인을 만났어. 그래서 그 미인을 하룻저녁 품을라고, 술을 먹고 친구 소개로다가 이렇게 혀서, 그 신방을 채려서 들어오는데, 그 미인이 들어왔는데,

"잠깐 나 화장실 좀 갔다온다고."

나와 가지고 다시 들어왔어. 다시 들와가지고 하룻저녁을 자고 보니까, 혹이 이렇게 달렸단 말여. 그러니까 바꿔치기한 거지. 박문수가 당한 거여. 바꿔치기한 거여. 두 번 다시 쳐다볼 수가 없어. 그래, 자기가 암행어사라는 직함을 숨기고 댕기잖어? 자기를 알을까봐 걸음아 날 살려라 하고 그냥 돌아왔어.

돌아와서, 다시는 그런 오입을 안허는 거여. 외도를. 그 다음부터는 다시는 않고, 또 관직도 내놨어요. 그걸로 타격을 받어갖고. 관직도 내놓고, 그 인제 나이가 많이 먹고 그래서 둘이 바둑을 두는데, 친구허고. 인자 환갑 진갑 다 지내고, 한여름에 인자 이렇게 불을 환히 켜

놓고 바둑을 두는데.

그 반면에 그 과부, 과부 아니라 그 처녀가 애기를 밴 거여. 애기를 배 가지고, 그 애기가 장성해 가지고, 애기가 그 애비탁했는지, 공부도 잘허고 그러는데, 성도 몰라.

"도대체 내 성이나 알려달라."

즈 어머니도 모른다는 거여.

"이러저러 그렸는디 알 수가 없다."

그러니까 이 사람이,

"사람을 찾을라면 서울을 가얄 거 아니냐? 한양으로 가야 헌다."

한양 가서, 유명헌 점쟁이를 찾아간 거여. 점쟁이를 찾어가니까, 모과를 하나 사가지고, 큼직헌 모과를 하나 사가지고,

"어디 어디 가면은, 거기서 아주 대궐같은 암자에서 두 노인들이 바둑을 둘 것이다. 숨어들어갔다가 한참 신나게 말이지, 옥신각신하고 신경 막 심각헌 시간에, 이 모과를 바둑판에다 던져라. 그러면 느 아버지를 찾는다."(웃음)

그래, 그대로 헌 거야. 그 점쟁이 찾아가 가지고, 두 노인들이 바둑을 두는데, 그걸 던지니까, 한 노인은,

"어떤 놈이냐?"

고 소리를 지르고 화를 내는데, 한 노인은 모과를 거머쥐더니, 배꼽이 빠지라고 웃는 거라.

"아 이 사람아, 지금 화낼 땐데 왜 웃느냐?"

이 모과를 보니까, 그 옛날의 그 여자 혹 생각이 났단 말여.(웃음) 그 모과허고 혹허고, 똑같애, 모양이. 혹 생각이 나서, 그때 생각이 나서 막 웃어. 옛날 추억이.(웃음) 그려서나 그놈을 잡아다가 올려 가지

고, 주욱 사실 얘기를 들어보니까, 그렇게 자기 아버지를 찾을려고, 그 박문수 아들이, 소실에서 난 아들이, 그렇게 있었다 그런 얘기가 있어.

뭐 박문수 얘기는 많여.

[조사자: 생각나는 대로 하세요.]

생각이 안나. 박문수는 유명한 사람인데 좋은 일도 많이 했지만, 그런 호색가였고, 그리고 원래 암행어사라는 것은 왕명을 받들어서 왕명을 대행하는 건데, 일방적으로다가 처리한 일도 많고, 그런 능수능란헌 인물이었던 거 같애. 박문수라는 사람이. 그 얘기가 많은데 그 얘기를 간추리덜 못허겄어.

제보자 : 구필조(1930년, 충남 한산 거주. 1996.7.1 채록)(동네 이야기꾼 서똥구 멍한테 들은 얘기).

24

장사 철수 이야기
-효자 영웅의 모험-

*핵심어 : 영웅의 모험, 효도, 어머니 모시기, 산적의 소굴, 호랑이의 간, 공주와
결혼하기

옛날에 철수하고 어머니하고 둘이 살았는데, 철수가 엄청나게 등
치가 크고 손이 솥뚜껑만 하고 엄청나게 덩치가 컸대요. 근데 이 놈이
하는 일이라고는 먹고 싸고 자고, 먹고 싸고 자고 그러는 거야. 하루
에 쌀을 몇 가마니씩 먹을 정도이고 주면 주는 대로 먹었대요. 그러니
까 계속 먹고 싸고 자고, 아무것도 하지 않고 이렇게 인제 세월을 보
내는 거야.

하루는 어머니가,

"철수야 내가 너한테 할 이야기가 있다."

"네 어머니 말씀하십시오."

"사실은 이만저만해서, 너희 아버지가 물려준 재산하고 지금까지
가진 살림살이를 죄다 내다 팔아서 너를 먹이고 재웠는데, 이제 아무
것도 없구나. 도저히 이렇게 살 수가 없으니까, 이제는 네가 나가서,
일을 하든지 돈을 벌어와야 되겠다. 그 동안 놀고 먹기만 했으니 재주
는 없더라도 뭔가 양식은 있어야 될 거 아니냐?"

"예 어머니 제가 나가보겠습니다."

인자 철수가 밖에 나가 가지고 돈을 벌어 볼려고 하는데, 배운 것도 없고 기술도 없고, 오로지 할 수 있는 것이라고는, 연구를 해보니까, 나무하는 방법밖에는 없더라는 거여. 철수가 인제 나무를, 엄청나게 나무를 해다 날라도, 도저히 양식으로 바꿔가지고 생활이 안되고, 아무튼 그런 시간이 요렇게 흘러가고 있었어.

하루는 철수가 나무를 하러 갔다가 길을 잃어 버렸어. 그래 갖고 깊은 산중에서 헤매다가 헤매다가, 점점 더 깊은 산중으로 길을 헤매가지고, 도저히 밖으로 나올 수가 없는 그런, 날씨는 캄캄해지고, 날은 어둬지고 찬바람은 불고 어둑어둑하게 되니까, 빨리 길을 찾으려고 하다 보니까, 되풀이하고 되풀이하고 해서 계속 깊은 산중으로 들어가게 된 거야. 그렇게 깊은 산중으로 들어가다 보니까, 산속에 도저히 이해할 수 없는 큰 담이 있고 큰 대문이 있더래요. 위에는 고래등같이 기와집도 지어져 있고 무슨 마을같은, 그 첩첩산중 속에.

그래 가지고, 문이 열어져 있으니까, 철수가 가만히 거기를 들어가 봤대요. 거기를. 철수가 들어오는 것을 누구도 의식하지 않고, 뭐 좀 이상한 사람들이 살고 있는 거야. 철수가 이제 이리저리 돌아다니다가, 이슬이나 비라도 좀 피하고, 잠이라도 한숨 자고 그 다음날 길을 찾아야 되니까. 그래서 어느 방에를 문을 열고 들어가 봤는데, 그 방에 온갖 돈이랑 금은보화며 패물이 산더미처럼 쌓여 있는 거야. 철수는 태어나서 그런 큰 돈이나 그런 금은보화는 처음 본 거여. 눈이 휘둥그레져 가지고 철수가 얼마씩 호주머니에 얼마씩 넣고 어쩌고 하다가, 밖에서 사람들 들어오는 인기척이 나자 그 옆에 있는 벽장 속으로 얼른 문을 열고 벽장 속으로 숨었어.

그런데 벽장에 숨어서 가만히 들어보니까, 밖에서 들어온 사람들이 하는 얘기를 들어보니까,

'오늘은 어디에서 뭘 얼마를 훔치고, 어디에서 지나가는 행인들을 잡아 가지고, 무슨 박달재에서는 얼마를 털고, 누구 양반네 괴나라봇짐을 얼마를 털고, 어디로 물건이 오고 가는 것을 잡아가지고 사람을 죽이고---'

완전히 산적들이 하는 이야기들을 하고 있는 거야. 철수가 생각했을 때, 거기 두령이란 놈이 인제 수금을 하는 거야. 거기서.(웃음)

"너는 얼마를 어디 가서 털었느냐? 이리 내놓거라."

하고 서로 자랑하듯이 이 뭐 다른 두령들이, 그날 하루에 있었던 전과를 이렇게 보고를 하고 그런 것을 철수가 듣고,

'아이코! 내가 산적 소굴에 들어와 있구나.'

인제 이렇게 생각을 한 거여. 그러고 나서 잠이 들었어, 철수가. 그러고 잠을 자고 깨어나 보니까 아무 인기척이 없어서 밖에 나와 본 거여. 밖에 나와 갖고 어떻게 길을 찾아 가지고 자기 집에 오게 됐어. 집에 떠억 와 가지고 하는 이야기가,

"어머니, 저하고 어디 갈 데가 있습니다."

"어디를 가냐?"

"어머니, 제가, 좋은 집하고 모든 살림살이가 갖추어진 집이 있습니다. 저하고 이사를 가셔야 됩니다."

이 어머니가 하도 어이가 없어 가지고,

"야 이놈아, 네가 태어나서 살던 집을 버리고 어디를 간단 말이냐?"

"어머니 걱정하지 마십시오. 좋은 집이 있습니다. 제가 어머니를 평생 동안 편하게 모실 집이 있습니다. 어머니, 제 등에 업히십시오."

이제 어머니는 마지못해서 철수 등에 업히려고 하는데, 철수 하는 이야기가,

"어머니, 제 등에 업히셔 가지고, 도착할 때까지 절대 눈을 뜨시면 안됩니다."

"알었다."

그리고 어머니가 그 넓디넓은 철수 등을 타고 가는데, 이 철수가 달리기 시작하는데, 얼마나 세게 달리는지, 비 사이로 막가는 것처럼 막 엄청난 속도로 달리는 거여. 그 엄청난 속도로 달리다가, 바람부는 소리 쎅쎅쎅 바람부는 소리가 들려서, 그 어머니가 가만히 눈을 떠봤더니. 철수가 손으로 앞의 나무를 치면서 숲속으로 숲속으로 깊은 숲속으로 달려가는 거야. 그래서 어머니나 겁이 덜컥 났지만 어쩔 수 없이 눈을 지긋이 감고 그렇게 달리기 시작한지 한참 됐어.

철수가 탁 멈추면서, 어머니를 내려놓더니,

"어머니 이제 눈을 뜨십시오."

어머니가 눈을 떠보니까, 진짜 거짓말처럼 깊은 산중에 고래등같은 기와집이 여러 채 있고, 담이 엄청나게 높고 그런 집이 나오는 거야. 철수가 이제 들어가 가지고,

"어머니 이게 우리 집입니다."

하고 들어갔어. 들어갔는데 인제, 마침 때마침 그 산적 두령은 없고, 밖에 출타중이고, 나머지 소두령들이라든가 일반 산적들이 다 있는데, 거기를 어머니를 모시고 들어가니까, 이놈들이 어이가 없어 가지고, 아무리 덩치가 커도 그렇지, 이놈들은 전문적으로 쌈(싸움)을 배우고 산적질만 하던 놈들인데, 철수를 이상하게 생각하고,

"너는 어디서 굴러온 놈이냐?"

한마디로 '너는 어디서 굴러온 말뼉다귀 같은 놈이냐?'

"내가 앞으로 여기서 너희들을 다스리면서 살 내가 새로운 두령이다."

하고 이야기를 하니까,(웃음) 그래갖고 이 두령들이 어이가 없어가지고 칼을 들고 나온 놈, 낫을 들고 나온 놈 뭐 별 무기란 무기를 다 들고 나왔는데, 철수란 놈을 도저히 당해 낼 수 없는 게, 가까이 가기도 전에 벌쎄(벌써) 손으로 한대씩만 때려도, 한 10미터씩 20미터씩 가서 떨어지니까(웃음), 도저히 힘으로는 안되겠다고 혀가지고, 이제 두목 없는 사이에 두목이 바뀌어 버린 거야 철수로. 철수가 이제 거기 있는 사람들을 다 제압을 해놓고, 다 모여 놓고,

"오늘부터 너희들은 산적질하지 말고, 땅을 개간해서, 화전해서 땅을 농토를 만들고 밭을 만들어서, 씨앗을 뿌려서 거기서 난 채소를 먹어야 하고, 남자들은 나랑 같이 사냥을 하러 다니고 나무를 하러 다니고 그래야 한다. 너희들은 앞으로 개과천선을 혀서, 나쁜 짓을 절대로 하면은 나한테 죽을 줄 알어라."

이러면서 새로운 어떤 질서가 잡히고, 그 산적들하고 함께 살 수 있게끔 하고, 그 대두목이 있었던 그 방은 어머니가 쓰시고, 철수하고 같이 어머니가 쓰시는 방이 되었어요. 그려가지고 이제 철수가 거기를 싹 대두령이 없는 사이에 두령이 바뀌어 가지고 살고 있는데. 철수가 낮에는 보통 나가서, 배운 게 없으니까, 밖에 나가서 노루고 사슴이고, 어쩌다 한번씩 호랑이도 잡아오고, 노루도 잡고 토끼도 잡고 이런 사냥을 주로 하면서, 그 안에 있는 사람들은 농사를 짓게끔 만들고 지내는데, 대두목이 오랫 동안 출타를 했다가 다시 돌아올 때. 하필이면 철수가 없을 때 대두령이 돌아온 거여. 돌아와서 인제 소두령들이

하는 이야기를 들어보니, 어디서 난데없는 천하에 무식하게 생긴 놈이, 천하에 무식하고 천하에 힘이 장사인 놈이 하나가 와가지고 거기를 싹 바꿔놓았다는 소리를 듣고, 대두령이 생각하기는,

'오기만 오면(오면) 내가 결투를 해서 혼을 내주고 쫓아보내야겠구나.'

하고 생각을 했어. 그리고 대두목이 자기 방을 따악 열고 들어갔어. 따악 방문을 열었는데, 어디서 참 어여쁜 여인네 하나가 앉아 있는 거야. 그게 철수 어머니거든. 철수 어머니도 따악 보니까, 이 세상에서 보기 드문, 자기가 평생에 그렸던, 생각했던 그런 멋있는 남자가 하나 떠억 들어오는 거야. 그래서 이 철수 어머니하고 이 대두령하고 둘이 서로 보는 순간 전기가 스파크가 팍 일어나는 거야.(웃음). 그 철수 어머니가 이렇게 정초하게 단정한 모습으로 생겼나 봐. 그리도 대두목도 대두목답게 훤칠하게 잘 생겼나 봐. 그래, 둘이 보자마자 첫눈에 사랑에 빠진 거야.

'하, 이렇게 어여쁜 여인네가 있을 수 있는가?'

'아니, 이렇게 멋있고 훤한 장부가 있는가?'

둘이서 첫눈에 반한 거야. 그래 갖고 대두령이 하는 이야기가,

"당신은 누구요?"

그러니까,

"이만저만해서 우리 아들이 이리 이사오자고 혀서 왔습니다."

"그럼 내가 당신의 아들을, 오면 혼을 내서 설득해서 내가 당신하고 결혼하고, 당신 아들을 내가 쫓아내든지 아들로 삼겠소."

그러니까 그 어머니가 하도 걱정스러워서 말하기를,

"우리 아들은 힘이 천하 장사고, 당신은 도저히 상대가 안 될 것입

니다.”

라고 말하는 거야. 그래서 도둑놈이 아니나 다를까, 소두령들의 말을 들어본 결과, 종합검토를 혀본 결과, 도저히 자기는 안되겠거든? 철수를 없앨 방법을 연구하기 시작헌 거야. 두목 마음에는,

'철수를 없애야만이 내가 사랑하는 여인과, 그 동안 닦아 놓은 산채를 다시 찾을 수 있겠구나.'

하고, 시험 삼아서, 이 놈이 얼마나 센 놈인지 알아보기 위해서, 어머니와 짜고, 어머니한테 거짓 꾀병을 앓게 하는 거야. 그래서,

“만약 철수가 돌아오게 되면, 이만저만 여차여차 하면 요렇게 조렇게 하시오. 철수가 이차저차 이렇게 저렇게 할 겁니다.”

이렇게 자기네끼리 짠 거야. 이제 그렇게 해서 다시 되풀이 되니까, 그 말은 생략하고(웃음), 철수가 이제 사냥갔다가,

“어머니 저 왔습니다.”

딱 와서 보니까, 따뜻하게 맞아 줘야 할 어머니가, 얼굴에 근심이 가득한 상태로,

“배가 실실 아프고 어지럽고 입맛이 없고 내가 죽을 병이 걸렸나 보다. 그래서 내가 용한 의원을 찾아가서 내가 진맥을 해봤더니 살아날 가망이 없다는구나. 어쩌면 좋으냐?”

“어머니 이게 무슨 마른하늘에 날벼락입니까?”

청천벽력같은 이야기거든. 홀어머니 한분 어떻게 잘 모시려고 했는데, 어머니가 아프시다고 하니까, 인제 철수까지 이제 고민하는 거지. 그런데 어머니가 이어서 하시는 말씀이,

“내가 차마 네게 이런 말을 할 수가 없지만, 용한 의원이 그러는데, 딱 내가 살아날 수 있는 방법이 하나가, 한 가지 약이 있다는구나.”

"어머니, 말씀만 해보십시오."

"너가 할 수 있겠느냐?"

"어머니, 어떤 일이 있어도 제가 한번 해 보겠습니다."

그때, 산적 대두목은 지금 철수하고 어머니가 하고 있는 이야기를 지금 벽장에서 듣고 있거든.

"사실은 이만저만해서 내가 용한 의원을 찾아갔더니, 약이 하나 있다는구나. 그 약이, 여기서 한 200리 정도 걸어서 가면은 칼바위라고 있는데, 거기는 아주 인적이 드물고, 사람이 살 수 없을 정도로 숲이 우거져 있고, 거기에는 호랑이가 한두 마리가 아니라 몇 천 마리가 있어서, 그쪽 방면 지나가는 사람은 다 죽는다는구나. 호랑이한테 잡혀서 죽는다는구나. 거기 가면 호랑이가 어마어마하게 많은데 그 호랑이 중에서 한 마리의 간을, 생간을 뽑아와 가지고 와라. 그 생간을 내가 먹어야, 살아 있는 호랑이의 간을 뽑아와서 먹어야 내가 죽을 병을 낫는다는구나."

"어머니, 걱정하지 마십시오."

어머니한테 들은 대로 200리를 걸어서 걸어서 달려서 찾아갔어요. 찾아가서 보니까, 호랑이 한두 마리 같으면 손으로 때려잡아서라도 어떻게 좀 죽여가지고 호랑이 간을 빼오겠는데, 이놈의 거, 가서 보니까, 호랑이가 수십 마리도 아니고, 수백 마리도 아니고, 수천 마리가 우글우글하거든? 군집으로 몰려 있는 호랑이굴이거든.

그래서 철수가, 어떻게 기다리고 기다려서 그중의 한 마리가 열외가 돼야, 밖으로 한 마리다로 좀 뛰쳐나와야 어떻게 때려잡겠는데, 그렇잖고 한 마리 잘못 건드려 놓으면, 몇백 마리 몇 천 마리 호랑이하고 상대를 해야 할 것 같아서, 몇 시간이고 그 호랑이들을 지켜보면서 생각하고 있는데, 도저히 방법이 생각나지 않는 거야.

그려서 이리저리 헤매다가 칼바위를 올라갔더니, 칼바위를 올라가면서 보니까는, 황소보다 더 큰, 큰 호랑이 대여섯 마리 합쳐 놓은 것만한, 큰호랑이 한 마리가 늘어지게 낮잠을 자고 있거든. 바위 위에.

'옳지! 이놈을 잡아서 간 빼자. 황소 두 마리 합쳐 놓은 것만큼 큰 그 호랑이 요놈을 때려 잡아서 이놈 간을 빼야 쓰겠구나.'

생각을 하고, 잠을 자고 있는 놈, 두 손으로 목을 확 졸랐거든? 그러니까 호랑이 깜짝 놀라 가지고, 한참 자고 있다가, 숨이 콱 막히고 하늘이 캄캄해져서 눈을 턱 떠보니, 뭔 고릴라 같이 생긴 큰 놈 하나가, 자기도 태어나서 호랑이로서 봐도 도저히 큰 손을 가진 놈 하나가 자기 목을 조르고 있는데 진짜로 죽겠거든. 그려서 있는 힘을 다 내서, 호랑이가 한마디를 했어요.

"아이고 형님, 아이고 어르신, 저를 좀 목숨만 살려주십시오. 저를 목숨만은 살려 주십시오."

"너 이놈, 네가, 살려주면, 나를 잡아 먹을라고 그러지? 그러니 너는 오늘 죽어야겠다. 이만저만혀서 내가 너한테는 미안허나, 이만저만해서 내 어머니가 죽을 병이 걸렸는데, 호랑이의 생간이 필요하다는구. 그러니 어쩔 수 없이 네가 죽어 줘야겠다."

라고 이야기를 하면서 힘을 확 주니, 숨통이 확 막히면서 아주 눈앞이 아찔해지고 호랑이가 도저히 죽겠거든. 발버둥을 발버둥을 쳐봐도 안되고, 움직일 수도 없고, 그려서 호랑이가 급한 김에,

"아이고 형님, 제 목숨만 살려주신다면, 진짜 평생동안 형님으로 모시면서 형님이 원하시는 모든 소원을 다 들어드리겠습니다. 제발 목숨만 살려 주십시오. 원하시는 대로 모든 것을 다해 드리겠습니다. 호

랑이 간도 드리겠습니다."

"너, 내가 이 손을 놔주면, 그거 진짜로 그 약속을 지킬 것이냐?"

몇 번 다짐을 한 끝에, 손을 풀어 줬어요. 호랑이가 십년감수를 하고 어떻게 포돗이 목숨을 부지해서, 일어나자마자 넙죽 절을 허고서,

"아이구 형님, 제가 이렇게 힘이 센 사람은 생전 처음입니다. 저 형님을 모시고 평생동안 형님을 위해서 목숨을 바치겠습니다."

라고 이야기를 했어.

"그래? 지금 시간이 없다. 호랑이 간이 하나 필요한데 어쩌면 좋으냐?"

하니까 이 호랑이가,

"형님, 걱정하지 마십시오."

그러더니,

"어흐흥!"

큰소리로 한번 하니, 호랑이 2천마리가 운동장으로 좌악 운집을 하는 거야.

"야, 오늘 아침에 세수 안한 놈 나와!"

딱 그러니까는, 눈꼽 자국 털레털레 덴 놈들이 서너 마리가 나와. 그중에 한 마리를 탁 잡아가지고, 철수 주면서,

"요놈의 간을 빼가지고 가십시오."

그 나온 서너 마리 놈들 중에서 한 마리를 잡어서 생간을 뽑아가지고 그놈 들고 어머니한테 간 거요.

"어머니, 제가 어머니 말씀대로 칼바위 호랑이 굴에 가서, 제가 이렇게 호랑이 생간을 뽑아 왔습니다."

라고 어머니를 드린 거야. 어머니가 그것을 누워서 몇 조각 드시고는,

"아이고! 이제 얼굴에 화색이 돌면서, 네 덕분에 살았구나. 고맙다 철수야."

이 이야기를 하는데, 벽장속에 있던 도둑놈이, 제 간이 콩알만 해진 거야(웃음). 아이고, 진짜로 그 칼바위 호랑이 굴에 들어가서 호랑이 한 마리의 간을 뽑아 갔고 왔다는 말을 듣고, 그 안에 있던 대두목의 간이 벌렁벌렁허고 심장이 벌렁벌렁해지면서 간이 콩알만해진 거야.
'세상에 이런 장사가 있는가?'
하고 두목이 두려움에 떤 거야.

그래서 며칠 또 아무 일도 없이, 철수는 다시 사냥하러 다니고. 그러는 과정에, 대두목이 또 어머니하고 짠 거야.

'이제는 도저히 살아올 수 없게 지혜를 짜내야 되겠구나.'

철수가 만약에 사냥 갔다 돌아오면, 이차저차 여차여차 저차저차 혀서, 이렇게 저렇게 이야기를 혀서, 따악 이야기를 짜 맞춰 놓고, 철수가 돌아오기를 기다리는 거야. 철수가 사냥갔다 돌아왔어.

"어머니, 제가 사냥갔다 돌아왔습니다."

그러고 따악 들어오는데, 이번에는 어머니가 아예 머리에다 띠를 두르고, 수건을 두르고 아예 앓아누웠어 이제. 그러고는 다 죽어가는 목소리로,

"내가 이제, 네가 호랑이 간을 구해온 뒤로, 내 몸이 괜찮나 싶었더니, 이 병이 다시 도져가지고 이제 아주 죽겠구나. 인제 도저히 살 가망이 없으니 어떡하면 좋으냐?"
하고 어머니가 눈물을 뚝뚝 흘리니까.

"아이고 어머니, 이게 어쩐 일이십니까? 어떻게 하면 어머니 병을 나을 수 있겠습니까?"

하니까는, 이 어머니가,

"사실은 내가 용한 의원한테 가서 알아보았더니, 이만저만해서 이건 죽을병인데, 살 수 있는 방법은 딱 하나밖에 없다는구나."

"어머니, 말씀하십시오."

"너무 네가 걱정이 돼서 말을 못하겠구나."

"어머니, 걱정하지 마시고 말씀하십시오. 제가 어떤 일이 있더라도 구해 보겠습니다."

"사실은 땅끝마을로 주욱 걸어서, 몇 백 리를 걸어서 가면은 땅끝이 나오는데, 거기에서 바다가, 상당히 넓은 바다를 건너서 가다보면 외딴섬이 하나 있다는구나. 아무도 살지 않는 그 외딴 섬에는, 사람이 가면은 다 죽는다는구나. 그 섬의 밑에는 전부 독사들하고 뱀이 있고, 거기에는 온갖 괴물들과 흉악한 짐승들은 다 거기 산다는구나. 인간이 거기 땅을 밟아본 사람이 하나도 없다는구나, 거기에 그 섬 꼭대기에 가면은 복숭아 나무가 하나 있는데, 하늘에서만 따는 천도복숭아 나무가 거기 있다는구나. 해마다 천도복숭아 몇 개가 열리는데,그 천도복숭아를 따와서 먹어야 낫는다는구나."

그 천도복숭아는 죽은 사람도 살려낸다는 천도복숭아인데 그것을 따러 가면 철수는 이제 죽은 목숨인 거라. 그런데, 철수가,

"어머니, 걱정하지 마십시오. 제가 천도복숭아를 따가지고 오겠습니다."

하고 막상 집을 나섰으나, 어떻게 가야 될지, 어떻게 바다를 건너야 할지, 어떻게 거기 가서 천도복숭아를 따야 할지 앞이 캄캄한 거야. 그래서 이 궁리 저 궁리 하고 걸어가다가 칼바위로 간 거야, 그래 가지고, 칼바위에 가서,

"아우야, 내가 왔다."

하니까,

"아이고 형님 오셨습니까? 이번에 어쩐 일로 찾아오셨습니까?"

"사실 이만저만해서 우리 어머니가 아프신데, 그 천도복숭아를 먹어야 낫는다는데 어쩌면 좋으냐?"

한게,

"형님, 걱정하지 마십시오. 저와 같이 가시지요."

둘이서 걸어서 걸어서 달려서 땅끝마을까지 간 모양여. 땅끝마을에서 이제 그 바다를 건너야 하는데, 배도 한 척도 없고 앞이 캄캄해서,

"이 넓고 험난한 파도를 헤엄쳐 갈 수도 없고 어떡하면 좋으냐?"

"형님, 걱정하지 마시고 제 등에 올라타시지요."

그래서 호랑이 등을 타고, 거기를 헤엄쳐서 그 머나먼 섬으로 가는 거여. 그래 가지고 진짜로 그 무인도, 섬이 나왔어. 그 섬이 나는데, 아니나다를까 그 섬을 따악 보는 순간 겁이 덜컥 날 정도로, 엄청난 수많은 독사가 우글거리고, 거기에는 온갖 해괴한 짐승들, 옛날 진화가 덜된 뭐 퇴화된 그런 괴물같은 짐승들이 거기에서 서로 잡아먹고 잡혀먹고 이러면서 살어. 인간은 도저히 그 땅에 발을 디딜 수가 없는 땅여.

그래 가지고 이제 철수가,

"아이고, 이걸 어떡하면 좋으냐? 여기까지는 왔는데 도저히 저기를 올라갈 엄두가 안 나는구나. 힘으로 하라면 어떻게 해보겠는데, 이게 힘으로 될 일이냐? 이 독사들이 우글거리고, 그리고 한 두 마리도 아니고, 어떻게 하면 좋으냐?"

한숨을 푹 쉬고 있는데, 호랑이가 하는 이야기가,

"형님은 여기에 가만히 계십시오. 제가 올라가서 천도복숭아를 따 오겠습니다."

아니나다를까, 호랑이가, 같은 짐승들끼리는 뭐가 서로 통하는지, 그 천하를 호령하는 그 호랑이가 가니까, 길을 비켜주고 어쩌고 해서, 이차저차 해서, 호랑이가 진짜로 천도복숭아를 따가지고 오는 거야.

"형님, 여기 따왔습니다."

"고맙다. 내 너의 은혜는 평생 기억하마."

그래서 그 천도복숭아를 하나를 들고 다시 돌아와서 집으로 찾아와서,

"어머니, 제가 천도복숭아를 따왔습니다."

그러니 벽장 속에 있던 두목이,

'아이고, 이놈은 진짜 인간이 아니구나. 도저히 상대할 수 없겠구나. 도저히 방법이 없는 놈이구나.'

생각을 하고는, 이제는 아예 심장이 멈출 정도로 벌렁벌렁하고, 철수 목소리만 들어도 이제 가슴이 졸여지면서 도저히 엄두가 안 나. 그렇게 해서 철수는 또 다니면서 또 살고 있는데, 이번에는 아예 철수를 도저히 벗어날 수 없는 올가미를 씌워 가지고 죽이려고 작전을 짠 거야.

"여차여차해서 철수가 사냥 갔다 돌아오면, 여차여차 이렇게 이렇게 혀갖고 이렇게 하쇼." 철수가 사냥을 갔다가 따악 왔는데, 마을사람들을 다 모아놓고, 산적들을 다 모아놓고,

"철수야, 너가 힘이 천하장사라고 온 세상에 소문이 났구나. 그래서 내가 너의 힘이 얼마나 센가를 내가 실험을 해 보아야겠다. 내사 시집 올 때 가져온 당목이, 베가 있는데, 길이가 엄청나게 긴데, 철수 니가

나무에 묶이거라. 내가 시집올 때 가지고 온 삼베로 너의 몸을 칭칭 끊을 수 없을 만큼 내가 동여매겠다. 그렇게 하고 이 많은 사람이 보는 가운데에서, 이 베로 온 몸을 완전히 묶어 놓은 그 몸을 네가 끊고 나오면은, 밧줄을 끊고 나오면 너를 천하장사로 인정을 하겠다."

이런 거야. 그렇게 해 놓고는, 철수가 아무 말 없이,

"어머니, 제가 그 힘을 한 번 보여드리겠습니다."

그러고는 나무에, 마을 사람들이 삼베로 감고, 그 삼베로 감으면서 동아줄도 감고 해서, 당목을 엄청나게 감아서 미이라를 만들어 놓은 거야. 도저히 인간의 힘으로 끊을 수 없을 만큼 감아서 큰나무에 묶어 놓은 거야. 그런데 인제 산적의 대두목이 그 나무위에서 큰 도끼를 들고 철수를 내리려고 계획하고 있어. 하나 둘 셋 하는 순간 그 밧줄을 못 끊으면 그 도끼로 철수의 머리를 내리쳐서 죽는 거야.

그래 가지고, 이제 철수가, 어머니가 이제 '하나 둘 셋' 할 때 막 그것을 끊고 어떻게 뛰쳐나가려고 힘을 쓰는 순간에, 위에서 산적 두목이 도끼를 들고 철수 머리를 찍어 버린 거야. 내리 쳐 버린 거야. 그러니 철수 머리가 반절로 쪼개지면서 그 자리에서 즉사를 했어.

그러고 있는데 느닷없이 집채만한 호랑이 한마리가 '어훙' 그러면서 뛰어 들어오더니 그냥 철수를 구한 거야. 그 호랑이가 천도복숭아 하나를 가지고 와서 철수 머리에 바르니까 머리가 다시 붙으면서 살아난 거야.

"형님, 이게 어찌 된 일입니까?"

그러니까 이 호랑이가 천도복숭아를 따러 갔을 때, 두 개를 따가지고 하나는 자기가 가지고 있고, 뭔 일을 대비해서 하나는 가지고 있고, 하나는 철수를 주었던 거야. 그래서 죽어있는 철수를 그 숨겨놓은

천도복숭아 하나를 가지고 철수를 살려낸 거야.

　그렇게 하자마자, 철수가 일어나 가지고, 밧줄을 끊고 산적 대두목을 잡아 가지고, 산적 두목의 다리를 잡고, 발목을 잡고 하늘을 향해서 얼마나 세게 돌렸는지, 살은 다 떨어져서 날아가고 뼈만 남았어. 철수가 얼마나 화가 났는지. 그리고 철수가 뒤를 돌아보니까는, 이미 철수 어머니를 죽여버린 뒤였어. 호랑이가 거기에서 반항하는 놈들을 죽이는 과정에서 철수 어머니도 죽었어. 그래서 산적 두목의 계획은 수포로 돌아가고, 두목과 철수 어머니는 죽게 되었어. 그래서 거기서 인제 호랑이와 같이 이렇게 살기로 했어. 다른 사람들은 다 보따리 싸서,

　"너희들 가고 싶은 데로 떠나라."해 가지고, "다 착한 양민으로 살아라" 해가지고, 갖고 있는 금은보화나 재물을 다 나눠주고 다 하산을 시켰어. 거기서 이제 외롭게 철수와 호랑이가 둘이서 외롭게 오순도순 살고 있는데, 하루는 호랑이가 하는 이야기가,

　"형님!"

　"왜 그러느냐?"

　"형님, 나이도 있고 그러신데, 장가를 가셔야지요. 저하고만 살 수 있습니까? 장가를 가서 아들 딸 낳고 행복하게 살으셔야 할 거 아닙니까?"

　철수가 하는 이야기가,

　"나도 장가는 가고 싶지. 장가는 가고 싶은데. 야 이놈아, 내 생긴 거를 봐 봐라. 손은 솥뚜껑만 하지, 얼굴은 고릴라 같지, 몸집은 다른 사람에 비해서 몇 배가 크지, 어느 양가집 규수가, 어떤 처자가 나같은 놈을 좋아해서 정을 붙이고 살겠느냐? 그냥 나는 장가 안 가고 너하

고 이렇게 사는 것이 좋다."

"아이고 형님, 그런 말씀 하지도 마십시오. 아주 이쁜 처자가 있습니다."

"아니 어떤 처자가 나를 좋아해서 결혼하고 살겠느냐? 장가는 가고 싶지만, 나는 너랑 그냥 오순도순 살란다."

"형님, 걱정하지 마십시오. 내가 처자를 데리고 와서, 여차여차하면 이렇게 저렇게 하십시오."

이 호랑이란 놈이 서울로 들어가 가지고, 제일 큰 집에, 땅 밑에 숨어가지고 있다가, 어두컴컴혀 가지고, 누가 어느 처자가 화장실에 가려고, 소변을 보려고 화장실에 가려고 나오는데, 걸어서 나오는 그 처자를 갖다가, 훌쩍 담을 뛰어넘어 가지고 그냥 업고 달려 버린 거야. 보쌈해 버린 거지 호랑이가. 그 처자를 그냥 바람과 함께 사라지다처럼 그냥 훌쩍 끌어안고 호랑이가 납치를 혀 갔어.

철수가 살고 있는 방에다 처자를 내려놓고, 이 처자한테 호랑이가 '어홍' 하고 겁을 주니까, 이 처자가 깜짝 놀라 혼비백산해 가지고 보니까, 큰 남자 하나가 있거든?

"아이고, 아저씨, 저 좀 살려주세요."

철수의 품에 안기게 돼요. 철수가,

"걱정하지 마십시오. 내가 쫓겠습니다."

하고는,

"너 이놈, 여기가 어디라고 왔느냐?"

하고 큰 소리를 지르면서 쫓아가니까 호랑이가 도망을 갔어. 그래 갖고 이 처자가 인제 목숨을 살려준 은인이라 같이 어떻게 해서 같이 살게 되었어.

그래서 철수하고 규수하고 같이 살게 됐는데, 한양은 발칵 뒤집힌 거야. 왜냐면 임금님의 외동딸이, 공주가 간밤에 없어져 버린 거야. 알고 보니, 호랑이란 놈이 가서 데려온다는 게 궁궐에 가서 공주를 납치해 갖고 온 거야. 그런 줄도 모르고 철수는 공주랑 이렇게 1년쯤 시간이 지났는데, 공주가 날마다 훌쩍 훌쩍 우는 거야. 그래서,

"아니, 나랑 사는 것이 그렇게 힘이 드오? 왜 이렇게 우오? 나만 없으면 눈물 흘리고 먼산을 쳐다보고 날마다 슬퍼하는 것이오? 도대체 왜 그러오?"

그러니까 하는 이야기가,

"우리 아버지가 딸이라고는 나를 하나를 낳고 금이야 옥이야 키우셨는데, 아버지 생신이 내일 모레입니다. 아버지 생신이 내일 모레인데, 찾아가서 뵙고 싶고, 그리운 집도 가고 싶고, 아버지 생신이 내일 모레 다가왔는데, 이 생신에 제가 가보고 싶습니다. 가서 우리 용기를 내서 정식으로 허락을 맡고 그리고 결혼을 정식으로 하고 그렇게 허락을 맡고 살면 좋겠습니다."

그러니까 철수가, 공주가 없을 때 호랑이를 불러 갖고,

"야 이놈아. 이리저리해서 내 아내가 이리저리해서 그 아버지도 보고 싶고, 장인 생신이 내일 모레라는구나. 그런데 생신에 꼭 찾아가야 한다고 날마다 슬피 우니, 이 노릇을 어떻게 했으면 좋겠냐?"

"아니, 형님, 이제 떳떳하게 찾아가서 정식으로 허락 맡고 살면 좋지 않습니까?"

"야 이놈아, 내가 그걸 모르는 게 아니라, 내가 입고 있는 옷이며, 내 몰골을 봐라. 내 이런 모습으로 한양 장인될 사람한테 가면 장인이 기절할 것이다. 그리고 장인을 찾아뵐려면은, 처갓집에 가려면 선물을

바리바리 싸가지고 가도 시원치 않을 판국에, 빈손들고 내가 나뭇꾼처럼 가서야 허락을 맡을 수 있겠느냐?"

"형님, 걱정하지 마십시오. 여차여차해서 내일 내가 해어름에 한양 장터에 나가 가지고 내가 난리를 칠테니까 저를 이렇게 이렇게 하십시오."

둘이 이러고 짠 거야. 그날이 제일 큰 장이 열리는 날이라. 지방이고 어디고 온갖 상인들이 다 한양으로 몰렸는데, 아니 난데없이 어마어마하게 황소보다도 더 큰 호랑이가 '어홍' 그러면서 장터에 나타나서 막 겁을 주는 거야. 휘젓고 다니는 거야. 그러니 장사꾼들이 장이고 뭐고 물건이고 뭐고 혼비백산해 가지고 있는데, 느닷없이 어디서 큰 어떤 사람이 나타나 갖고,

"이놈, 미물인 네가 감히, 사람이 사는 곳에 해코지를 하려고 나왔느냐? 너 이놈, 게 섰거라."

하고 쫓아가는데, 그 호랑이가 혼비백산해서 도망가거든? 그래서 거기에 모여있는 모든 상인들이나 그날 봉변을 당할 뻔한 사람들이,

"아이고, 감사합니다. 가진 것이라고는 물건밖에 없습니다."

하면서 선물을 하나씩 주는데, 산더미처럼 쌓였어. 그걸 마차에다 떠억 싣고 이튿날 처갓집을 향해서 갔어. 아, 처갓집에 가서 보니까, 장인될 사람이 임금님이거든?

그래서 철수가 용기를 내가지고,

"임금님, 죄송합니다. 이리저리해서 이렇게 임금님의 따님을 사랑하게 되었고 한 1년은 이렇게 살았습니다. 허락을 해주시고 정식으로 결혼을 시켜 주십시오."

하니까, 임금님이 마음속으로 전혀 내키지도 않고, 어디서 생긴 것

도 도저히 마음에 안 들고, 배운 것도 없고. 이미 공주한테는 부마로 내정돼 있는 정혼자가 있었어. 집안도 좋고 많이 배우고 영리하고, 앞으로 이 딸이 이 나라를 다스려야 되는데, 큰 힘이 돼줄만한 어떤 사윗감으로 내정해 놓은 부마감이 있었고 정혼자가 있었어. 그래서 그 정혼자가, 공자가 돌아왔다고 하니까 그 정혼자가 나타났는데,

"이 일을 어떻게 하면 좋으냐?"

고 임금님이 그 부마될 사람하고 상의를 하니,

"저놈이 힘만 세니 무식하니까, 제가 정식으로 결투를 해서, 이기는 사람한테 딸을 준다고 하십시오."

그래서 임금님이 철수를 불러서,

"철수야, 사실은 이만저만해서 어렸을 때부터 우리 공주에게는 정혼자가 있었다. 앞으로 나라를 다스리고 내가 부마로 삼은 그런 정혼자가 있는데, 네가 정식으로 결투를 해서 정식으로 이기면 내가 허락을 하고 너를 부마로 삼겠다. 그 대신 지면 깨끗이 포기하고 돌아가도록 해라."

철수가,

"알았습니다."

그런데 결투 내용이, 아니 시합 내용이 뭐냐면, 활쏘는 거야. 그런데 철수는 태어나서 한번도 활을 쏴본 적도 만져 본 적도 없거든? 사냥을 나가서도 맨날 손으로 잡았단 말야. 한번도 활을 쏴본 적이 없는데, 걱정이야. 시합이 하필이면 활쏘기 대회라. 너무너무 걱정이 돼서, 철수가 호랑이한테 하는 이야기가,

"아우야, 이만저만해서 임금님의 사위가 될 사람이 있었는데, 이 사람하고 내가 시합 약속을 해놨는데, 싸우는 게 아니고 하필이면 활쏘

기다. 너도 알다시피 난 한번도 활을 만져본 적도 없고 쏴본 일이 없는데 이 노릇을 어떻게 하면 좋으냐?"

"형님, 걱정마시고요, 활쏘기 하십시오. 대신에 활을 쏠 때 과녁을 향해서 쏘지 마시고 무조건 하늘을 향해서 공중으로 쏴버리십시오."

그래가지고 인제,

"알었다."

일단 이야기를 했지만, 철수도 생각해 봤을 때, 활을 과녁에다 안 쏜다는 게 얼마나 말도 안되는 소리지만, 이래 지나 저리 지나 어차피 지는 거니까, 어쩔 수 없이 시합에 나가기로 했어. 시합이 벌어져서 정혼자가 먼저 첫발을 쏘는데, 떠억하고 쏘니 정확하게 명중을 하면서,

"관중이오."

정확히 명중을 한 거여. 철수가 어쩔 수 없이 화살을 먹여서 하늘을 향해서 따악 쏘니까, 모든 거기 군중들이나 임금이나 정혼자나 얼마나 어이가 없었겠어? 철수 제 자신도 어이가 없는데. 하늘을 향해서 화살을 공중으로 휙 쏴버린 거야. 그 화살이 올라가다 올라가다 다시 떨어질 때쯤 돼 가지고, 한참 떨어지고 있는데, 호랑이가 가서 화살에다 콧바람을 '훙' 하니까 바람에 날아가 가지고, 과녁에 명중한 거야.

"관중이오."

이렇게 된 거야. 두 번째 화살을 먹여서 정혼자가 쐈는데 다시,

"관중이오."

하면서 명중이 된 거여. 철수가 이번에도 하늘을 향해서 공중으로 확 쏜 거야. 한참 화살이 올라가다 떨어질 때, 다시 호랑이가 콧바람으로 '훙' 그러니까는, 다시 그 화살이 콧바람에 날려가 가지고 과녁에 명중했어.

"관중이오."

이게 마지막 화살인 세 번째 활을 먹여서, 사위될 부마가, 정혼자가 세 번째 화살을 먹여 갖고 쏴서 과녁을 향해서 한참 날아가는데, 호랑이가 콧바람으로 '홍' 그러니까는 그 화살이 빗나가 버렸어. 세 번째 화살을 철수가 따악 하늘을 향해 쐈는데, 또 공중에 쓴 화살이 땅에 떨어질 때쯤 돼 가지고, 호랑이가 콧바람으로 '홍' 하니까는 과녁에 명중된 거야.

"관중이오."

그래가지고 결국은 활쏘기 시합에서 철수가 정식으로 이겼어. 임금님도 난처하고, 모두가 이제 철수가 사위가 됐다고 생각하는 순간에, 거기서 정혼자가 말했어.

"최소한 삼세판은 해야지, 한판으로 하면 너무 억울하다. 삼세판은 해야 되는 거 아니냐?"

"그럼 무슨 내기나 시합을 해야 합니까?"

이렇게 철수가 물어보니까, 임금님이,

"이번에는 말 타는 시합을 해라."

아닌밤중에 홍두깨도 아니지, 철수가 탈 만한 말도 없을 뿐만 아니라, 엄청나게 큰 말이 있다 하더라도 천하장사 몸집이 워낙 커 가지고, 그런 철수의 몸무게를 버틸 말이 없을 뿐만 아니라, 생전 말을 한 번도 타본 철수야. 당연히 말을 한번도 안 타봤지, 그렇게 덩치가 커 가지고. 그래서 이제 고민고민하다가, 인제 시합은 내일 하기로 했는데, 호랑이를 불러다가,

"야 호랑아, 이리저리 해 가지고, 삼 세판을 하자고, 삼판양승으로 하자는데, 이번 시합은 말달리기 시합인데, 내가 지금까지 말을 한번

도 타본 일이 없을 뿐만 아니라, 내 몸무게를 버틸 말이 어디 있겠느냐? 조선 팔도에 있겠느냐? 도저히 이 시합에서는 내가 질 것 같다. 이것 져서 무승부가 돼가지 다른 시합을 해서, 만약에 글쓰기 시합이라도 하면 나는 글자도 한 자도 모르는데 어쩌면 좋으냐?

"형님 이번에 승부를 내야 합니다. 걱정 마시고, 어디에 가셔서든 등치가 제일 큰 말만 한 마리 사가지고 오십시오."

살만 피둥피둥 찐 말이 하나 있어. 싸게 돈을 주고 그걸 사가지고 왔어. 이걸 타보려고 했지만 살만 쪘지 말이 아니네.

"야, 이게 말이 아니다."

"걱정 마십시오."

호랑이가 그 말을 입에다 대고 쪽 빨아버리니까 고기는 싹 들어가버리고 가죽만 남았어.(웃음) 그러고는 호랑이가 그 가죽을 뒤집어쓰고,

"형님 걱정하지 마시고 이제 말달리기 시합만 하면 됩니다."

저기 결승점이 있어. '요이 땅!' 해서 달리는데, 부마의 말은 천리마라 보이지도 않게 달리는 거라. 따그닥 따그닥 하면서 아주 빨리 달리는 거야. 그렇게 빠른 줄은 몰랐어. 호랑이는 그렇게는 달리지 못하는 거라. 호랑이가 다급하게 말했어.

"형님 그 솥뚜껑만한 손바닥으로 제 엉덩이를 한번만 때려주십시오."

철수가 그 솥뚜껑만한 손바닥으로, 호랑이 엉덩이를 있는 힘껏 때리니까 부웅 떠가지고 결승점에 쏘옥 들어가 버리는 거야. 먼저 골인했어. 철수가 두 판을 이겨서 양승이 된 거야, 정식으로, 호랑이 덕분에 임금님의 정식 허락을 맡아서 정식으로 부마가 되고, 호랑이 은혜

로 오순도순 철수가 공주와 함께 오랫동안 오순도순 살았다는 이야기입니다.

제보자 : 김태성(남, 43세. 1964년생. 전남 목포 출생. 2006.7.17 카자흐스탄 알마티시 아리랑타임즈 신문사에서 채록)(어릴 때 할머니가 들려준 이야기)

중국에서 낸 문제 해결하기
-삐드득 빼드득-

＊핵심어 : 중국에서 잃어버린 물건 찾기, 계란 알아맞추기, 우연히 범인 찾기

 그런게 사람이 에 뭣이냐, 뭣이 잘 될라믄 뭐 복이 들어왔네. 또 뭣
이 많네 허는디 그전 옛날에도 그렇드라고. 그전 옛날에 한국에 명인
들이 많고 정치허는 사람이 많애도, 뭘 모르는 건 몰라. 정치 아무리
잘 헌다고 해도.

 근디 중국, 중국서 천자가 뭐 중요헌 것을 잊어(잃어)버렸어. 잊어
버렸는디 어떤 사람이 아는 사람이 없어. 누가 가져간 줄을. 가져간
줄을 모른게 한국 사람들이 참 영리허고 밝다드라. 긍게 중국서 참 훌
륭헌 사람을 신하로다가 한국으로 보냈어, 조선으로.

 조선으로 보내는디 그 사람이 가지고 온 것이 뭣이냐 하믄 쇠로 만
들어진 이렇게 수로 뽈같이 둥글른 것을 하나 갖고 왔어. 갖고 와서
이 조선에는 인재가 많고 아는 사람이 많다는디 중국서, 그때는 중국
서 뭐,

 "이렇게 해라."
하믄 한국서는 지배받을 적이여. 긍게 이 쇳덩어리 속으가 뭣이 들었

나 중국서는 몰라. 그래서 이 한국에 와서 조선에 와서 물어보믄 하두 잘나고 영리헌 사람이 있어서 알 것이다 해서,

"천자가 보내서 왔다."

그러니 이 쇠 속으로 뭣이 들었는가 좀 일러내라고, 조선에 와서 그랬던게비여. 그러니 조선서도 이 고관들이 알 수가 있나? 그놈의 쇳덩어리 속으가 무엇이 들은지, 떠들어보두 않는 턱에. 그냥 방방곡곡에 방을 써 붙이고서,

'무엇을 잘 아는 사람을 들어오라.'

해 갖고 상금을 많이 준다고 요청을 헌게, 어서 어느 고을서 두 사램이 같이 나갔어.

"너는 이것을 알겄냐?"

허고서 그 쇳댕이를 이렇게 둥시런 놈을 보인게, 그 사람들 둘이 그걸 이렇게 만져보고 둥굴려 보고 만져보고 둥굴려 보고 허드니 몇 일을 그렇게 허드니,

"맞을란가는 모르겠지만 우리 생각대로는 말씀을 드리죠."

"그 뭣이 들었냐?"

"계란이 들었다."

그러드랴. 그 쇳덩어리 속으가. 계란이 그 속으 들었다. 거 중국서 온 사신이 그 소리를 듣더니,

"과연 조선이 참 인재들이 많고 아는 사람이 많다."

그래가지고서 그 사람을 중국으로 데리고 갔어, 천자국으로. 그 중 요헌 것을 잊어버렸는디 그놈을 찾을라믄 그 사람을 데리고 가야 혀. 그래서 인자 조선 땅에서 그 사람을 데리고 가서 좀 대국을 갔다 오야겄다고(와야겠다고) 한게 안 보낼 수가 없어. 그때만 해도 대국의

지배받고 살았거든. 긍게 할 수 없이 보내는디,

"누가 갈 사람이 누구냐?"

갈 사람이 없어. 지원 허는 사람이. 그렇게 결국 그 쉇덩이 속으 계란 들었다고 일러 낸 사람들,

"니들이 좀 갔다 오니라."

그래 둘이 가게 되얐어. 근디 가게 되는디 아 저 배타고 뭣 허구, 거 중국을 가는디 꼭 죽었어. 가면서 둘이 생각한게. 뭣을 알어, 알기를. 어디 가서 보물을 잊어버린 걸 어떻게 찾아내야. 어떤 놈이 가져갔다고. 알어야 찾아내지. 가면서도 걱정이 그 걱정이여. 근디 배 타고서 중국에 가서 딱 육지에 만나갖고 배에서 내려갖고 산길을 이렇게 둘이 걸어가는디,

'참, 인자 둘이 죽었다. 한국서도 못 죽고 중국까지 와서 인자 우리는 죽는다.'

이렇게 한심허게 생각허고 이 산길을 이렇게 걸어가는디, 인자 뭐 아실란가 모르겠네. 산중으 가믄 소나무가 이렇게 나가지고 이렇게 휘어져서 이렇게 맞닿은 놈이 있어. 바람을 부르믄은, 바람 불으믄 여기서 소리가 나는디,

'삐드득 삐드득 삐드득 삐드득'

그려. 근데 그 리를 둘이 가면서 이왕에 가서 죽는디, 저 소리가 신기허다. 하나는,

"삐드득"

허믄 하나는,

"삐드득".

삐드득, 삐드득, 둘이 그 소리만 허구 가. 가는디 그 중국 천자 있는

디를 가지라는게 그 도적놈이 중국서 그 귀헌 물을(귀한 물건을) 훔쳐 간 도적놈이,

'한국서 잘 아는 놈이 온다는디 요놈이 말을 해서 우리가 잽히면 우리는 죽는다.'

근디 그 놈이 어떻게 생긴 놈인가 구경을 헌다고, 어 그 사람들 가는 지척에 가서 숨어서 봐. 아 보는디, 그 도적놈들이 둘인디, 하나는 삐드득이고 하나는 빼드득이여(웃음).

그래가지고서 둘이 가믄서,

"삐드득 빼드득"

"삐드득 빼드득"

아, 거 도적놈 이름을 그냥 그렇게 잘 맞추네. 그러니 도적놈은 죽었어. 그래 걱정을 허는디 천자헌티 가서 그래,

"무엇 무엇을 이렇게 이렇게 잊어(잃어)버렸노라."

해서 그걸 좀 찾아내라고 인자 그리야 내가 중요헌 것을 찾으면 상금도 주고 헌다는데, 뭐 알 수가 있어야지. 그래서 인자 방을 하나 참 이런 방을, 사랑 같은 방을 줘서 거기서 저녁을 자게 되야. 자게 되는디 저녁으 둘이 앉아서 헐래야 헐 소리가 없어.

"인자 우리는 이거 못 이뤄내면 죽지 않냐?"

그것 뺆에는(밖에는) 없어. 그런디 죽기는 서러웁고 한게 앉아서 헌다 소리가 둘이,

"삐드득 빼드득 삐드득 빼드득…."

허는디 그 도적놈들 둘이 와서 엿들어. 허허허. 저놈들이 어떻게 알어서 우리 둘이 이름을 저렇게 아는가 모르겠다고. 아 틀림없어. 어, 삐드득 빼드득 허는디, 뭐 두 놈 인저 불르믄 가 죽는 거여, 그런게,

"아서라! 그렇게 말고 우리가 훔친 물건을 갖다 상납을 허자. 그리야 이렇게라도 우리가 목숨이라도 산다."

해서, 한국서 간 사람한테 줬어, 그 물건을.

"우리가 직접 천자헌테 가지고 갈 수는 없고, 당신이 어서어서 찾었다고 허고서 갖다 주라고."

그래서 그 사람들이 찾어 갖고 그 사람들을 보내고 그놈을 가지고 가서 천자헌티 가서, "아, 이 물건이 어디가 있는 줄 몰랐더니 우리가 생각을 해본게 아무 디 아무 데가 있어서 우리가 갖고 왔노라."

고 그런게, 과연 참 명인이여. 그래서 그 사램들이 대국 천자헌티 이상을 많이 받고 한국에 와서 나중으 그냥 그게 아주, 뭐 잊어버리면 그 사람한테 가는 거여. 그렇게 훌륭헌 사람이 되았다. 그런 얘기가 그전 옛날에 있어. 긍게 사램이 잘 생각하고 좋은 일을 허믄 죽을 때도 살게 되있는 것이여.

제보자 : 이병렬(남, 79세. 전북 익산 거주. 2001. 9 채록)

방귀 잘 뀌는 신부

*핵심어 : 방귀, 신부, 방귀 뀌고 쫓겨나기, 방귀 솜씨로 돈 벌기

그 전에 어떤 진사, 진사 따님이 출가를 했어. 출가를 했는디 부잣 집으로 출가를 해서 사는디 잘 살아, 가서. 사는디.

그 큰애기가 즈 친정에 있을 적에 시집가기 전에 이 궁둥이에서 방 구를 잘 뀌어. 방구는 가스 아니여? 가스를 내놔도 소리 안 나게 내 놓 으면 괜찮은디 기양 시아버니허고 식구가 밥 먹으면서도 기냥,

"뿌웅!"

이렇게 쏴(웃음). 그러니 그 얼매나 무색헐 거여? 자기가 가스를 내 놓으면서도. 그게 그래도 기냥 참들 못 허고 워낙히 나온게 기냥,

"뽕, 뽕."

거리고 뀌는 거여. 그런게 시아버니가 있다가,

"야. 너는 무슨 방구를 그렇게 뀌어 쌌냐? 너 못씨겄다."

아, 으른(어른)이 앉었는데 그렇게 기냥 요란시럽게 방구를 뀐다고 그러믄서,

"느 친정에 가서 방구 안 뀌는 약을 해 먹구 와. 그렇지 않으면 내가

안 볼란다."

아 그래서 친정으로 간다 그 말이여, 친정으로.

친정으로 가는디, 그 시집에서 친정을 갈라믄 산 고개 하나를 넘어야 혀. 그냥 걸어서 부랴부랴 그 산 고개 꼭대기로 올라온게 비단장사가 비단을, 그 좋은 놈을 막 공단, 오공단 비단을 지게에다 한짐 짊어지고 거그로 오더니 한숨을 휘 휘 쉬면서, 막 땀이 흘린게 목이 말라서, 갈증이 나서 죽을 지경이여.

근디 본게 그 옆이 와서 배나무가 하나 큰놈이 있는디 배가 주렁주렁 열었어. 가을이 되았던가. 그 그 배 하나만 따먹으면 살겄는디, 이거 장대도 없지 닿는 것도 없지 올라가도 못 허게 생겼으니 따먹을 시수가 있시야지. 그런게 그 비단 짊어지고 가던 이 사램이 지게 밑에 가서 드러눠서 허는 소리가,

"나 저 배만 누가 하나 따주면은 저 비단보따리를 싹 줘야겄는디 배 하나 따줄 사람이 없다고. 내가 목이 타서 죽겄노라고."

그리고 인자 신세 한탄을 헌게, 아 그 여자가 가다가 그 소리를 듣고,

"나 보시오. 배를 내가 따줄틴게 당신 비단보따리 다 줄라우?"

"아, 주지요."

틀림없이 준다고, 다 준다고.

"긍게 그러믄 나하고 약속을 허고 내가 배를 따줄틴게 그래야 헌다."

고 그런게,

"그렇게만 허믄 비단보따리 다 준다고."

아 이 여자가 가만히 생각한게, 이 산에 돌아 대니믄서 그 나무 죽

어서 끊어져서 자빠졌는 놈, 그 놈을 어떻게 해 가지고서 인자 끊어지니 이렇게 짤룬 도막을 하나 어디가 줏어 갖고 와서, 배나무가 저기 있시믄 배나무허고 빤듯이 앉어서 궁둥이를 그리 대고서, 그 궁둥이 곁에다 그 토막나무 그 놈을 딱 대구서 방구를 한번 낀게, 그 토막나무가 널러가서 배나무를 한번 쎄린게 기냥 배가 우술우술 쏟아지게 했어(웃음).

그래서 그 배를 저 포목짐을 지고 가던 사람이 배를 먹고서 그 비단짐을 다 줬단 말이여. 긍게 그 놈을 싸서 이구서 친정으로 오야할 테지만, 시집으로 가서 놓고 싶어서, 시집으로 그걸 이고 가는 거여.

이구 간게, 아 시집 식구들이 그걸 떠억 보더니, 아 친정으로 가서 약을 먹고 오라 그랬는디, 난데 없는 메느리가 그냥 돌아와, 저물게. 근디 무슨 보따리를, 큰 보따리를 하나 가지고 오고던.

"그게 너 무슨 보따리냐?"

그런게,

"네, 아버님. 지가 벌은 비단보따리유."

아, 끌러본게 그냥 양단 공단 오공단 그냥 그 좋은 놈의 비단만 그냥 필로 들었네.

"너 어떻게 해서 이 비단을 얻어 갖고 오냐?"

그런게 그 얘기를 했어.

"갔더니, 그 비단짐을 짊어지고 오던 사람이 배나무 밑이 앉어서 목이 갈증이 나서 목 타서 죽겠는디, 누가 배 하나만 따주믄 이 비단을 다 준다 그래서 내가 토막나무 하나 주어다 놓고서 그 방구를 한방 뀌었더니 그 놈이 널러(날아)가서 배나무를 때린게 기냥 배가 우실허니 쏟아져서 그 사람이 나 비단보따리를 줘서 갖고 온다고."

아, 시아버니가 가만히 생각헌게 비단보따리가 있으믄 저희 친정으로 가지갈틴디 시집으로 갖구왔거든. 그런게,

"야. 너 느 친정으로 갈 꺼 없어. 응. 네 방구는 부자되라는 방구여. 그런게 다시 친정으로 갈라고 말고 막 뀌어라, 그냥. 내가 허락해줄텐게 뀌고 싶은 대로 나오는 대로 뀌어라."

해서 그 여자가 잘 살았디야. 그런게 사램이 에? 죽을 때 살 얘기라는 게 그런 거여.

제보자 : 이병렬(남. 79세. 전북 익산 거주. 2001. 9 채록)(익산 우미APT)

우애 안 좋은 형제
-형제끼리 험담하기-

＊핵심어 : 형제, 험담, 우애 그르치기, 보복

형제간에 사는디, 장가를 가서 잘 살어. 잘 사는디, 자기 형이 자기 동생 처갓집이를 갔어. 처갓집이를 가서 자기 동생 험담을 혀.

"뭣이 어쩌구 어쩌구, 나쁘고 뭣이 어쩌구 어쩌구 나쁘고."

험담을 헌게. 그러구서 돌아왔단 말이여. 아 자기 동생이 처갓집이를 떡 간게 그냥 처가 집이서, 그 사람을 그냥 몹쓸 놈 잡드기듯 허네.

"너는 뭣이 어쩌구 어쩌구, 너는 뭣이 어쩌구 어쩌구."

긍게 그냥 좋지 못 헌 소리를 많이 들었던게비여. 듣고서 왔으믄, 그냥 꿍꿍 참고 있이야 허는디, 저 성(형)이 가서 그런 소리를 종알종알 해 갖고 그런 꼴을 당했다 해서,

"에이 내가 복수를 해야겄다."

그래갖고 저의 형네 처갓집을 갔어, 그 사람이. 가서 뭐라고 혔길래, 즈이 형을, 어떻게 좀 나쁘게 말을 못 허게 헐 것이 없어. 그런게 이눔이 떡 가서 사돈들한테 인사를 떡 허더니 허는 소리가, 저 인자 그 사돈들이 말허기를,

"집안에 무슨 아무 연고 없이 잘 지내냐?"

그런게,

"암만요. 잘 지내죠. 근디 우리 형님은, 참 세상에 그냥 노래를 허든 그냥 꾀꼬리 같은 소리를 허고, 어트게 국악을 그냥 노래를 잘 허는가 참 잘 한다고. 그런디 노래를 허라고 그러믄 안 혀. 내 놓으라고 그러 믄 헌다고, 내놓으라믄."

내 놓으라고만 졸라대믄 허는디, 참 그야말로 지금으로 말허자믄 국창 같이 잘 헌다는 얘기를 했던게비여. 그러믄서 왔어. 그런게 저희 집으 와서 뭐라고 얘기했는고 하니, 즈이 성헌티는,

"형님 말이여. 내가 형님네 처갓집을 갔더니, 나더러 이러고 저러 고 물어봐서 뭔 얘기를 물어보냐 한게, 그냥 사우 잘못 얻었다고 그냥 험집이 막심허고, 참 사우 잘못 얻었다고 그냥 한 두 마디가 아니드라 고. 긍게 처갓집에 한번 가서 뭣 땜에 나 잘못 얻었다고 허냐? 가서 한 번 따져 보고 처갓집 한번 갔다 오쇼."

긍게 인자 즈 성이 그 소릴 듣고서 화가 났어. 화가 나서 처갓집이 를 갔드란 말이여. 처갓집이를 간게 쟁인 장모는,

'아따 개재는 이 개재다 노래나 한번 들어보야겄다. 응? 참 국창 명 창 같이 잘 헌다는디 한번 들어보야겄다.'

허고서는 사우더러 들어오라고 허고서는, 동네사람을 다 오라고 허 고, 저 멍석이라고 있어. 마당에다 까는 멍석, 멍석을 마당에다 척 깔 아놓구고 동네사람들 그냥 남녀간에 그리 다 앉으라고.

"우리 사우가 국챙(국창)이여, 명챙(명창)이고. 긍게 소리를 한번 들어봐라. 내가 노래를 시킬텐게."

그렇게 다 하고서 동네사람들을 갖다 앉혀놨어. 그러고서 사우를

데리고 마루로 나오더니,

"내놔 봐."

내놔 봐, 거 거서 무슨 소리를 내놓겠어? 그 사우가. 아 즈 동생이 얘기헐 적에는 아 기냥 사우 잘못 얻었다고 고자 사우 얻었다고, 막 응? 험담을 하고 사돈들이 그랬다는 얘기를 허는디, 아 간게 처갓집에 간게 그냥 재우(겨우) 헌다 소리가 사람들 뫼아 내놓구서,

"내놔 보라구."

허니, 그 심판허는 것백에(밖에) 더 되냐 그 말이여. 하도 막 쟁인 장모가 밑이 앉아서 그냥,

"내놔 보라고. 내놔 보라고."

그래싼게, 이 사람이 그냥 참다, 참다 못 참은게 그냥, 그전에는 한복 입었은게, 이 괴아리(바지춤)가 있잖여. 괴아리를 끌르고서는, 그냥 아래 바지를 싹 벗어버렸어.

"이게 고자냐구? 이게 고자여? 이게 고자냐고?"

딱 그런게, 동네사람은 다 도망갔버리구(웃음). 어? 쟁인 장모가 뭐, 뭐 뭐라고 얘기허겄어, 무색해서. 노래를 내놓을 줄 알었드니, 그냥 그렇게 그냥 빨개 벗어버리니.

그래가지구서 동생 녀석이 형님 우세를 시켰드라. 그런 얘기로 그게, 그거 인자 동기간에 화목을 못 허는 놈들이여. 그런게 형이 동생 처갓집에 가서 험담허고, 동생은 또 저 성네 집에 가서 험담하고 그랬다는 얘기여, 그. 그런 얘기가 그 다 옛날얘기여. 긍게 푸석푸석혀.

제보자 : 이병렬(남, 79세. 전북 익산 거주. 2001. 9 채록)

28

범 잡은 식충이 이야기

✻핵심어 : 식충이, 장사, 호랑이 잡기

인제 그전에 한국 사람들 얘기는 멍청헌 사람이 먹는 것은 식충이라 많이 먹어. 근디 돈은 없는게 살기는 빈곤허다 그말이여. 그리서 어느 절을 갔어. 절을 가서 절 뱁(밥)이나 얻어 먹을라고 갔더니, 절 주지가 그 좋은 쌀을 얻어다가 막 양을 채리줘, 밥을. 그 거기서 메칠 얻어먹어 본게 참 좋거든. 아 한 사흘을 멕이더니 그 절 주지가 허는 말이,

"인자 여기서 밥 메칠 먹고 했은게 내가 시키는 대로 해라."

"그 뭐냐?"

그런게,

"이 절 뒤 이 통으 가서 범이 큰 소만헌 놈이 있어. 근디 그 범허고 내가 늘 싸움을 허는디 내가 범한티 달려. 결국은 내가 싸움을 중지허고 나오고 나오고 그런다 그런게, 너 밥 먹는 것 본게 심(힘)이 장사겄어. 생김새도 그렇고. 그런게 니가 가서 그 범허고 싸움을 한번 해봐라. 범만 니가 잡는다고 보믄, 너 평생은 내가 잘 먹여 살려주마."

이 사램이 평생 잘 멕여 살려 준다 소리는 좋은디, 이거 범허고 싸울 재격(자격)이 없어. 그런게 아, 가서 본게 그냥 그 범 그 굴 앞에 가서 그냥 운동장 같은디, 거 가서 정자나무 하나가 크게 섰단 말여. 수백 년 되는 기. 근디 그 밑이 가서 불르믄 범이 나온디야.

그런게 어차피 나는 인자 여기서 밥을 몇 일 잘 얻어먹었지만 범이 나오믄 나는 범 밥뺎인(밖에는) 안 된다. 이왕에 죽을라믄 범이 먹기 좋게, 헤헤헤헤 옷을 싹 벗고서 시궁창이라는 것이 인제 개울이야, 개울. 개울가서 막 그 시거믄 막 흙을 막 묻히고, 몸띵이다(몸에다). 그러고서는 바싹 말라서 이거 몸딩이가 풀석풀석헌 디가 둥구는 게 영락없이 인절미 떡 만, 떡 만들어서 인절미 고명 묻힌 것같이 됐단 말이여. 그래가지고선 굴 앞에 가서,

"대호야 나오니라, 대호야 나오니라."

헌게, 아 범이 그냥 그 참 장태같은 놈이 막 나오면서 입을 이리 씻구 저리 씻구 섯(혀)바닥으로 허는디 겁나거든. 이게 그냥 바짝 쪼그트리고 앉았어. 그 정자나무 밑이가. 얼른 잡어 먹어라 하구서.

앉었은게 싸움헐 기세는 없고 범이 그 밥을 본게 참 좋게 생겼거든. 크고 살찌고. 허허. 그런게 그냥 범이 좋아서, 범이라는 것은 밥을 물으믄 한번 놀리고 먹는 성질이 있어. 그냥 먹들 안 혀. 그런게 하도 이 범이 재미가 있어 갖고, 그 놈을 놓구선 막 이리 뛰고 저리 뛰고, 가로 뛰고 모로 뛰고 막 뛰어. 막 높이 뛰고 얕이 뛰고 뛰다가, 아 그 고목나무가 그 큰 눔이 있는디, 수 백년 된 놈이 있는디. 고목나무가 구녁 뚫린 놈이 있는디, 그 범이 막 한참 좋아서 막 날뛰고 뛰어대니다가 그 고목나무 구녁에다 머리를 탁 박았더랴.

그러니 빠지야 나오지(웃음). 빠지들 못 혀 범이. 고목나무 구녁에

다 대가릴 처박고 범이 빠지들 못 허고 버럼적 버럼적 헌게, 이 사람이 그래도 꾀는 있던가, 그때는 일어나서 산에서 칡녕쿨을 떠갖고 범발모가지를 다 묶었어.

묶어 놓고서는 씻구서 옷을 입구 절 주지한테를 왔어. 와서,

"어떡해고 왔냐?"

그런게,

"내가 범 잡어서 저 고목나무 구녕에다 콕 찡겨 놨어. 그 가보라고."

아, 절 주지가 나와서 본게 참 아닌게 아니라 그 큰 놈으 범을 그냥 고목나무 그 구먹진 구녕에다 그냥 대가릴 콱 찡겨 놨네. 발모가지 다 칡녕쿨로 묶구. 과연 참 장사여.

"아, 참 장사 만났다."

해갖고 절에서 참 주지한테 상금을 많이 타고, 그래가지고서는 저희 집이 와서 먹고 사는디 식충이라 먹기를 많이 먹어. 뭐 밥을 먹어도 막 말쌀로 먹는단 말이여. 그러니 그거 뭐 약간 얻어갖고 온 거, 얼마 안 살믄 다 먹어. 다 먹은게, 뭐여? 인자 또 가서 어디 가서 돈을 벌어야 할 거 아녀? 그래서 돈을 벌래야 벌 디가 있간디? 어디를 가는게 포수 하나가, 포수라는 거이 총쟁이지? 짐승 잡는. 그 사람을 만나 갖고,

"내 말만 듣는 대로 해주믄, 듣구서 허라는 대로 해주믄 인자 당신 생전 먹을 것을 주마고."

"긍게 뭔 말이냐?"

그런게,

"저 아무간 디 산 속으 가믄 범이 있는디. 그 범이 우리 아버지를 토사해 갔어. 우리 아버지를 물어다가 어디 산에 가서 먹었는디, 내가

그 범을 잡을라고 이 총을 사갖고 포수질을 헌다. 근디 이놈의 범을 잡덜 못 허겄어. 근디 당신이 어디 가서, 절이 가서 그 범을 잡어서 고 고목나무 구녁에다 머리를 찡겨 놨었다므? 그런 장산게 내 원도 좀 풀어주, 풀어 달라고."

그래 그 범을 잡어달라 헌게, 아 돈을 많이 준단게 잡고는 싶은디, 그 자 잡을 자신이 있이야지. 그래서 거 가서도 그런 행패를 했드라.

"먹을라믄 깨끗이 먹어라. 내가 내 몸뚱이 너 준다 허구서."

그러고 났둔게, 범이 나와서 막 그 뜀박질을 허고 밥을 막 한번 가지고 놀리고 허는디, 이렇게 생긴 나무가 있는디, 범이 이리 뛰고 저리 뛰고 허다, 여 가서 이렇게 꼭 찡겼는디 빠지덜 못 혀. 어디 닿던 디가 있이야 빠지지.

그래서 그 범도 칡을 떠다가 발모가지를 묶어 놓고서는 있은게 그 포수가 와서, 범 잡었으니 가져가라고. 그래서 자기 평생 먹을 꺼를 많이 타고 잘 살았다고.

그런게 사람이 아무리 멍청해도 먹을 때, 돈 벌을 시기를 만나믄 자연히 돈을 버는 것이지. 그 옛날에는 다 그런 투덜투덜헌 얘기여.

제보자 : 이병렬(남, 79세. 전북 익산 거주. 2001. 9 채록)

29

기름 속에 빠져 죽은 개로 미끼 삼아 범 잡기

*핵심어 : 잠만 자는 아들, 거목 들깨나무, 기름통에 빠져 죽은 개, 범 잡기

그러고, 한 사람은 자기 아버지가 일찍 돌아가시고 편모 슬하에서 살어. 어머니허고 둘이 사는데, 어머니는 남의 집에 가서 식모살이도 허고 뭐 심바람(심부름)도 해주고 양식을 얻어다 먹고 뭣 허고 허는디, 아들은 만날 집구석에서 먹기만 허지, 낮잠이나 자지 뭐 일을 안 혀. 안 헌게, 즈 어머니가 늘 아들보고 허는 소리가,

"야 이놈아. 너는 임마, 그만큼 장성했으면 뭐 먹을 것을 벌어다가 느 애미를 멕여 살려야지, 그거 방에서 잠만 자냐?"

고 야단을 해싼게, 그놈이 연구를 헌거여. 연구를 허더니 뭔 연구를 했냐? 밭에 가서 둠벙을 하나 팠어. 둠벙을 파구서, 동네 이 대변 화장실 거름이라는 거름은 다 퍼다가 거기다 부서. 이 연못같이 판 디다가. 동네 치를 다 실어다 묻구서는 거기다 흙을 메꿔. 메꿔서 그놈 오물을 나오지 않게 딱 해놓고서, 그 이듬해 봄으 들깨를 한 주먹 갖다가 가운데다 이렇게 헛쳐 놨어.

긍게 들깨가 막 봄으 그놈이 나잖여. 게 난게 제일 튼튼헌 놈 하나

만 냉겨놓고 전부다 뽑아. 뽑고서 하나를 키웠는디, 그 들깨나무 하나가 큰 정자나무 만치 컸단 말이여. 이 가을 단 다 헌게 깨를 털어야 할 꺼 아녀. 동네 명석을 얻어다가 그 밑이다 다 깔고 매 매경이(메공이)를 가주가서 막 내리친게 깨가 쏟아지는디, 깨를 많이 했어.

한 나무 해서래도 그렇게 나무가 막 정자같이 큰 나무라. 그래갖고 이놈이 깨를 내는 것이 아니여. 하, 기름을 짜가지고 기름을 큰 솥팅이다 한 솥팅이 받어서 놓구서, 저의 집이서 키우던 중께나 되는 개를 그 기름 솥팅이다 느니 그 살겄어? 한 사날 된게 개가 기름을 먹구서 죽었어. 그 속으서. 죽었는디 기냥 이렇게 문질르믄 그냥 털이 이 싹 벗겨져.

그러고서는 그냥 매끈매끈 허니 그런 개를 해 가지구서 철사, 굵은 철사를 가지고 개를 싸가지구서 산중 깊은 디로 가서 높은 소나무 우로 올라가서 철사를 짬매놓고 개를 이렇게 짬맸어. 끼워서 짬매서 못 빠지게 하고, 대롱대롱 이래 달어놨단 말이여.

그러면 범이라는 것은, 밥을 보믄 바로 먹는 게 아니라 한번 재미로 고양이가 쥐 잡어서 놀리는 식으로 그렇게 헌다 그말이여. 근디 아 좋아서 범들이 그냥 막 뫼야서 막 서로 막 뜀박질을 허는디, 범이 이케 탁 쳐서 먹고서는 꿀떡 샘키면은 이 기름 속으서 죽은 놈의 개라 어트게 미끄런가 그냥 항문으로 나와버려, 개가. (일동 웃음.) 그러믄은 메뚜기 잡어서 꿰드끼 범이 하나 꿰졌단 말이여.

그러믄 다른 눔이 거 가서 또 처먹다가 처먹으믄 꿰지고, 꿰지고 해서 그 굵은 철사로 범을 그냥 한 꿰에 잡어갖고. 허허허허. 어? 그리서 그놈이 즈 어머니 소원 풀이를 해주고 돈을 많이 벌었다고. 그런게 그전에도 그렇게 참 푸석푸석허니, 아 우렁이 어떻게 두렁을 넘어 가냐? 허지만 우렁도 두렁, 두렁 잘 넘어가. 그 속담의 얘기가 그런 거여.

제보자 : 이병렬(남, 79세. 전북 익산 거주. 2001. 9 채록)

③⓪

날짐승 소리 알아듣는 아이

＊핵심어 : 서당방, 날짐승 소리 알아듣기, 사람 젖으로 키운 송아지

그전 옛날에는 다 동네 들어가믄은 사랑방이 있어 갖고, 한학을 가라치는 서당방이 있었어. 서당방. 서당방이 있었는디, 서당을 가서 이 초립동이 여남은 살 짜리, 응? 칠 팔 살 짜리가 선생 앞에 가서 한문을 읽었어. 인자 한문도 하늘 천 따 지 그렇게 읽다가 고놈이 좀 능숙허믄,

"천(天)지(地)현(玄)황(黃)허니 우(宇)주(宙)홍(洪)황(荒)이요, 일(日)월(月)영(盈)측(昃)허니 진(辰)숙(宿)열(列)장(張)이라."

인자 그렇게 읽거든. 그러믄 그것을 읽기만 해서 잘 허는 건 아녀. 그놈을 인자 쓰기도 잘해야 허고, 고놈이 '천지현황(天地玄黃)' 허믄 하늘은 높고, 어? 땅은 밑이 가 있고, 현황이믄 은 감을(검을) 현자여. 땅은 검 검고 누리다 해 갖고 그 '천지현황'이거든.

그렇게 인자 음을 새기고 그랬는디, 아 그 서당에서 그런 걸 가라치는디. 하루는 모여?(뭐야). 그 서당 애들들이, '오늘은 쉬어라.'하고 그 선생이 얘기를 했는데, 쉰다고 해 갖고 노는디 저그끼리 뭉쳐 갖고,

"야. 내일은 어디 소풍가자. 어디 놀러가자."

해서 산으로 올라갔어. 산으로 올라간게 뭐 첩첩산중으가 뭐 있어? 풀만 수북허지. 근디 저짝 건너에서 가그매(까마귀) 한 마리가 소나무 우(위)가 딱 앉어갖고 남이 들을 적으는, '까오옥 까오옥 까오옥' 그렇게 고개를 숙이가믄서 허거든. 근디 다른 사람은 몰라. 까옥 까옥 허는 줄만 알지. 근디 그 속으는 날짐승 소리를 잘 알아듣는 눔이 있어. 날짐승이 까옥허면 뭐라고 허는 줄 알어. 이 그눔이 딱 듣더니,

"야. 우리 고기 먹으러 가자."

"고기가 어디에 있가디 고기 먹으러가?"

헌게,

"저 가마귀가 느들 뭐라고 허는 지 아냐?"

"아, 그 가마귀가 까옥까옥 허지 뭐라 그냐?"

"느들은 그렇게 알어듣는디, 내가 들을 적으는 까마귀가, '임하육(林下肉), 임하육.' 그런다. 임하육이라는 건 숨풀 밑이 고기가 있다는 얘기여. 그니까 고기 먹으러 가자."

아 그래서, 아 그놈 따러서 가본게 소 도둑놈이 소를 훔쳐다가 그 산에서 잡어갖고 고기 좋은 디는 다 가져가고, 껍데기 뭐 대가리 뭐 고기 뿌시래기 이런 것만 놔뒀거든. 그런게 그놈을 구워 먹는디, 뭐 솥이 있어 뭣이 있어? 내가 나두 등산 대니면서 밥을 쌀 일어서 씻쳐서 책보다 싸갖고 밥을 해먹어 봤는디, 냄비도 없고 암 껏도 없어도 해먹어.

책보만 있으면, 쌀은. 근디 소가죽을 말을, 말뚝을 이렇게 니(네) 개를 박고 소가죽을 피어서 딱 이렇게 덮어놓고 그 밑이서 불을 때고, 그 우에다 고기를 놓고 익후믄 그 고기는 특별히 더 맛있어. 소껍데기

기름허고서 익어서. 그렇게 해서 그놈들이 구워서 뺑 둘러앉아서 먹고 있니란게, 이방사령이 소 잊어버린(잃어버린) 사램이 도난헌 기를 내갖고 이방사령이 도둑놈을 찾으러 댕기는디, 아 그 산속으 가본게, 이놈들이 소를 잡어놓고 먹네.

'아따, 잘 걸렸다.'

하고서 그놈들을 싹 잡었어. 잡어서 원한테 데려갔단 말이여.

"이 소도둑놈 잡었다고. 이놈들이 아무 디 아무 디 산에서 소 잡아 놓고 고기를 구워 먹드라고. 그래 잡아왔다고."

아, 원이 데려다가 전부 조사를 해본게 다 도둑질은 안 했다는 거여.

"그 어트게 해서 그러믄 느그들이 소고기를 거그서 구워 먹었냐?"

그런게,

"우리는 다 모르고 저 아무개가 날짐승 소리를 잘 알어들어. 근디 그 사람이 그 소리를 알어듣구서, 까마귀 까옥 까옥 허는 것을 듣구서 저그 고기 있다고 허니 고기 먹으러 가자. 까마귀가 임하육, 임하육 그런다. 가자 해서 가본게 누가 소를 잡어서 다리는 다 가져가고 헙씨래기 고기를 놔뒀기 때문에 거기서 구워 먹었노라고."

그리여. 그런게 다른 사람은 다 석방시키고, 옥에서. 고 사람 하나만 딱 가둬놓고 있구선 그 이튿날 그놈을 옥에서 끄내다가 물어봤어.

"니가 날짐승 소리를 잘 알어들어?"

그런게,

"예, 잘 알어듣지요."

"그리여? 그렇군. 니가 날짐승 소리를 잘 알어들어. 그 니가 그 저 까마귀 까옥 까옥 한게, '임하육, 임하육' 그런다고 해서 숲풀 밑에 고기 있다고 헌다고 가서 구워 먹었냐?"

그런게.

"그랬다구."

그 도로 갖다 옥에다 가뒀어. 가두구서 때는 그때가 어느 때냐 허믄 봄 새여. 제비가 와 가지고 그 원님 있는 디 집 그 이 돌 위, 위에다가 왜 제비집을 지었어. 근디 새끼를 까가지고 새끼가 뺙뺙뺙뺙 허고 이렇게 밥을 물어다 주어쌌고 그려. 이 원님이 가서 그 제비 새끼 하나를 딱 집어갖고 갖다가 자기 이 안방, 방에다가 걸레 깔아놓구서 거기다 놓구서 이 밥식기, 밥식기를 이렇게 딱 덮어놓고 걸레로 덮어놨어. 긍게 안 뵈지. 걸레지. 제비가 막 지절부리는디 뭐라고 허는지를 몰라. 시끄러워서 못 살었어.

"야. 그 옥에 갇힌 놈, 그 놈이 날짐승 소리를 잘 알아듣는디아. 그놈 데려다 한번 물어봐라."

그런게, 그놈을 데려다 마루에다 앉혀놓구서,

"들어봐라. 뭐 땜에 그렇게 제비가 시끄럽게 지절부리쌌냐? 시끄러서 못 살겄다."

그런게, 그놈이 앉어서 가만히 듣더니,

"그렇게 생겼구만요."

"그렇게 생기다니?"

그전 원보고는 보통사램이 부르기를 성주님이라고 했어, 성주님.

"성주님, 성주님. 내 새끼가 무슨 죄가 있다고 그 어린것을 잡어다가 철장 안에다 넣어놓고, 어? 그렇게 가뒀냐고? 살려달라는 거, 그 그 그래서 시방 지절부린다고. 그게 그 소리라고."

그런게, 아이 원이 가만히 생각허니 그놈이 꼬옥 맞는 소리를 허거던.

"그리여? 그 인자 도로 가둔 일두 없는디 그런다고 별 일이라고."

그러구서는 그놈을 도로 갖다 옥으다 늦구서 그 제비 새끼를 끄내다가 제비 집에다 또 가만히 늫어 줬어. 제비라는 것은 나중으 해봐. 뭣을 끄내가도 지랄허고 시끄럽게 허고 도로 느놔도(넣어 놔도) 시끄럽게 허는 거여. 그걸 뭐, 다 뻔히 아는 일이여. 아, 새끼를 늫어 줬는 디도 막 이래 시방 시끄럽게 막 지절부리쌌네. 그런게 그놈을 또 옥에서나 끄내다가,

"야. 지금도 제 새끼 어따 가뒀다고 뭐라고 허냐? 한번 들어봐라."

그런게, 이놈이 한참 앉어서 듣더니,

"예에, 인자는 그 얘기가 아니고요. 성주님, 성주님 참 감사합니다. 우리는 곡식 밖에 해도 없고, 어 사람 먹고사는 디는 절대 해 한 가지도 안 붙이는디, 그러믄 그렇죠. 내 새끼를 살려줘서 놓아줘서 대단히 감사하고 감사하다고 지절부린다고."

아, 원이 가만히 생각해보니 그놈이 알기는 뚫어지게 아네. 에 참, 그 원이 그냥 딸이 있던게비여, 여식이.

'저놈을 내가 앞으로 크게 될 놈이여. 그러니 저놈을 내가 사위로 삼어야겠다.'

그러고는 석방시켜서 보냈어. 보내고서는 원이 소 한 마리 잡고 술을 한 두 가지 해 놓고 그 서당에서 공부허는 애들 싹 불렀어. 가서 데려오라고. 데리다 놓구선 막 멕이는 거야. 술도 멕이고, 고기도 멕이고, 멕이는디 다른 놈은 다 먹어. 근디 그 날짐승 소리 알어듣는 눔은 술도 안 먹지, 고기도 안 먹지, 안 먹어. 도대체 먹들 안 혀.

'참 저놈이 이상헌 놈이다. 나는 감량히 생각허고 소 잡어서 응, 대

접헐라고 오라 그랬는디 저놈이 먹들 않으니 참 뭔 일인가 모르겠다.'

그러고서는 아무리 먹으라 그래도 안 먹고 다른 놈들은 맛있다고 다 잘 먹고, 가는 거여. 그대신 다른 놈들 먼지(먼저) 보내고 고 안 먹은 놈은 데리고 앉어서 아무리 사정을 해야 안 먹어. 그래 늦게 가게 되았지. 근디 사령을 시켜서,

"요 가는 길목으 가서 풀섶으 가 숨어라."

숨구서 요놈이 가믄서 뭐라고 군담을 허는가? 군담 허구 뭐 가는 얘기가 있을 거여, 저 혼자. 그 소리를 들어갖고 오니라. 사램들이 가서 숨어서 그놈 가믄서 군담으로 인자 궁시렁 거리는 소리를 들어본게,

"모르면이나 먹을까? 내가 알으면서 어떻게 사램(사람)이 사람 고기를 먹으며, 사램이 사람 술을 먹냐? 모르는 놈은 저 맛있다고 먹지만 나는 그런 거 알은게 안 먹는다."

아 그러고 군담을 허고 가거든? 그 소리를 와서 원헌티 얘기했어. 긍게 원이 그놈 괘씸헌 놈이라고. 나는 생각허고 소 잡고 술 해서 줬건만 그런다 허고 불렀어. 도로 잡어다 놓고서,

"너 내가 응? 소 잡어서 고기 주고 술 주고 했는디 하나도 안 먹더니 너 가면서 뭐라고 혀? 사람의 고기요, 사람의 술이여? 어떻게 되야서 그러냐?"

그런게, 그놈이 허는 소리가 원이라는 건 자기가 농사는 안 짓거든.

"소를 어느 고장에서 가져왔으며, 술을 헐 적으 그 밀을 어디서 보낸 것인가, 조사를 한 번 해보라고."

그래서 인자, 이방 사령을 시켜서 그걸 다 물어본게, 소 멕여서 키운 사람도 데려오고, 또 밀농사 해서 농사 이렇게 진 사람도 데려왔어.

"너 이 소 어떻게 해서 키운 소냐?"

헌게,

"예, 내가 소 한 마리를 키우는디, 새끼를 낳았는디 애미가 죽었어요. 죽어서 키울 재간이 없어. 그래서 어린애 가진 부인들헌티 대니믄서 사람의 젖을 얻어다가 송아지를 멕여서 이렇게 키워서 큰 소가 되었다고."

사람 젖을 먹고 자랐은게 사람이다 이거여. 또 밀 내논 사람보고,

"너 이 밀을 어따 농사 지어서 가져왔냐?"

헌게, 그 덕대 채변(초빈), 덕대 채변(초빈)이라는 건 지금 공동지나 마찬가지여. 거그를 땡이(땅이) 여유가 있어서 밀으구서 거그다 밀을 갈었드니 밀이 하도 잘 돼서, 이렇게 바치라고 해서 형수님이 바치라고 드린 것이라고 그런게, 아 거 사람 죽어서 썩은 물에서, 어? 큰 밀인게 그게 사람 고기나 한 가지다 이기여. 그렇게 알어 그놈이. 세상 뚫어지게 아는 놈이여.

어쨌든지 원이 그 애를 사우를 삼으라고 몸짝을 붙이는 디도 그놈이 안 들어줘. 어. 안 들어주고 원 사우 되는 거이 불거워들 안 혀. 어. 그래가지고 고놈은 고대로 공부를 해 가지고 급제를 해서는 훌륭허게 잘 살았다고. 그런게 사람도 다 똑같은 줄 알어도 그 날짐승 소리를 잘 알아듣는 사람이 있대요. 어딘가엔 있다 그려. 우리는 보통 몰라도. 그것이 관상쟁이 얘기 한 도맥(도막)이여.

제보자 : 이병렬(남, 79세. 전북 익산 거주. 2001. 9 채록)

명당 이야기

*핵심어 : 지관 형제, 어머니 묘 쓰기, 생전의 악행으로 명당 못 들어가기

그전에, 지사가 헌 소린디 형제간에 사는디 형님은 지사도 아주 이름난 지사여. 지리학을 잘 해.

그래서 객지 가서 살고, 동생은 초원에서 어머니를 모시고서 동생이 살어. 사는데 동생은 살림이 좀 어려워. 어려운디 자기 어머니가 살아 생전에 있을 적으 비렁 그지(거지)가 엄동설한에 대문 앞에 와서 밥을 달라고 소리를 질러. 그 저 대문 배깥(바깥)에서 소리를 질렀으면 괜찮았을란가 모르는디, 안 준게 인자 마루에까지 들어와서 소리를 질르구 밥을 달라 헌게 자기 어머니가 나가서,

"밥 없다구 허는디 니가 뭣 땜에 마루에까지 들어와서 시끄럽게 허냐? 나가거라."

허고서 밀어냈어. 밀어낸게 그 그지가 대문 바깥에 와서 오래 굶었든가 얼어 죽었버렸어. 얼어 죽은게 어트게 혀. 그냥 아무 데나 갖다 치상을 했어. 치상을 했는디 그러구서 몇 년 살다가 그 어머니가 죽었다 그말이여.

죽은게 즈 성(형)이 참, 지금으로 말허믄 서울 같은 디 있다가 어머니 죽었다 헌게 와가지구서 명당을 하나를 쓰야 혀. 어차피 자기 어머니가 세상을 떴은게. 그래서 산에를 가서 솔찬히 멀은 산에 들어가서, 이 무역산 같은 산 안으로 들어 갔던 게여. 들어가서 본게 새우혈이 있어, 새우혈. 새우라는 건 대화혈이여. 대화혈에다 뫼(묘)를 쓰면 자손도 많고 잘 살게 생겼어. 그래서 거그다 뫼를 씨고서 내려 왔어. 인자는 형제가 잘 살을 테지. 허고서 내려왔는디, 아무 표가 없어. 잘 살들 못 히여.

그래서 그 다음 해에 자기 어머니 산소를 떡 가본게 그대로 있어. 그 자기 어머니 산소 앞에 가서 쉬면서 담배를 한대 피고 있니란게, 나무 초군들이 나무를 한 짐씩 산에서 해 갖고 짊어지고 내려오믄서 허는 소리가,

"야. 우리 새우골 가서 쉬자."

새우골, 새우골 가서 쉬자. 새우 있는 디 가서 쉬자. 허고서 내려오는디, 아 자기 어머니 산소 썬 디 와서 쉬야 하는디 안 쉬어. 그래서 그 사람들을 따라가본게 그 밑으로 쭉 내려 가더니,

"인자 쉬자."

허고서 지게를 받치고 쉰다 그말이여. 그래서 본게 거가 진짜 새우골이네. 자기 어머니 뫼 썬 자리도 새우혈이라고 썼는디, 가본게 새우가 왜 허물 벗지? 허물. 허물이다 썼어, 허물이다. 그러니 발복이 될 꺼여? 긍게 진짜 새우는 그 밑이 가서 있더라. 그래서 그것이 물건인 줄 아는디 그거여. 응? 다 명당도 임자가 따로 있는 거여. 아무나 못 씌는 것이여. 그래서 인자 집이루 자기 형이 와서 동생보고 그 얘기를 헌게 동생이 허는 소리가,

"형님, 어머니는 명당 못 들어갑니다. 아무리 형님이 명당을 쓰고 싶어도 어머니는 명당을 못 들어간다구."

"왜 그러느냐?"

"아무개헌티 이러고 저러고 헐 적으 엄동설한에 동냥아치가 왔는디 밥 한 술 줘서 내보냈으믄 괜찮을 것을, 어머니가 나가서 밥 없다고 막 호통쳐 갖고 배깥으로 밀어내 갖고 그 사램이 얼어죽었어. 사람 죽였어. 근디 명당을 가겠냐고?"

명당을 가는 사람이라는 건 어쨌든지 성덕을 해야 혀. 남한티 인심을 얻고 선을 풀고 그래야 명당을 가는 것이지 자기가 악헌 일만 해놓고서 명당을 가? 못 간다는 거여. 그래서 그 지관도 포기를 허고 자기 어머니가 그랬다고 허니 명당은 못 쓰겄다. 그래서 그대로 살았댜.

그래 지관들이 다, 그전에 말 들어 보믄 명사가 보믄, 어디는 무슨 혈이고 부자가 되고 뭐 어디는 무슨 뭐 훌륭헌 사람이 나오고 뭣 허고 헌다 허잖어?

그것이 왜 못 쓰냐? 지관 니가 그러면 니가 쓰시 왜 안 쓰냐? 그렇지만 자기가 그걸 쓸 재격(자격)이 못 되야. 그런 건 써도 소용없어. 긍게 사램이 명당을 들어가는 것은, 남한티 악헌 일 않고 선을 풀고 후덕허게 사는 사람은 암시렇게나 갖다 묻어도 그게 명당이여. 그래서 선을 풀으라는 거여. 악종은 잘 되는 것이 없어.

제보자 : 이병렬(남, 79세. 전북 익산 거주. 2001. 9 채록)

32

암행어사 박문수와 효자 효부

＊핵심어 : 글공부만 하는 남편, 어머니 환갑, 머리 잘라 음식 마련한 아내, 어사 박문수

　남편은 글공부만 해쌌고 자기 어머니 제사가 돌아왔는디, 먹고 살 꺼린 하나도 없어. 그래서 자기 아내가, 자기 남편은 이 글만 허니라고 정신이 없고, 이 자기 아내가 남편이 저렇게 책에만 미쳐갖고 글만 허니, 어머니 회갑을 어떻게 치루냐?

　내라도 어떻게 쌀을 구해다가 밥이라도 해 맥여야겠다 해서, 그전 옛날에는 낭자를 허는디 머리를 이렇게 질렀거든. 머리를 이렇게 풀어 갖고 머리를 비는 것이 그 그전에 다루여, 다루. 지금도 그 화장허는 사람들이 그놈 찡겨서 이렇게 뭐 이렇게 만들고 허는 거여. 그 다루를 비어서 가지고 가서 머리를 팔어 갖고 양식 팔고 고기 좀 사고, 반찬도 사고 혀서 즈 어머니 환갑을 치러.

　치루는디, 그 고을 원님이 순회를 순회를 히여. 비밀탐정을 헌다 그 말이여. 그 원이 이렇게 저녁이믄은 이렇게 백성들이 잘 사는가, 태평성대를 누리는가 그걸 볼라고 순회를 도는디, 어떤 집에를 간게 집이나 해나 뭐, 그렇게 좋은 집도 아닌디 이 불을 켜놓고 등잔불을 켜놓

고 있는디.

바깥에서 그 원이 치다 본게 그림자가 이렇게 왔다 갔다, 그림자가 비추는디 춤을 추고 응? 노래를 불러. 그래서 원이 이상허다 허고서 그 집을 꼭 적어 갖고 그 누(누구) 집이다 허는 걸 알었어. 알어가지고 서는 갖고왔어. 근디 그 여자 내우간이 자기 어머니 환갭(환갑)이라 고 해서 그 춤을 추구 밥 해놓구 밥을 대접허고 그러는 장면이여. 근 데 그때 당시에 다른 사람 본 사람이 없고 원이 그 저녁이믄 순회 순 휜 돌으면서 그걸 봤다 그말이여. 그걸 불러서 가서 얘기헌게 그 사람 이 허는 소리가,

"나는 돈이 일전도 없는디, 우리 집 식구가 머리를 짤라서 갖다 팔 어 갖고 쌀도 팔고 고기도 사고, 이렇게 반찬도 사고 해서 참 어머니 를 대접허는디, 어머니가 잡수기만 허지 무슨 길거운(즐거운) 것이 없어. 그래서 우리가 헐 줄 모르는 것이나마 내우간이 춤을 추고 소리 를 질르고 그러고 놀았노라고."

그래서 참 원이 그, 그 사람 안식구를 데려다 물어 본게, 말을 못 허 더랴. 처음에는, 부끄러워서. 그러더니 사실대로 얘기허라고 허닌게, 얘기를 허더랴.

그래 가지고서 원이 그 사람헌티 표창을 허고 양식을 주고서 잘 먹 고 살았댜. 긍게 자식이라는 건 부모에게 효를 나타내믄 어딘가 생기 는 것이, 도움이 있어. 도와주는 사람도 있고. 그러나 불효를 허믄은 줄 것도 안 준다. 줄 것도 안 주는 거여, 세상이. 그런 얘기가 있어.

제보자 : 이병렬(남, 79세. 전북 익산 거주. 2001. 9 채록)

33

개를 먹어도 발부터 떼고 먹어라

＊핵심어 : 효자의 시묘살이, 개 잡아 먹고 오해받기, 개도 발을 떼고 먹어라

[조사자 : 효자가 시묘살이 할 때, 호랑이가 지켜줬다는 얘기는 못 들으셨습니까?]

효자 시묘살이. 긍게 그것이 저 그전에 말 들으면 죽은 기(개)도 발을 띠고 먹어라. 응? 그런 말이 있지? 긍게 한 사람이 자기 부모 죽어서 산소 앞에 가서 인자 지금으로 말허믄 움막 같은 것을 지어놓고 거그서 밥을 끓여 먹어. 그러나 시묘 삼 년 살을 동안에는 고기라는 건 먹들 안 혀. 꼭 나물허고 밥만 해서 먹고 살어. 삼 년 동안을. 그것이 시묘살이여. 왜 고기를 안 먹냐? 살생을 안 시킨다 해서.

그래서 삼 년을 시묘 살고 집이로 돌아오는 날이여. 다 끝마치고. 돌아오는디 이 저 개울 하나를 이렇게 건너뛸란게 개가 한 마리가 나왔어. 개가. 개가 나온게 그걸 잡었단 말이여. 아, 생전 이거 먹어보도 못 헌 개를 잡었단 말이여.

긍게 하도 반가서 그놈을 불에다 구워서 먹었어. 먹다가 딴 훌륭헌 사람이 봤어.

"저놈이 삼 년간 시묘 살았다고 해서 효자로 인정을 헐라 그랬더니, 개를 잡아서 구워 먹는구나. 저놈이 무슨 효자냐?"

그런게 그 소리를 비겨서, '개를 먹어도 발버텀 띠고 먹어라.' 발을 띠었으면 갠지 무엇인지 모를 거 아냐? 그래서 속담에 그런 얘기가 있었지. 시묘살이. 난 얘기는, 뭐 어떻게 그냥 이리면 이쪽, 저리면 저쪽이지. 어째 갈 만 데를 못 찾겠네.

제보자 : 이병렬(남, 79세. 전북 익산 거주. 2001. 9 채록)

34

상전 속여먹은 막둥이

* 핵심어 : 상전 속인 하인, 막둥이, 상전의 딸까지 차지하기

[조사자 : 네. 저기 그 상전 속여먹은 그 하인 이야기, 막둥이 이야기는 모르십니까?]

막둥이? 응. 막둥이 얘기 허지. 막둥이가 어서 생겨났냐 허믄 어떤 집에서 머심 사는 놈이여, 막둥이가 머심을 사는디 그 주인 아들이 서울로 과거를 보러 가. 과거를 보러 가는디, 나귀 안장 뒤에서 도시락을 하나 싸서 말 꽁무니다 달아가지고 막둥이가 말 고삐를 끄시구서 서울을 가.

가다 배고프믄 먹으라고 도시락을 달은 거여. 근디 가만히 가다 생각헌게 막둥이란 놈이 꾀가 나는디, 아이 도시락을 먹을 때가 되았는디, "도시락 먹자." 소리를 않거든? 그런게, '이상허다. 이상허다.' 허믄서, 알었다구 허구서는, 말 고삐 달었던 도시락을 떼어 가지고 가서, 그놈이 다 먹었버리구서 도시락 그릇이다가 그 대변을 싸가지구서 뚜껑 딱 덮어서 갖다 싸놨어. 싸서 말 꽁무니다 달어 놓고,

"도련님, 도련님."

"왜 그러냐?"

"밥을 오래 두믄 똥 된대요. 밥을 오래 두면 똥 된대요. 근디 왜 밥을 안 잡쉬요? 똥 된대요."

"야, 이놈아. 무슨 밥이 똥 되냐고? 더 가서 먹자고, 어디 가서 먹자고."

아, 그래서 거까지 갔단 말이여. 가서는 거 가서 밥을 먹자고 거근 어디 시장가인가 뭐 그렇게 되았던게비여.

"밥을 먹자."

헌게, 말에서 내려서 딱 앉어서,

"그 도시락 끌러 오니라. 밥 먹게."

아, 갖다 끌른게 그냥 뙹이 가뜩허네. 도시락 속이가. 긍게 이놈이 그냥 막 놀래고 자빠지면서,

"도련님 내가 뭐라고 허던겨? 밥은 오래되면 똥된다고 않던기요? 그 다 똥 되았네요. 똥 됐어."

그런게 먹을 수가 있가디? 인제 다 내싸버려야지. 그런게 그 도령이 돈을 주면서,

"야. 저 시장인게비여. 저 안에 가서 허다 못해 뭐 국수라고 한 그릇 사오니라."

그래 가서 국수집에 가서 국수를 한 그릇 사서, 딱 들고 온단 말이여. 아 들고 와서 그 도령 앞이 오믄서 그냥 갖고 왔이면 괜찮은디, 손가락으로 막 뒤적뒤적 거려. 손가락으로. 국수 그릇을. 손가락으로 뒤적뒤적 허니 드러워서 먹을 수가 있이야지. 아 젙이 온게 그냥 그 도령이,

"야 이놈아. 웬 국수를 니 손가락으로 다 내저어서 갖고 오니 내가

어떻게 먹겄냐? 이놈아."

그런게 이놈이 헌다 소리가,

"아, 오면서 그냥 코가 나와가지구 코가 한 방울 떨어져서 그 코를 찾을라고 아무리 뒤적거려도 없다."

그런게,

"얘 이 드런 놈이라구, 너나 먹으라고."

그냥 막둥이만 먹는 거여. 먹고서는 그 도령이,

"야. 내가 가서 밥을 사먹구 올티여. 긍게 잘 있어라."

그러구서는 가서 먹구서는 말을 끌고 서울까지 왔어. 왔는디, 서울 와서 그 도령이 헌다 소리가 그놈헌티 뭐 사오라 소리를 못 헌게,

"너 여그 말을 잘 봐라. 나 어디 가서 좀 볼 일 보고 올란다."

그런게 막둥이가,

"그러지오."

긍게 그 도령이 말허기를,

"야. 이 서울이라는 디는 눈 감으믄 코를 비어 먹는 디여. 눈 감으믄 누가 와서 코 비어가. 그런게 말을 잘 봐라."

긍게 이놈이 기냥 말은 안 치다보고 그 코를 비어 갈까비 기냥 얼굴만 이렇게 허구서 기냥 도령이 오드락 있었어. 있었는디, 가만히 생각 헌게 막둥이가 생각헌게 안 되거든, 안 되겄거든. 긍게 그 말을 가서 팔어버렸어. 팔어서 돈은 지가 쎄벼 넣고 아, 얼굴만 개리고(가리고) 앉었는 거여. 아 도령이 가서 뭐 볼 일 보고 뭐 사 먹고 그러구서 와 본 게 이놈이 눈을 이렇게 떠억 가리고 앉었어.

"야 이놈아. 왜 그래 손으로 눈을 개리고 있냐? 말 어딨냐?"

헌게 말이 있가디? 갖다 팔아 먹었는디.

"말이 인제 어딨냐?"

고 헌게,

"아이고 나는 도련님이 기냥 여그는 좀 껄뜩허믄 그냥 코두 비어먹는 디 되나서 내 코만 못 띠어 가게 이렇게 했더니 어떤 놈이 말을 끌어갔다고."

허허허허허. 그렇게 돌라서 말을 팔어먹었어. 그런게 그 도령이,

'저놈을 데리고 대니다가는 내가 행세 망치겠다.'

그러구서는, 뒤로 돌아서라, 그래갖고 먹, 먹을 가지구서 이게 침을 묻혀가믄서 그놈 뒤, 한복 입은 뒤에다가 뭐라고 썼는고 허니,

'요놈이 나를 죽을 고삐를 몇 번을 넘기고 아주 나쁜 놈이여. 그런게 아버지, 요놈 집이 가거든 당장 목을 매서 죽이라고. 그래야지 내가 이놈 있다가는 살덜 못 허겄다고.'

거그다 말미 잡는 글을 썼어. 써서, 옷이다 썼은게 입고 대니믄 다 뵈지. 뒤에 가서.

"너 집이 가거라. 나 혼자 대니믄 된다."

그래서 인저 도령은 도령대로 과거 볼 예산을 허고, 근디 과거봐서 또 떨어졌어, 그나마.

근디 이 막둥이란 놈은 어떡헐 거여. 걸어서 집이까지 오는디, 아 오다 생각헌게 배가 고파 죽겠네. 돈이 있이야 사 먹지. 그 어느 동네를 들어간게 어떤 부인이 메자(메주)를 막 도구통으 절구통으다 넣고 막 메자방아를 찧는디, 어린애가 그냥 멍석에다 이렇게 뉘여놨는디 기절초풍을 혀, 울어싸. 그런게 거 가서,

"아주머니, 아주머니. 내가 애기를 좀 봐드릴텐게, 나 메자 좀 줄래요?"

"아 그래라, 애기 봐라. 그러믄 내 메자 많이 주마."

긍게 애기를 보는 거여. 긍게 보놓고 있다가 메자를 이렇게 찧으믄 안방에다가 이렇게 메자 덩어리를 뭉쳐 갖고 고놈을 안에다 저 짚 깔고서 갖다 놓거든? 쪽 허니. 긍게 인자 그 부인은 그 메자 덩어리를 날라서 인자 갖다 짚 까논 디다 놓니라고 가지고 들어갔는디, 아 요놈이 그냥 애기를 그냥 뉘어놓고서 메자 덩어리 하나 갖구 도망갔버렸어.

도망가믄서 생각하니 그 메자 덩어리 하나를 어떻게 다 먹어. 먹다, 먹다 팡이 진게, 그놈으로 이렇게, 이렇게 만두 만들드끼 해 갖고 바가지를 만들었어. 바가지를 하나 만들어 갖고, 뭐여? 가지고 와. 배부른게 먹들 못 허고. 근디 어느 동네를 온게 꿀장사가,

"꿀 사시오, 꿀 사시오."

꿀을 양 두 손에 짊어지고 소리를 질르네. 그런게 이놈이 가서,

"여보시오. 그 꿀 얼매씩이요?"

"아 인자 꿀을 사야 얼매라는 걸 얘기해 줘."

그런게,

"그리오? 그럼 이 바가지다 꿀 좀 따라 보시오."

아, 메자 바가지다 꿀을 반 따락이나 따른게,

"이게 얼매요?"

"그 아홉 말이라고."

"아이고, 나 이거 비싸서 못 사겄다고."

"그 양재기 속으 내라고."

양재기 속으다 메자 바가지에 쏟은 꿀을 부스니 다 떨어질꺼여? 그 꿀이. 메자 바 바가지다 다 묻어버리지. 그냥 쏟다가 안 쏟아진게,

"에, 안 쏟아진다."

허고선 도망갔버렸어. 아, 그놈을 먹은게 참 달고 좋거든, 꼬숩고. 그 래서 그걸 가지고 오믄서 먹는디, 어떤 중 하나를 만났는디 어느 동네 간게, 중이 본게 뭔 누르스름헌 바가지를 이렇게 띠어 먹는디 참 맛있 게 먹고 안에를 본게 꿀이 묻었거든.

"나보고 그 그 바가지, 나 조금 안 줄라우?"

그런게,

"응. 내가 이거 줄틴게, 쪼금 줄틴게 내 등허리 한번 보시오. 뭐라고 썼는 기요?"

긍게 중은 글을 잘 안단 말이여. 서울 장안 안에 가서 뭐, '이러고 이 러고 이러고 잘 못 허고 이렇게 했은게, 이놈이 집이 들어가거든 돈 일전도 주지 말고 내쫓아버리던지 어디로 보내라고.' 거기다 그렇게 써났단 말이여. 지 아버지에게다 시킨 거여, 그렇게. 그렇게 썼다고 그런게,

"그것 싹 묵살치고, 저 헝겊떼기 뭐 바랭이라도 하나 뜯어서 거그다 대고 짔구서, 그 우다 글씨를 좀 쓰시오."

"뭐라고 쓸거나?"

"이 막댕이란 놈이 나 죽을 고부(고비) 가서 살려준 생명의 은인이 고, 뭣을 잘 허고 뭣을 잘 허고 그런게 아버지, 이 막댕이가 집이 가거 든 사우를 삼으라고. 딸을 줘서 사우를 삼으라고."

그렇게 해서 딱, 써 써달라 그런게 중이 또 써줬어. 그런게 그 꿀바 가지 쪼금 띠어서 주고서 그것만 얻어먹었어. 아 그러고서 그놈을 갖 고 먹으면서, 즈 주인네 집이를 떠억 들어온게,

"너, 그 새 오냐?"

하고서 그냥 반가핸게, 아 이놈이 뭐 반가허는 것도 소용없고 그냥 뒤

로 돌아서서, 이 등허리만 보라는 거여, 등허리만. 등허리만 보라고 해서, 아 주인이 등허리를 본게, 그냥 즈 아들 죽을 고부를 몇 번 살리주고, 어? 그게 장헌 일을 했네. 그러구서는 그냥 이눔이 참 생명의 은인인게 매부를 삼으라고, 딸을 주라고. 그렇게까지 써놨네. 그런게 그것을 보더니 그 주인이 사우를 삼겄어? 머심 사는 막둥이란 놈을.

'에이, 이놈 괴씸허다. 그래 가만 있어봐라.'

그러구서 미루는디, 그러자 아들이 왔어, 서울서. 과거를 봐서 떨어져 갖고. 저놈 막 지금까지 밥 주고 있냐고 막 그놈 당장으 막 내쫓으라 그랬더니, 지금까지 밥을 준다고 아 막 즈 아버지보고 그랬더니, 그러고 얘기해싼게,

"그러냐? 아 근디 그 등허리 본게 그것이 아니드라."

그런게, 그럼 무엇을 어떻게 했다고. 그놈을 막둥이란 놈을, 이 구렉이 있어, 구럭. 구럭 알아요? 구럭. 구럭이라는 새끼 꼬아서 몸땡이 같이 이렇게 만들어서 저 깔(꼴) 베러 대닐 제, 소 풀 뜯으러 대닐 제 거다 담는 거여. 그 구렉이여. 거다 막댕이를 집어 늫구서는 구럭 주둥이를 꽉 짬매 갖고 어디로 갔냐?

동네에서 얼매 안 가믄, 지금으로 말허믄 소유지. 방죽 같은 물 꾸뎅이가 있어. 짚은 디가. 거가 이제 정자나무가 이렇게 났는디, 여다 이렇게 달아매고 그 달아매고 끈만 끊으믄 그 물 빠져 죽어. 저놈을 그렇게 죽일라고 막둥이, 즈 주인 아들이 거기다 갖다 달아맸어. 달아매구서 저의 집이루 이 장대를 가지구 가, 가 가질러 가.

낮을 이렇게 걸어, 이렇게래야 이렇게 높은디 이게 걸어서 짤르지. 가질러 간 새에 누가 왔냐? 안성 유리라고, 유기라고 유기장사가 오는디 유기장사가 수족이 불구자빈게비여(불구자인가 봐). 유기짐을

짊어지고 다리를 짤쏙 짤쏙 허고서 오거든? 그런게 막둥이란 놈이 그 구럭 속으서 불러.

"여보, 여보. 이리 와 보라고."

긍게 이 유기장사가 가 봤어. 이상헌 게 나무 위 가서 뭣이 달어매 있어 갖고 불르거든. 그래서 가 본게 그놈이 말허기를,

"당신 잘 만났소. 내가 당신 마냥 다리 하나를 절어. 짤쏙 짤쏙. 저는 디 이 구럭에다 이렇게 들어서 여그 오래 있이믄은 다리가 낫는다 그 래서 내가 이러고 있는디, 내가 인자 낫었는가 안 낫었는가 나 좀 잘 끌러서 내려놔 달라고. 그러구서 나 다 낫었이믄 당신이 거그로 들어 가. 그러믄 당신도 그 짤쏙거리는 다리가 낫을 챔이여."

불구자 다리가 어떻게 낫었어? 그러지만 그게 낫는다는게 유기장 사가,

"아, 그러냐?"

허구선 그냥 심(힘) 들어서 그놈을 끌러서 내리놨어. 내리논게 아 그 놈이 또 유기장사가 들어가라고 해 갖고 유기장사가 들어간게, 그놈 이 또 인자 달아 매놨어. 거그다. 달아 매놓구서는 유기짐을 짊어지고 도망 가, 이 막둥이가. 도망간게 막 유기장사가 아무리 소리 질러야 소용없어 뭐. 거그 구럭 속으 들어가서 이렇게 매달아 맸는데 어떻게 나와?

그 이 막둥이란 놈은 유기짐을 짊어지고 가서 도망갔버리고. 아, 쪼 금 있은게 그 막둥이 죽일라고 허는 주인 아들이 왜 이렇게 이렇게 장 대에다 낫을 걸어 갖고 떡 오거든. 그런게 그 구럭 속으서 허는 소리 가,

"나 보시오, 나는 에민 유기장사요. 나는 에민 유기장사요. 왜 나를

죽일라 그러쇼? 에민 유기장사 죽이지 말라고."

사정을 해도,

"네 이놈 잔소리 말어라, 이놈. 너 땜에 내가 몇 번 죽을 뻔했냐?"

고, 그냥 끊어서 죽였어. 그냥 물 빠져 죽었다고, 이 유기장사는. 죽었
는디 이 막둥이란 놈은 그 유기짐을 짊어지고 가서 싸악 팔아 갖고 옷
을 한벌 싹 해 입고, 어, 아주 신사가 돼 갖고, 참 신도 좋은 놈 신고 그
주인네 집을 찾어 갔어.

"어 이놈. 물이다 빠쳐 죽인 눔이 여 살어서 오네. 그 너 어떻게 되야
서 오냐?"

그러고 물어 본게,

"나, 나 혼자만 살기는 너무 아깝고, 하두 좋어서 내가 이 주인 나으
리나 도령을 같이 모시고 갈라고 왔노라고."

그런게,

"뭣이 좋은 디가 있단 말이냐?"

그런게,

"아, 나 물이다 이렇게 빠쳐 죽이지 않었냐고? 그런디 물이를 들어
가 본게 용왱(용왕)이 있어. 용왕이 용궁에 있는디 그야말로 참 살기
좋고, 그 으리으리 허고 참 기가 맥혀서 나 혼자 살기는 너무 아까. 그
래서 내가 틈을 타서 주인어른 허고 도령 허고 데릴러 왔어. 거 가서
같이 잘 살자고, 긍게 가자고."

아 긍게, 그 말을 곧이 듣구서 식구 전체가 다 갔더랴. 물루 들어갈
라고.

"근디 그 대신 어떻게 허고 가야 되냐?"

헌게,

"부채 하나씩 들고 가라고."

그 부채를 들고 식구가 다 간 거여.

"그 주인 영감버텀 들어가 보시오."

들어가라 헌게 그냥, 그리 막 뛰어 들어가. 들어가믄 사람이 물 먹은게 막 손을 내둘를 꺼 아녀? 내둘른게 막 부채가 왔다 갔다 왔다 갔다,

"저거 보시오. 벌써 좋은게 막 저렇게 부챌 내둘른다고. 얼매나 좋으믄 저렇게 내둘르겠냐고?"

그런게 기냥 그 주인 안식구 들어갔지, 아들 들어갔지, 다 들어갔어, 따라서.

"참 좋은게비라고. 저렇게 기냥 좋은게 들어가믄서 막 내둘르고 좋아서 그러는 것 아니냐?"

그래서 다 들어갔어. 그러고서는 그 집 딸만 하나 남았어. 긍게 나도 들어갈 꺼라 그런게,

"가만있어. 좀 기다리라고. 기다리라고."

허구서 제일 뒤로 밀려 놓구서는, 딸 하나만 남고 식구가 싹 들어가서 빠져죽었어. 그런디 막둥이란 놈이, 그 딸은 들어가지 말라 허구서 데리고 가서 그 집 차지허고 그놈이 부자로 잘 살았다는 거여.

긍게 그전 옛날에도 그렇게 막둥이 노릇을 해도 머리가 잘 도는 놈이 있어. 어? 아, 물 속으 빠지는 사람이 다 손 내둘르지, 안 내둘를 사람이 어딨어? 부채 들구 내둘른게 좋아서 내둘른다 그런 거야.

제보자 : 이병렬(남, 79세. 전북 익산 거주. 2001. 9 채록)

박곽 선생과 며느리

＊핵심어 : 점쟁이 박곽, 살 길을 알려준 박곽의 며느리, 며느리 대신 먼저 죽은 박곽

옛날 어떤 사람이 참 가난하게 살았던가, 늙은 어머니하고 아들하고 살았는디. 아들이 장사 나가서 설대목에 한번 들어오고, 섯달 대목에 한번 들어오고 그랬는디.

한번은 올 때가 됐는디 안 와요. 그 노인네가 그 동네 뒷집양반 그 양반이 점을 잘 쳐요. 그래 그 양반한테 점을 하러 갔는디.

"아이구, 제 자식이 안 온게, 생원님, 좀 제 자식이 언제 오는지 봐주시오."

근데 그 양반이 떡하니 육갑을 잡어본게, 방법을 알려주면은 살고 안 알려주면 죽게 생겼어. 그랬는디 그 양반이 맥없는 심술이 났던개벼. 그 방법을 일러줬던 게 아니라,

"자네 아들 죽었네."

그래 버렸네. 그러니 오죽 서럽겠어? 자식 하나 보구 사는데.

"아이구 아이구!"

허구 거기서 울고 나온단 말이여. 그러니 며느리가, 옛날 그 젊은 사

람한테두, 그 이 양반한테는 굽신굽신 할 때야. 젊은 여자지만 늙은 여자래도,

"아 자네 꽤 그렇게 우는가?"

"아이구 제 자식이 죽었대유."

며느리가 불러들였다구. 며느리가 육갑을 집어본게 방법을 일러주면 살게 생겼는디, 시어머니가 안 알려줬어. 인제 일러줬어 며느리가.

"자네 아들 입던 적삼 있지?"

"예. 있어요."

"그러면 지붕으로 올라가는데, 그 물을 가지고 올라가서, 자네 아들입던 적삼에다가 그 물을 담궈서 지붕에다 휙 뿌리면서, '아무개야 아무개야' 이름을 3번 불러. 그러면 살아나올 꺼야. 그렇게 안 하면 꼭죽어 오늘 저녁에."

"근데 참, '아무개야' 그 아들 이름을 부르면서 지붕에다 물을 묻혀서 물방울이 떨어지게 할 것이여."

그랬는데. 그날 저녁에 그 아들이, 집이라고 찾아온다는 것이 멀어서, 한 5리 정도 넘겨놓고 헐 수 없이 집앞에서 자게 됐는디, 아 자다가 느닷없이 불이 났다고 불이 났다고가 아니라, 자기 어머니가 부르는 소리가 나. 거기 올 리가 없는디. "아~ 아무개야 아무개야, 이리 어서 나오니라." 한단 말이여. 어머니 목소리가 나길래, "예 저 여깄어유." 동네로 나간게 벌써 집이 떵그러니 탔단 말이여.

행인이 여덟이 자는디, 일곱은 싹두밭이에 못 나오고, 그 사람은 화개 방뱁이여. 그게 불이 안타죽게 되는 거 방뱁이라. 그 자는 그게 나왔어. 화재 예방을 해서. 그게 안 일러줬으면 거기서 자 가지구 죽는디, 화재예방을 일러줬기 때문에, 어머니가 불러낸 것이, 귀신이 불러

내서 살았다 이 말이여.

아 이, 시아버지가 심술이 남았네요. 그 심술 그만치라 부리고 말았어도 죄를 들 받을 텐데, 그 남어갖고 육갑을 집어본게, 며느리가 몰래 살렸네.

'아 이거 못 쓰겠다. 난 죽으라고 냅다뒀더니, 며느리가 이걸 살려? 이거 염라국으로 편지 써서 쥑여버리자고.'

염라왕과 옛날에 친구가 됐었더래요. 염라한테 편지를 했어.

"우리 며느리 잡아가라고."

염라왕이 편지를 받아본게 며느리를 잡아가라 했네. 사자를 명령을 시켜서 그 아무개를 잡아오라고 사자를 보냈는디, 며느리에게 독특한 재주가 있었어. 또 상을 금상에다 떡하니 차려놓고 귀신이 벌써 왔어.

여기 왔는디 첩첩산중이여 캄캄혀. 그 재주를 쓰면 거길 못 와. 그래서 더듬더듬더듬 이렇게 돌아다니네. 그랬는데, 누구냐하면 시아버지가 이름이 박곽선생이여. 박곽선생인데, 박곽선생이 점을 하는 거야. 박곽선생인데, 아이 사자들이 더듬더듬 댕기다 보껭, 방 바가지 박자,늘(널) 곽자, 합혀본 게 박곽이여.

그 사자들이,

"야! 박곽선생 잡아가자. 며느리는 찾도 못하고, 잡아가자."

"그러자."

그래갖구 사자들이 합해 가지구 박곽선생을 잡아갖구 갔네. 염라왕이 본게 박곽이 왔단 말이여. 염라왕이 있다가,

"아니, 며느리 잡으러 보냈는데, 어째 노형이 왔어?"

그러고 물은게,

"그렇게 됐어."

"그려 여기 왔응게 우리 인자 공론을 해야겠다."

고. 염라대왕의 7대왕이 공론을 해요. 그리고 최판관이 문서잽이래요. 문서 써 주고 보는 사람이요. 그 최판관이란 사람은, 그 최판관이 문서를 퍼들어 봐 가지고, 아무개가 죽게 되었다 그래가지구 잡아가는데, 사자가 만약에 신부름을 잘못 해 가지구 이 동네 아무갠지 저 동네 아무갠지, 이름이 김 아무개라든지 이 아무개라든지, 쪼금 거시기 되는 사람이, 나이는 동갭이라두 이름은 인자 틀리던지, 인자 이름은 같아도 인자 성이 다르다는 그런 사람이 죽게 된단 말이에요. 인자 사자가 엄한 사람 잡아가지 않아요.

사자가 심부름을 잘못하면 엄한 사람을 잡아가요. 그러면 염라왕이,

"떼끼놈! 심부름 잘못했어 임마. 그 사람 보내. 그리고 아무개 잡아와."

그래서 사실 살아나는 수가 있어요. 그래서 혹시나 해서 3일만에 살아나는 수가 있어서. 그건 그렇구 그래가지구 인자 법은 그렇구.

인자 거기서 공론이 벌어져서, 다시 며느리를 잡아오느냐 시아버지를 그냥 두느냐? 공론을 한 경과에, 염라국에서도 염라국의 법은 무엇이냐? 천상의 옥황상제님의 명령을 염라왕이 받고, 염라왕의 명령은 최판관이 받고, 최판관의 명령은 사자가 받는대요.

자~ 그래서 염라왕이, 누가 어느날 몇일날 죽게 생겼나 봐라, 하면은, 최판관이 문서를 퍼들어 봐 가지구, 아무개가 내일이 됐으면, 사자를 시킬 때, 너 아무개 아무개 가서 오늘에 잡아오너라, 하면 잡아다 준대요. 구래서 맞으면은 그대로 두고, 잘못됐으면 살려보내고 그랬대요,

그래서 3일 출상은 이렇게 됐고, 그자 그래서 공론한 결과에, 염라 국법에도 사람 잡아가는 것이 좋아 잡아가는 것이 아니라, 옥황상제 명령에 의해서 하는 거여. 그 문서대로 그런 것인디, 누구 죽이는 게 좋은 것도 아니고, 그래서 사자를 보내서 사자가 그 짓을 하는데, 그래,

시아버지는 나이가 늙었은께 죽어도 안 원통한 데다 대고 사람을 죽일려고 했고, 며느리는 나이가 젊어서 죽기가 억울한데 사람을 살릴려고 했단 말이야. 그리니 며느리는 덕인이고 시아버지는 악인이다. 근게 어쨌든 덕인의 편을 들어야 할 거 아니야?

염라국에서도 그래서 며느리는 살려보내고 시아버지를, 인자 기왕 온 김에 내버려 두었는데, 명이나 누가 오래 살 것나 보야것다고 문서를 떠들어본게, 며느리는 그해 죽게 됐고 시아버지는 13년이 남았어요.

남았는데, 위조를 했어. 문서를 고쳐버렸어. 며느리에게다 13년을 딱 붙여주고, 그러니께 그 사건이 끝나는 바람에 13년을 더 살았대. 며느리가 시아버지는 더 사는 걸 죽어버리고, 근게 사람은 덕을 써야지 악을 쓰면 명도 제 명대로 못 살아요.

제보자 : 김옥분(여, 77세. 충남 강경 거주. 2001. 2 채록)

36

딱 한 번 눈 흘긴 강 효자

*핵심어 : 효자, 잉어 드리기, 아들보고 눈흘기기, 눈 찔러보기로 효자 감정하기

아주 지극한 아마 효자가 있었던 모양이여. 아주 저 이게 이씨 조선 때가 아닌 모양이여. 근께 중국까지 올라갔지. 아주 참 지극지극한 효잔디, 이 양반이 강씨여. 강 부자여.

이 양반이 동지 석달에 난데없이 잉어를 먹고 싶다고 말이여, 막 어머니가. 그러니 그 얼음통에 가서 어디 가서 그 잉어를 어떻게 잡아? 깡깡 얼었는데. 근디 날마다 말씀하시기를,

"잉어 잉어!"

허시니까, 그 짚새기 삼는 망치 있거든요. 그걸 가지고 가서 참, 그 얼음 위에서 뚜드려 깨면서 울면서 얘기했드랴.

"이 추운 겨울에 어디서 잉어를 잡냐구?"

말이여. 그러면서,

"어머님이 원허시는디, 그 잉어 한 마리를 좀 어떻게 나왔으면 좋겠다고."

하면서 그걸 뚜드리고 있으니까, 잉어 한 마리가 딱 터지더랴. 근까

그 효자니까 아마 그 모르지만은, 그 잉어를 갖다가 폭신 고아서 당신 어머니를 드리는디. 그 아들이 그걸 먹는다 이거여. 아들이 먹으니까, 그 어머니가, 자꾸 당신이 잡수지 않고 그 손자만 자꾸 줘가면서 먹어싸.

근께, 그 강 효자가 눈을 흘겼어. 자기 아들이 자꾸 먹는다 해서 그 아들보고 눈을 흘겼대요. 근디 하여튼 효자는 효자여 아주 참 지극한 분이여. 그러자 참 나라에서나 효자 모집이 있었다 이거여. 지금으로 말하자면 효자배? 효자를 다 모아놓고,

"과연 어떤 사람이 효자냐? 그 효자상을 내리라고."

그래서 이 사람은 생각도 안 했는디, 주위에서 자꾸 효자 이렇싸니까, 고을 사또가 지명을 했어, 이 사람을 저 올려보냈어. 서울로 그 한양으로 그 곳으로 올려보냈는데, 아 중국 사신까지는 다 왔었디야.

그런데 효자돌이 손가락으로 찔르면, 손가락이 들어간대. 이 마치가. 그런데 다른 사람들은 이 마치가 다 들어간대 두 마디가, 근데 강부자는 찔르니까 한 마디도 안 들어간다 이거여. 근게,

"이게 무슨 효자냐?"

이 말이야. 참 막 웅성웅성하니께, 서로서로 다 퇴장을 시켰어. 그러니까,

"이 사람, 기왕 왔으니까, 말씀을 한마디 드리자면, 제가 어머니에게 한 가지 잘못한 것은, 그 잉어를 잡아서 그 손자를 주기 때문에, 눈을 흘긴 예가 있다."

"내가 어머니한테 불효한 건 그 하나뿐이다. 그런데 어머니께 한 것이 아니라 아들게 한 것이다."

그랬어.

"그러면 너 다시 가서 한번 찔러봐라."

찔러가보니까 쑥 들어가더랴. 그래서,

"과연 효자라고. 효자노릇을 성공을 했다고."

보니까, [조사자: 좌우가 다들어가서?] 응. 손가락이 좌우로 다 들어가디야 응. 그려 그런 그런 전설적인 얘기가 있거든.

제보자 : 김권성(남, 61세. 익산시 망성면 거주. 2001. 2 채록)

37

호랑이를 부리는 사람

*핵심어 : 변신한 호랑이, 호랑이 전멸시킨 도인, 지역 따라 호랑이가 많고 적은
    까닭

옛날에 호랭이가 굉장히 많이 있었잖아여. 각처에. 근디 호랑이 두
어 살짜리 호랑이새끼가, 저 두 살짜리면 새끼도 아니지. 근디 그 대
장보고서는,

"나와보니까 인간세상이 참- 좋다고. 인간세상이 주름 한번 잡아봤
으면 좋겠다고."

그렇게 원하드랴. 그래서,

"아니다. 인간세상에 가서는, 인간이 살을, 인간이 살을 데가 있고,
짐승은 짐승이 살을 데가 있다. 절대 그렇지 않어."

밤마나(밤마다) 그렇게 졸랐싸.

"인간세상이 좋다고. 아이 살아보니까, 막 명절 때 되면 울긋불긋
입구, 막 춤추고 노래하고, 근게 여간 부런 게 아니야여. 인간세상이
다 그렇다. 그렇당게."

"그래야? 이게 다 원한다면 인간으로 보내주마."

그래서 구경하던 호랑이 대장이, 참 등에다 부치고선, 뭐라고 주문

을 외우고선, 등을 딱 끼니까, 참 아리따운 여자로 변한게, 전부 기맥힌 이뿐 여자를 껴안아 버렸다 이거 아니여? 그러면서 허는 얘기가 있어,

"너는 석자 석치 되는 강시랭이라는 사람 그 사람을 만나면 죽는다. 그 사람만 피하라."

그 사람을, 그분이 원체 잘 알았던 분인가벼. 그리고 뭐 저 말하자면, 앉아서도 귀신을 봤다고 말하니까. 근게 다 이제 여자로 변장 했으니까, 우선 재밌게 즐기고 놀을라면은 기생집으로 가야 한다 이거여.

이 호랭이가 인자 인간으로 나와 가지고, 하루 참 즐겁게 잘 놀고 했어. 그게 아마 한양으로 왔던겝이져. 에 참 보니께 인간세상이 그렇게 좋을 수가 없어. 그렇게 하는데, 한양 땅이라 하면은, 갖은 선비들이 다 와서 술 먹고, 참 휘둥고 그럴 거 아니여?

아 그런디 어느날은 보니까, 아닌 게 아니라 쬐깐한 사람이 와서 술 먹으러 왔더라 이거여. 근데 저는 여러 선비들이랑 같이 왔으니까, 근디 이 호랭이는 처음에 인간세상에 나왔을 때 헌 얘기를 잊어버렸어. 이게 언정 즐기고 놀다 보니까, 이 양반이 술 잡시러 오더니, 선비들 부르며,

"에헴."

하더니, 그냥 일어나더라 이거여. 그게 강시랭이란 사람이여.

"에헴."

하구 일어나더라 이거여, 일어나더니 그 인자 포도청이다 얘기를 했나 어떻게 해서 잡아들였지. 잡아들여서,

"저것은 인간이 아니고 호랭이다. 그니까 무조건 포복을 해서 와

라."

포복을 해선 되나? 이 강시랭 선생이 부적을 써서 이마다 부치니까 호랭이로 변한다 이거여. 그래서 그호랭이를 잡았어. 잡아놓고는,

"지금 이 조선 땅에는 호랭이가 너무 많다. 그래도 쬐깐한 데다 이 인간이 살아야 할 기회를 짐승들이 와서 살게 됐다. 그러니까 이 짐승들 비척을 시켜야겠다 말이여."

그러면서 편지를 막 참 너덜너덜 쓰더니, 그중에서 젤 담력 센 놈 젊은 놈 하나를 선출했다 이거여. 선출을 해서,

"그 편지를 가지고 너 아무 데 아무 데 가면은, 그 이빨 빠진 할망구가 바랑(배낭)을 꼬메고 있을 것이다. 그니까 그 할망구에게 편지만 주고 와라."

이게 그 호랭이라고 하면 절대 안가니까, 그리고 혼자로는 이 한양 이쪽으로는, 아 혼자로는 호랭이 원척으로 혼자 못 다닝께. 아 그러는데,

"그 노파가 그 할망구가 바랑을 꼬메고 있으니까, 갖다 줘라."

그러니까. 그 편지를 짊어지고서는, 자꾸 가라고 해서 왔긴 왔는데, 얼마를 왔던가니까, 아 과연, 바우 밑에서나 양지 끝에서나, 바랑을 꼬메는 호랭이, 바랑 꼬메고 있다 이거여. 그래 무턱대고 편지만 줬어. 그 할망구가 받드라 이거여.

노파가 받어 받아서 왔는디, 그 다음 다음 3일째 되니까, 호랭이란 호랭이는 다 불렀더랴. 근까 그게 호랭이 대장이여. 만약 안 온다면 요절을 낸다고 그랬을테지. 그냥 만난디 어물어물 그냥 휘청하더라 이거여. 강신애가 만나서 하는 말이,

"니가 데리고 있는 부하는 다 데리고 왔느냐?"

그니까,

"다 데리고 왔다."

이거여. 그러면서,

"새끼 밴 호랑이 통장님 있는데, 손자가 있는데, 그건 다리가 부러져서 그것만 못 데리고 왔다."

이거여.

"그러면은 그놈만 놔두고, 지금 이 시각부터 강원도 일원으로 니들 전부 다 이동해라, 안하면 전부 다 그냥 너희들 씨를 말려버리겠어."

노파가 절을 하면서,

"옮기겠다."

말이여.

"옮기겠다구."

말이여. 하면서 눈물을 흘리면서 가드랴. 그때부터 서울 이남 지역에는 호랭이가 그 새끼 밴 다리 뿌러진 호랑이가 새끼 낳은 것이 한 마리 있고, 호랭이가 싹 위로 올라가서, 강원도 위로는 호랑이가 많이 있대요. 그래서 서울 이남지구에는 다리 뿌래진 호랭이, 그 손자, 고치러 못 데리고 온 놈이 새끼 나서 안아서 퍼진 것이여.

제보자 : 김권성(남, 61세. 익산시 망성면 거주. 2001. 2 채록)

38

가짜 풍수

*핵심어 : 풍수, 형제, 패철, 우연히 풍수 노릇하기, 스스로 실명하여 목숨 보존
하기

내가 풍수얘기 한번 할게. 두 형제분이 살았는데, 형은 풍수를 하는
사람이고, 이 동생은 참 책만 읽는 참 진짜 글자 참 글만 하는 사람이
여.

근데 그 안식구가 그 근까 그 제수지. 그 글만 읽는 그 안식구가 보
니까, 형은 나가서 풍수를 해가지고서는 먹고 사는디, 자기 신랑은 날
마다 항시 글만 읽은께 항시 배가 고파.

그냥 하루는 그랬어.

"여보, 당신도 책을 읽을 만치 읽었느냐, 당신네 성은 당신보다
공부를 못해도, 왜 당신은 그 짓을 못하느냐? 도저히 어떻게 살아 갈
맛이 나느냐 말이야. 그니까 당신도 무엇이냐, 하루라도 벌어와야 될
거 아니냐?"

힘든 나머지 김쌈하고 남의 빨래 해주고선 밥을 먹고 살어 이여자
가. 그러니까 한참 그러더라 말이여. 근디 공부를 얼마나 했냐 한 이
삼십년 한참 책만 읽었나게벼. 그러니까 하루는 그러더랴. 자기 부인

을 부르더니,

"큰 댁에 가서 형님더러 패철 하나 달라구 허라구."

말이여.

"나두 풍수나 한번 한다구."

그러더랴. 아무것도 모르는디, 참 백지하에 저 간다구 허니까, 싫은 척 하진 않소.

"우리 집 양반이 그 패철을 좀 하나 달라구 하니까 하나 주소."

"아 그러면 줘야지."

그 좋은 패철을, 산에서 동생이 나간다구 하니까 줬다 이거여. 큰놈을 여기다 차고서나 이 사람이 걸었어. 인자, 이 사람이 나가는디, 땅을 세상에 볼지를 아나? 풍수라는 것이 어떻게 생겼는지를 볼지를 모르는데. 참 팔도 집에서 산에서 참 산을 많이 다니는 산이나 들이나 산만 다니는 거야. 산기슭으로만 그래서 얼마를 했던지 간에, 한 팔푼 이상 다녔던 모양이여. 어디까지 갔나는 몰라.

아 그런데 마침 그 동네 그 큰 동네에서나 그 부잣집에서 초성이 났어. 부잣집에서 초상이 났는디, 방을 써 붙이기를,

"그 지역에 있는 풍수를 보는 분은 모두다 오라고."

했어. 이 사람은 그것도 모르고 지금 돌아다니는 거여. 근디 상주가 아닌 그 상주 친척이 되는 사람이, 지금 이 상가집을 가는 도중에 보니까, 큰 패철을 차고, 막 지레 차고서나 산 깃을 타고 다니는 것이 항시 꼭 풍수를 보는 사람 같더라 이거여. 지관 같으니까, 이 사람이 가서 청부를 했어.

"이만저만 어서오십시오. 거기 좀 한번 가보시자구."

말이여. 사람이 배가 고픈게 따라갔어. 가다본게 저 이만한 큰 바위나

됐던게벼. 이원장네 큰 바윈디, 불을 따끈따끈하게 때놓고서는, 참 고 근방에 있는 풍수란 풍수는 다 왔더라 이거여. 그것도 백여 인에 상을 해놨어.

"떡도 잡시고 고기도 잡시라구."

하니까, 이 사람이 배고프니까, 우선은 먹었어. 먹는디 한쪽 구탱이, 구탱이 지역지역에 왔으니까, 자기들끼리 얘기여.

"어디 간 게 뭐가 있고, 어디 간 게 뭐가 있고 뭐가 있다더라 그 얘기를."

그 사람은 모르니까 말을 못허고 있어. 그니까 푹 앉아서 책이나 읽고 그러고 있으니까, 상주가 턱 들어서 보니까, 다른 사람은 아는 척을 하는디, 이 사람은 말이 없단 말이여.

'야. 으메 참 이상한 일이다.'

그럭저럭한 것이 보름을 이주를 지났어. 아 그러고 보니까, 이 상주가 생각하기론,

'옳거니! 아 저 사람이 진짜 지관 아니야? 말이 없는 것이.'

원래 풍수는 말 그대로 기냥 허풍쟁이거든?

'저 사람은 참다운 사람이라.'

이거여. 말이 없으니까. 그래서 하루는 이 상주가 막 술상 진창 차려놓구 먹는디 말했어.

"여러분들 오셔서 대단히 고맙다구. 그러나 앞으로도 아버님의 지상을 차릴려면 보름 이상이 남았으니까."

이 사람이 그러는 거야. 상주가 그때는 지배를 했잖아여?

"가셨다가 연락을 하거든 그때 다 오쇼."

다 보내네. 완전 다 보내고서, 이 아무 것도 모르는 이 사람을 꼭 붙

잡았어.

"당신은 가지 말라구."

그러니 아 이 사람이 참 난감한 일이네. 진짜 지관은 다 보내구, 아무것도 모르는 이 사람을 꼭 붙잡고 있으니 큰났어. 그래서, 그날 저녁부터 아래 시냇가에 가서 목욕을 하고 나서는 산에 가서 빌었어.

"나는 아무개에 사는 아무갠디, 아무것도 볼 지도 모르고 땅이라는 건 아무것도 볼지도 모르는디, 신령님이 점지해서 이 집에서 산소 하나 쓰게끔, 점지 하나 해 달라구."

말이여. 그래서 참 맨날 며칠을 빌었어. 거기서 이년 동안. 그 사람들 오기도 전에 말이여. 그래서 밤이고 낮이고 하루에 두 번썩 말이여, 새벽에 가고 저녁에 가고 말이여.

근디 상주가 가만히 보니까,

'이상허다.'

이거여. 저녁에만 나가고 새벽에만 나가는 것이. 아 그래서 참 뒤를 밟았어 이상하다 밟으니까, 산에 가서 어떻게 목욕을 하고 나서 빌고 있다 이거여 잉. 가만히 쳐다보니까 기도를 하는 걸 쳐다보니까, 어떤 노인이 오더니,

"니 정성이 지극허다"

그러더랴. 그 사람보고. 그러면서 이 상주는 못 알아듣는 거야. 이 사람만 듣지. 멀리 있으니께. 작대기로 뭘 이렇게이렇게 찍어주더라.

"이거야."

그 노인이. 그러고선 없어져 버렸어. 근데 이 사람이 하두 이상해서 왔어. 인자 와 버렸어. 온 뒤에 이 사람이, 참 선비가 다시 상주 집으로 왔더라 이거야. 참 그때부터는 밤잠도 더 잘 오고 밥도 그래 참 잘

얻어 먹구 있는디. 이때나 얘기할까 저때나 얘기할까 해두, 이 친구가
얘기를 안해. 상주에다가.

상주가 부잣집이니까, 생각을 해보니까, 이 사람이 아무 데 아무 데
산다고 했으니까, 그 집은 어느 정도 사는 집인가 하인시켰어. 보냈
어.

"집 내력을 알라구."

가 봤더니, 아주 선비는 대선비야 글만 읽은. 그런디 아무것도 없고
그저 찢어지게 참 음니 뼛다구니 같이 참 아주 그렇게 가난하다 이거
야. 들어와서는 그 얘기를 하니까,

"그러냐구."

하더니, 참 구루마에다가 해서 소 구루마에다 쌀을 한 짐 신구 말이
야. 보냈다 이거야. 그런디 이 사람은 전혀 몰라. 이 친구가 먹고 살게
는 해줬어.

그래 한달쯤 되더니 어떻게 됐든지간에 말문이 터졌어.

"우리 아무날에 모시자구.

그때사,

그래서 막 그 전의 지관들을 다 불렀어.

"몇월 며칟날, 작년에 왔던 지관들 하구 다들 와라."

하구. [청중 : 시합하겠구만 인자] 인자 다 왔다 이거야. 뭘 천지 참 인
자 다 왔는디. 산신령이 도와준겨. 그게 인제 거기데 갔다 파 버렸어
파 버렸어. 자기네 지관이라는 것은 아무것도 모르니까, 시킨 대로 해
서 거기를 파는디, 지관들이 다 고개를 싹 흔들면서,

"여기는 자리가 아니다."

이거여. 다들 인제 상주도 뜸하지. 아 수백명이 왔는데 다 그러는디,

한 명이 딱 나오더니 그러더랴.

"과연 자네는 최달이다. 옥기경이라고 하는 데다."

옥기경. 한번 진사를 하면 영원히 산다는 것이여, 옥기경. 그래서 앞에 있는 앞 물을 보지 말구, 멀리있는 먼, 먼 물을 봐라. [먼물을?] 응. 이게 과연 옥기경이다. 거기다 묘를 썼어. 이장을 하니께, 그때사 지관들마다,

"아 과연 대명사라고."

말이여. 소문이 확 터져버렸네. 아 그런디, 집으루 가는디 노잣돈 돈 백냥이나 주고 말어 버린다 이거여. [청중 : 많이 줄주 알았는디] 어. 자기는 그래두 깜냥에 공을 들여서나 좋은 땅을 얻어줬는데. 그래두 어떡혀? 그걸가져가면 자식하구 자기 부인하구 그렇게 참 잘 밑천을 잘 먹구 해야겠다 이거야.

그걸 가지구 막 동네 모서리를 들어서니까, 뭐, 인자 이제 막 누가 오네 하고 야단이 났어. 아 그러는디 당신네 형수가 딱 오더니,

"서방님은 어디 가서 무얼 했길래 그렇게 돈을 많이 벌었냐구?"

그러더랴.

"이 사람은 벌기는, 내가 무슨 돈을 벌었냐구?"

"아 집에 가시자구."

말이여. 어디로든. 아 이 사람이 무슨 대궐집에 들어가더라 이거여.

"그러구, 이게 왠일이냐구?"

그게 다 들어가 보니까, 달리 거기 처가 나오구 애들 나오더라 이거여. 긍게 그 상주집에서나 그 사람 말대로 속세로 이제 그만치 공을 닦은 거여. 상주로 그 좋은 땅을 얻을라구 그래서나 부자로 만들었더랴. 이 사람이 가만히 생각해 보니 처음만 그랬으니까 알지. 어디 무

슨 상이 났다고 그랬으면 큰일나겠어. 지관도 아무것도 모르는디. 자기 스스로 눈을 캐버렸단 거야. [응?] 응. 자기 스스로 분수를 캐버렸어.

그니까 웬걸? 서울에서나 참 어느 정승이 죽었다고 말이여 데릴러 왔어. [소문났지?] 응. 소문났어. 대명사라면 아주 큰 지사라구 데릴러 왔어. 이게 이 사람이 그만치 참 책을 읽고 참 지식이 있고 상식이 있기 때문에 도움을 탄 거야.

"나 과거에는 땅을 봤는데, 지금은 눈이 실명돼 가지고서나 보덜 못한다. 산을 볼라면 먼산을 봐야 하는디, 눈이 실명이 돼서 어떻게 보냐?"

그래서 못 보겠단 거여. 그래서 사람이 많이 배우면 그만치 지혜가 생긴다는 거여. [청중 : 얘기 끝났어?] 응. 그려. 너무 욕심을 부렸으면 그 사람은 죽었어. 그니까 욕심을 부려선 안돼요.

제보자 : 김권성(남, 61세. 익산시 망성면 거주. 2001. 2 채록)

39

사명당 이야기

＊핵심어 : 사명당, 후처, 첫날밤 신랑 아들의 죽음, 신부가 나서서 범인 잡기, 출가

사명당이 어렸을 때부터 이렇게 임생이라구, 어렸을 때부터 자라난 과정서부터 자기가 중이된 때까지. 진주 사람이더만 사임당이. [진주 여?] 진주사람에 임생, 이름이 임생인디.

에 저 말하자면은, 이 사람이 열다섯 살 먹어서 진사에 합격을 했어 여. 이 임생이 열 다섯 살에 진사를 합격해서 열여섯에 장개(장가)를 갔어. 열여섯살에 장개를 가서 열일곱살에 아들을 낳았는데, 아들을 낳고서는 아들이, 임생 아들이 세 살인가 먹어서난 상처를 했어. 저 말하자면 본처가 죽었어. 죽어서 할 수 없이 계모를 얻게끔 됐더라 이 거여.

근디 그때만 해도 참 살림도 괜찮고 또한 진사집이고 이름 있는 집 이니까 참 장가를 안 갈라 했는디, 하두 주위에서 권하구, 가야 된다 고 그려서 할 수없이 참 딸려 가게 됐더라. 이거여. 그려서 장가를 가 게 되서 참 계모를 얻었는디.

처음에 계모가 오는디, 그 얼라에게 하는디, 아주 그렇게 잘 할 수

가 없어. 친자식보다도 더 잘혀. 그 서출 자식을 전 남편, 전처 자식을. 그런게나 이 임진사가 꽉 믿어버렸어. 하두 잘헌게. 그래 재산권까지 오히려 그냥 다 주다시피 그렇게 됐더라 이거여.

근데 원체 여자가 잘하니까 참 막 소문이 그냥 그 동네에 막 자잘했어. 그 전처 자식에 더 잘한다고 말이여. 옥이야 옥이야 참 잘했는데, 그 여자가 계모가 들은 지 이년 만에 애기를 낳았어. 늦게 하여튼 시집 와 가지고, 이 임진사가 유정이가, 임유정이거든. 임유정이가 아마 그 여자가 와서 애기 낳고서나 장가갈 무렵이 거진 됐으니까, 그 아들이 그야말로 떨어졌던 모양이지, 저것이. 연인적으로 이제 제처를 얻을 적에 저 말하자면, 그 계모를 얻을 적에 좀 늦었든 게지. 그러니까 그렇게 됐지.

그래서 이 여자가 온지 한 이년만에 애기를 낳는데, 그때부터 아들은 좀 컸지만은 좀 달루는걸 소홀히 혀. 그렇지만은 이 임진사는 그걸 모른다 이거여. 원체 잘했기 때문에 잘 키워서. 헌데 하루는 이 임진사 아들이 참 열 대여섯 먹었던가? 장가를 보내게 돼서 그래서 장가를 보냈는디,

옛날에는 시행길에 가면은 거가서 이틀 동안 자고 오잖어. 자고 온 게 여자집에 가서. 아! 근디 난데없이 그 뭐야 임진사 아들이니까, 그 샥시(색시)네 집에서 왔는디, 저녁에 모가지를 끊어갔다 이거여 아들 모가지를. 그 죽었어. 죽어서 모가지를 끊어갔다 이거여. 도대체 무슨 원한이 있어서나 자기 아들 모가지를 끊어갔냐? 대가리를. 그때부터 사람이 방탕길에 접어들어 갖고 술만 먹고 회심만 혀. 그려서 자식을 잃은 부모는 철천지 한이 맺히잖여.

그니까 이 계모는 자기가 난(낳은) 자식이 아니기 때문에 별로라

이거여. 그러나 이 아버지는 자기 애미 없이 키운 거 참 뒤늦게 키워 장가까지 보냈는디. 장가가서 첫날저녁에 죽어버렸으니 참 기맥힌 노릇 아니여? 그래서 참 몇날며칠을 놓고 회심을 하고 있는디, 술만 먹고, 그래서, 이 임유정이가 한 삼십 한 칠팔세 됐두만, 사십 무렵됐던 모양이여.

이상하게 혼자 이렇게 안방에 누워있는디, 참 이상하다 이거여. 그래 참 냄새를 맡아도 이상허구.

'그 이상하다. 이상허다.'

하다가 다락으로 올라가봤어. 이상스러워서 냄새가 나서 가봤더니, 다락 저 동쪽 끄트머리에(끝에) 이상한 게 하나 있더라 이거여. 가보니까 단지가 하나 있어. 그 단지를 뜯어봤더니 자기 아들 대가리, 모가지를 끊어다 거기다 넣어놨다 이거여. 그래더니 눈깔이 뒤집힐 일 아니여?

'이건 과연 내 집안식구지 남의 식구가 아니다.'

그래서 하인놈을 잡아다 족치기 시작했어. 그래 참 지금 말하면 왕건, 궁예가 관심법을 보았다나 뭐, 때려죽이면은 그냥 술술 불어버리잖어? 그 식을 했던 모양이여 하인들 불러놓고, 그러니까 죽게 생겼으니까 하인하나가 불었다 이거여.

"마님이 시켜서 했다고."

말이여. 해서 그 지금 말하자면 그 계모를,

"도대체 어디서 그렇게 한 것이냐?"

했더니, 인쟈 나중에 인쟈 불지. 그냥 묶어놓고 막 마구 조졌을테지. 그러니까,

"애가 크면은, 재산이 큰애한테 다 가니까, 전처 아들한테 가니까,

그 재산 때문에 가르쳐줬다."

이거여. 그래서 그 자기 아들하고 그 여자를 참지붕 나무에다 묶어 놓고 집에다 불을 질러버렸어. 그래서 유정이가 거기서부터가 인제 사명당길로 가는 거여. 불을 지르고 나서 어디로 갔는고 하니, 정처없 이 그냥 간 것이 묘향산까지 걸어간 것이여. 황해도에 있나? 묘향산 에 가서 누구를 만났는고 하니 서산대사를 만났어요. 그래서 서산 대 사를 만났어요.

그래서 서산대사에서 그때부터 도를 닦기 시작했어. 도를 닦기 시 작해구서나 임진왜란 때, 뭐 이번 과세는 인피 삼천 장, 불알 서 말을 가져오랬다고 하지 않어? 그것이 이 사명당에 가서, 참 조선에 있는 천재가 났다고 하니까, 서로 죽여야겠단 말이여. 일본에서 그래서 잽 혀들어간 것이 쇠방이다 이거여, 쇠로 만들은 집을 들어가서 불을 일 본놈들이 불을 막 땠다 이거여. 일본놈들이 죽일라구.

이게 발끝서부터 불이 빨갛게 불가졌어. 인제 죽었을 거란 말이여. 그래 문을 열어보니까.

"어, 여긴 왜 이렇게 춥냐?"

그러더랴. 하나도 더운지 모르겠다 이거여. 근까 그만치 무서웠다 이거여. 그래서 나는 여기 이들 쪽바리들, 저 말하자면 정리를 시키라 구 왔는데, 우선 풍신 시부리들부터 잡아오라구 했어. 안 오면 한소태 기 씨를 다 말려버린다구 그니까, 할 수 없이 풍신 시부리가 왔어. 와 서, 무릎을 꿇고,

"내가 죽을 죄를 졌다구."

말이여.

"그러면은 니가 살라면은, 불알 서 말과 말린 불알 서 말과 인피 가

죽 삼천 장을 가져 오라."

했어. 이제 저 말하자면, 사람 껍데기를 벗겨서 말려가지구, 비가 오고 그래 가지고, 이제 천기를 봤다 이거여. 천기 좌우를 했다 이거여. 그래서 사명당이, 말릴 만하면 비가 오구 그 사람 씨가 말리게 검사쳤어.

제보자 : 김권성(남, 61세. 익산시 망성면 거주. 2001. 2 채록)

40

윤경렬과 춘형
-헤어진 남녀가 다시 만나기-

＊핵심어 : 늦게 얻은 딸, 정혼, 감사의 혼인 강요, 시녀가 신부 대신하기, 부부 상봉

육십 다 되어 가지구서나 딸 하나 낳은 모양이여. 긍게 아주 이 딸을 전부 늦게 낳아 딸을 낳았으니까 애지중지 참 기막히게 키우는데, 이쁘기두 참 이뻐. 잘 키웠어.

근데 이 참 이놈을 춘형이라고 지었어. 춘향이고 아니구 춘형이라고 지었는디. 참 이 규수가 이뿌기두 이쁘거니와 머리가 너무 좋아. 그것두 아마 전라도 지역에서 난 여자인 모양이여. 긍게 도성 사는 임대감하고 연결되었지. [청중 : 도성?] 응. 근데 이 사람이 자기 아버지가 진사급이나 됐던 모양이여. 그런데 자기 집에 오는 사람이 많어. 저, 말하자면 그 노인집에 거의 덕인이고 그러니까. 그 삭시(색시)시의 아버지가 이제 친구들도 많고 놀러오고 그러는데. 원체 딸을 잘 두었으니까 큰 욕심을 내.

근데 한번은 저 논산 사는 사람인 친구가 참, 아들을 하나 데리고 놀러를 왔더라 이거여. 근데 이 어디 곡성이 자기 처가인디, 처가에 상이 당해서나 아들을 데리고 오는 길에 친구를 보러 온다고 왔어. 와

서 그렇게 하다 보니까 아주 기속사리 욕심이 나거든.

근디 이 이 참 짐짓허고 하다 보니까, 아 그 도령이 아주 잘 생겼다 이거여. 욕심이나 긍게,

"정혼을 했느냐고?"

물어봤어. 이 샥시아버지가. [먼저?] 어, 긍게 그 놈이,

"없다고."

신랑아버지도 물어보니까, 정혼을 안했당게. 옛날은 부모끼리 서약을 했잖어? 그래서 부모끼리 서약을 해버렸어. 며느리를 삼기로 하고 사위로 삼기로 하고. 그래서 이름이 윤경열이여. 그래서 서약을 했는데, 장가를 갈라고 날을 잡았는데, 지 어미가 죽어버렸네. 이, 이 신랑네 어머니가. 그러니까 예를 치룰 수가 없지, 그전 그전에는 상장에는 절대 안 그랬잖여.

그러다 다음 발상하러 다시 할라니게 지 아버지가 죽어버렸네. 이상하게 되었어. 그때 이 전라 감사가 선처를 하고설랑 수소문에 여자를 얻을라고 할게 괴로운 판이었어. 괴로운 판인디,여기저기 발을 들여놓고 보니까 그 김진사네 딸이 그 아주 그냥 천하에 절색이고 영리하고 잘생겼다 그러거든?

그러니까 김진사를 불러서,

"당신 딸을 달라고."

말이여. 명령을 해버렸어. 옛날에 감사가 진사 하나 잡아먹는 거 일도 아니지 뭐. 그러니까 이미 정혼했다 해도 무관혀. 애도 없으니 달라고. 긍게 큰 고민을 하고 있는 거야. 큰 고민을 하고 있는데, 그 이 딸이,

"도대체 아버지 어째서 고민을 하느냐고?"

그런 얘기혔어. 딸도 이거 큰 고민이네. 그때 이 몸종이 그걸 듣고,

"그러면 아씨는 나가시오. 그러면 내가 대신 시집을 간단 그 말이여."

그래서 몸종이 시집을 간댔었어. [청중 : 거- 참 재미있는 일이네.] 그래서 그러다가 이 여자는 한복을 차려입고서는 참 정처없이 어디로 갔어. [청중 : 그 자리 피할라구?] 음 피해야지. 하구서는 날짜가 되어서 참 경사가 큰 쌍가마를 가지고 모시러 왔더라 이거여.

그 아가씨한테 왔는디, 이 여자가 이 신부가 가마를 분명히 타기는 탔는데, 발문을 떡 들어서니까 벌써 피를 토하고 이성 몸종이 자진을 해부렀어. 이 몸종이 저 말하자면 그만치 자기 상전을 위해서나 만약에 들통나부리면 야단이 나잖어? 그래서 죽은 것이여. [미리 죽는 거여] 어, 상전을 위해서 죽은 거야.

그러니 이 감사는 전혀 모르지. 근데 김진사네 집도 몰라. 이 두 사람만 알지. 이 몸종과 정말 춘행이라는 아가씨허고 둘만 알지. 그렇게나 육십 근 해서 낳은 자식을 시집보내다 쥑였으니, 그 비통한 마음으로 세상을 살아가는 거여.

아 근데 이 감사도 아주 그냥 그냥 여자가 죽고 보니까, 여자라는데 질려버렸다 이거여. 장가 안 간다 이거여. 아 그런데 춘행이라는 여자가 남복도 차려입고 어디 갔느냐? 어느 한 노파네 집을 갔어. 방물 장사하는 집을. 또 가서 그 집에 가서 밥 한 끼를 얻어먹게 되었는디, 황소산하구 그 집 딸을 이 과부가 이 노파가 방물장사 하면서 그 딸을 애지중지 키우는디.

아 이 총각이 너무 잘생겼어. 여자가 말이여. 한복차려 입으면 이쁘잖여? 잘 생기구 꼭 사우를 삼글어야것다 이거여. 아 그래서 맨날 메칠이구 그냥 놔두고서나 잘 해 멕이는 거야. 전부하지 말라 말이여.

그리고 그러믄서 책이란 책은 다 사주구. 그래서 이 여자는 글을 읽었응게 건너방에서 글만 읽고 있는 거야.

근데 짐속 사연도 모르고, 이 황소사 딸은, 황소사는 자기 어머니 심정을 조금 읽었던 모양이여.

'저 남자를 건넌방에다가 놔둔 것이 무엇인가 무슨 낌새가 있는 것이 아니겠느냐?'

자기어머니가 방물장사를 나간 뒤에 한번 편지를 썼어 여자가. 그 남자에다가 저, 말하자면 춘행이에게, 그 남복을 하고 있는 남자에다가, 그 안방에서 건너방으로 편지를 쓴 거야. 그러니 그 편지를 보고서 대답할 수도 없고 안할 수도 없고 말이여. 참 난감하게 됐다 이거여.

그런데 그 여하튼간에 거기를 모면할라면은 우선은 대답을 해줘야 한다 이거야. 그래서 참, 지금 말로 좋게, 그냥 오케이 해부렸어. 하구서 빠져 나가야 허는디, 나갈 길이 안 생기네. 이 노파가 장사하고 간 뒤에, 참 이 딸이 좋으면서 상의하려 그 얘기를 했어. 오케이 했다구 나니까, 좋아가지구.

'옳지 그렇지. 내가 그럴줄 알았다'

구 말이여. 여자가 그러구 있는디. 하루는 춘행이란 남복을 차린 부용이 조급하게 이야기를 했어.

"내가 과거시험을 봐야 허는디, 어디 적당한 절이 있으면 공부하고 싶은디 과거를 보게끔 해달라구 말이여. 공부를 좀 하게끔 해달라구."

말이여.

그러니까,

"내 딸은?"

즉시 나갈라구 하는 거 같더란 말이여. [청중 : 맞지]

"응, 내가 서약서를 써주마."

그랬어.

"나는 공부를 허고 과거에 합격이 되면은, 틀림없이 이 여자를 아내로 맞이한다라구."

말이여 써줬어.

"그래도 나를 못 믿겠느냐고?"

말이여. 그니까,

"내가 아무 데 아무 데 절을 아는데 그리 공부를 하러 가라."

그랬어. 그래 이 노파는 일절을 싹 대 주어가지구서는, 그 절간 뒷모통이게 가서나 공부를 하게 됐어. 그러믄서 공부하게 됐는데, 이 여자가 한번 보고 두 번을 보면서 들켰어. 큰일났다 이거여. 모면했지만 어디로 빠져나가야 허겠는디. 아 근디 난데없이 그 여자가 공부하러 그 절로 갔는디, 아침 점심 저녁하구 세 번씩 중 하나가 와서 쳐다보고 가고 쳐다보고 가고 그런다 이거여. 공부를 허는데.

아 그러더니 거기서 공부를 허는디 참 거진 한달쯤 되니까, 중이 아마 그의 얼굴을 보니 미인을 그리는 화가여. 아주 너무 잘생겼기 때문에 그 남자를 여복을 차려서 계수나무에 세워서는 달을 보는 형국으로 그림을 그렸어. 그거 기가막히게 그렸다 이거여. 그게 근데 그래서는 남의 참 공부하는 도령앞에 가서 보고 그릴 수 없으니까는, 아침에 가서 쳐다보고 와서 눈썹이면 눈썹만 그리고, 점심때는 눈이면 눈을 그리고, 저녁때 코면 코만 그리고, 그렇게 하루 세 번해서 그 모형만 보고 한 달 여 걸려서 완성을 했다 이거여.

그랬는데, 감사가 장가 하면 질려가지고. 고을 내에 있는 화가가 있으머는, 좋은 그림이 있으머는, 그림이나 가져가서 보면서 감격했어.

아 근데 공교롭게도 이 중이 그 놈을 짊어가지고 그 감사한테 갔네. 가고 보니까, 그 여복을 차려서 계수나무에 기대고 있는 그 여자를 보니까, 기맥히게 이쁘다 이거여. 그렇게 그릴 수가 없어. 그러니까,

"이건 어디서 사는 누구이며 어떻게 그렸느냐?"

그랬어. 상도 후하게 주구. 그니까,

"지금 절에서나 공부하는 도령인데, 내가 여복을 채려서 그림을 그렸다고."

그러고,

"이 마을 밑에 사는 황소산이라는 사람이 그 도령을 천거해서 그 도령이 과거시험을 볼라구 공부를 한다고."

그랬어. 긍게,

"확실히 남자냐? 여자냐? 니가 보는 견해에서는 남복을 한 남자인디, 내가 보는 견해는 여자 같다."

감사가 하여튼,

"절을 가 봐라."

말이여. 그러니까 사람들이 잡으러 갔을 것 아니여? 갔는디 야가 공부를 하다가 깜박 잠이 들었어. 책상머리에서 긍게 즉 말하자면 윤경렬이의 시아버지가 되지. 시아버지와 시어머니가 되는 윤경렬이의 아버지와 어머니가 난데없이 꿈에 나타나더니,

"니가 지금 어느 땐데 누워있느냐고? 어서 일어나서 가거라고. 어서 뒷산으로 올라가라고."

그랬어. 꿈에 날아가는 기러기 소리에 잠이 깨어가지구서나 하도 당황을 해서나 신발을 신고 바깥으로 튀어나갔다 이거여. 나강게 막 뒷산에 올라설라고 쳐다보니까, 사병들이 찾아오드라 이거여. 잡으러

그렇게, 죽은 시아버니가 모면을 시켰다 이거여.

　찾아도 없으니까 사람들이 갔지.

　"없더라고."

하니까,

　"거 참 괴이한 일이다."

　이거여. [청중 : 괴이하지- 어디 가게나 한건데.] 그렇지. 참 괴이한 일이다. 그랬는데. 그 그림을 그려서 감사가 상을 주었다 하니까, 각 진사니, 말하자면은 어쨌든 쌍심지 켰을 거 아녀? 김진사가 쳐다보니까는 별일도 다 있다 이거여.

　'이 틀림없이 자기 딸이라.'

　이거여.

　'참 희한하다.'

　이거여.

　'저거 틀림없이 내 딸이다.'

　이거여. 황소산이라는 여자도 방물장사도,

　'틀림없는 사우(사위)다.'

　이거여. 인자 이렇게 이렇게 해서 소문이 퍼져서 감사의 귀에 들어 갔다 이거여. 변사 귀로 들어갔는데, 감사가 가만히 생각하니까,

　'괘씸하다.'

　이거여. 그 김진사가 딸을 안 줄라고 남복을 입혀가지고 내보낸 것이 분명하다 이거여. 그러고,

　'어느 년을 보내서나 죽은 것이 아니냐?'

　그렇게 판단하고, 김진사를 잡아들였어.

　"여게 이거를 봐라. 이 그림을 보니까 틀림없는 네 딸이냐?"

"틀림없는 내 딸이다."

이거여. 이 양반은 속도 모르고,

"이상하다."

이거여.

"죽은 내딸이 어떻게 여기 와 있느냐 이거여."

그래서 황소산을 불러서는,

"틀림없는 사우다."

이거여. 중을 부르니까, 남복을 차린 남자를 그렸다 이거여. 그러니 여하튼 판결에 부쳐, 전부 하옥시켰어. 옥에 가두었어. 그러니까 여하튼 그애를 잡어 와야 판결이 나니까.

그때 한편 윤경렬이는 어떻게 되었는가? 장가를 갈라고 했다가 변사헌티 아내될 사람을 뺏기고 신혼길에 가다 죽어버렸으니, 비참한 마음으로 들었을 것 아니여? 가서 공부를 얼마나 했던지 간에, 과거에 급제를 해서 참 팔도 어사가 되었더랴. 이 윤경렬이란 사람이 그래서는 우선은 자식을 잃고 딸을 잃고 외로이 사는 두 노인네가 어떻게 지내는가 해서, 거기를 찾아가는 판이여.

그러나 찾아가니까,

"이상하게 감사가 잡아갔다."

고 그런 얘기를 하거든?

"내가 직접 당한 사람인게, 자기 아내될 사람이 죽었는데, 지금 어거지다."

이거여. 그래서 지금 관아를 가는 거여. 관아를 가는데, 그 주변에 가서 거동을 보는 거야. 거동을 보는데, 이 미인대회 주인공 춘행이는 그 절에서나 더 있으면 안 되어가, 다른 데로 옮긴 것이 산안에 있는 암자로 옮겼다나? 이거여. 그래서 자기집 소식을 다 들은 거지. 그 소식을 듣고 황소산 그 여자네 소식도 다 들었다 이거여.

그러나 이 여자 마음은, 윤경렬이라는 사람을 찾아서 틀림없이 황소산네 여식이랑 부부의 연을 맺어줄려고 하는 것이야. 이춘행이라는 여자는 그랬는데, 그 때 참 무신 염치가 있나?

그 두 김진사 내외하고 황소산네 참 이 노파하고 서로 대놓고서 종을 치는 거여, 종을 치는데,

"틀림없는 내 딸이다."

"내 사우다."

하니까,

"틀림없이 너희는 둘이 짜고서 다른 여자를 거시기 했으니까 틀림없이 죽인다고."

말이여. 그 날은 쥑이는 날이여.

그때 윤경렬이가 그것을 보고 와서는 사실의 그 내력을 물어봤어. 틀림없는 자기 딸이구, 죽은 딸이구, 이 양반은 틀림없는 사우라 이거여. 그래서 방을 붙였어. 그저 방을 붙이고.

'이런 여자가 보면은 윤경렬이라는 사람이 찾는다.'

했어. 근디 암자에서 공부하던 춘형이라는 여자가 그 윤경렬이라는 말에 귀가 띄어서나 쫓아 찾아 들어갔다 이거여. 살펴 들어가서 만낭게, 윤경렬이를 만나고 황소산의 딸을 후처로 삼고서나 그렇게 해서난 그래가지구 그런 얘기여. 그래서 미인들 때문에 사건이 상당히 컸다는 얘기여.

제보자 : 김권성(남, 61세. 익산시 망성면 거주. 2001. 2 채록)

41
주막 지어 기다려 보은한 여자

＊핵심어 : 돈 꾸어 주기, 돈 받아오다 불쌍한 사람 돕기, 답례로 받은 집터가 명당

우리 할아버지가. 양반이 어떤 집에 아마 한 진사나 부사쯤 되나? 그런 식으로 돈을 꾸어 주었던 모양이여. 한 천냥을.

그 아들을 시켜서 돈을 받아오라 그랬어 그게 돈을 받았어요. 돈을 받아서 오는데, 아 얼매나 걸었던지, 그걸 받아갖고 오는데, 날이 저물었다 이거여. 밤이 됐다 이거여.

그런데 이상하게 여자들 둘이 울음소리가 나는디, 아주 처량하게 울드라 이거여. 뭐 그래서 여자들 울길래, 밤도 됐는데, 우리들 같으면 그 천상 기운 없는게 기운없게 할 것 아녀? 그냥 집으로 갔을 텐데, 이양반이 그걸 쫓아갔다 이거여.

가서 보니까 모녀가 울고 있더라 이거여.

"웬일로 그렇게 울고 있느냐고?"

했더니. 모녀가,

"우리 아버님이 반쯤 돈을 썼는데, 천냥을 빚을 못 갚아서, 내일이면 아버님하고 오빠가 둘이 죽게 된다고."

말이여.

"그래서 어따(어디다) 하소연할 데는 없고, 그래서 우리 모녀가 산속에 와서 울고 있다고."

말이여 그거더랴. 그러니까 그 양반 그 아들이 돈을 천냥을 줬어. "사람을 살려야한다고."

말이여. 그래서 집에를 왔어 주구서 왔는데 그 아버지가,

"그 돈을 받었느냐?"

"예, 받았습니다".

"그럼 돈은 어디 있느냐?"

"이만저만 이만저만해서나, 오는 도중에 길이 엇갈려 선뜻 그냥 주어버렸습니다. 하두 불쌍해서, 사람은 살어야 한다구."

그러니까,

"그려. 그것두 너의 덕이다. 니가 덕을 쌓은 거다. 그 것 없어도 먹고 살 만하니까 그러는 거겠지."

그러구서나 인자 그 즉 말하자면, 그 아들은 나름대로의 공부를 해서나 뭐야 진사가 되었는가 어쨌는가 모르겄어. 그랬는데 그 여자가, 그 딸이 그 사람을 찾으러, 이름도 모르지 성도 모르지 어디 사는지도 모르지 말이여. [돈 준 사람을?] 이 사람을 찾으라고. 지금 사구네 가면은 거기서 과천으로 들어가야 하니까. 서울 한양을 갈라고 하면은 거기다 주막을 지었어.

선비라는 선비는 다 잡아다가 술을 멕이구서는 옛날 얘기를 듣는 것이여. 당신 지난 과거 얘기 하나 들려달라구. 그저 술 취한 술 장사를 하는거야. [청중 : 사람 만날라구?] 어, 그것이 그럭저럭 삼십년을 했다 이거여. 그 장사를 [청중 : 하하 이거-] 그래도 사람을 못 만났

어. 그런데 어느 한번은 갓을 쓴 선비 하나가 들어오니까 멀리 바깥에서,

"마님 마님, 선비 한 분 오셨습니다." 보고를 헌다 이거여.

"우선 선비를 방안으로 들어가게 해라."

데려다 놓고서는 우선 얘기가 그거 술상 갖다놓고,

"선비님 얘기나 하나 해 주쇼."

"나는 얘기가 없습니다"

"아 얘기 없는 사람이 어디 있느냐고. 들은 풍월도 있지 않느냐고. 그냥 얘기나 한번 해달라고. 그럼 선비님이 지내온 역사도 있을 것이 아니냐?"

그러니까,

"그럼 나 그거 하나는 있다고."

그러더랴.

"그게 뭐냐?"

니까,

"내가 그때 이만 저만해서나, 두 모녀가 울길래 돈 천냥을 준 거, 난 그거밖에는 없다고."

말이여. 무릎을 탁 치더니,

"인자 찾았다."

이거여.

"인제 찾았다고."

말이여.

"여기 보소. 내가 그때 그 돈을 받은 그 딸이라고."

그러더랴. 그러면서는,

"당신의 은혜를 갚게 내 원하는 대로 다 해줄테니까, 내가 오라버니로 모신다고."

말이여. 그러면서 그러더랴.

"아무 것도 없다고. 나는 참 이만저만해서 한양을 가는 길이라고."

그러믄서 쳐다보니까 주막거리터가 아주 대명당이더랴.

"나한테 은혜를 갚을라면 이 주막 거리를, 여기나 달라고."

"이 집터나 달라고."

그랬어.

"하이고 그거를 못드리겠냐고."

당장에 집터를 주었어. 거기다가 글을 써서. 거기서 삼정승 육판서가 (웃음) 지금의 의왕시여. [청중 : 그러면 돈 천냥 잘 썼네.] 그러니까 적선을 했기 때문에 그만치 남한테 덕을 얻어야 좋은 땅을 얻어. [청중 : 덕을 쌓았기 때문에 그런 거야. 덕을 쌓아야 안 쌓고선 어디 복받을 수 있간디?]

그래서 거기서 나무하러 갔었나? 가봤지. 가봤더니 원체 좋더라구. 근데 지금 서울 88공원에 계신 구가 할아버지가 계신디, 그 양반이 그 양반 손자거든, 근디 그 양반이 왜 손자들은 다 정승하는데 왜 나는 못하냐, 당신이 봉사를 만들었다 이거여. 만들어 놓고 정승을 했어. 또 그래서 그 양반도 정승을 하고 5대정승이 5정승을 했지. 그 부자 형상을 하고, 부자간에 영의정 죄다 정하고 [청중 : 여기 훈장도 하나 있댜!]

제보자 : 김권성(남, 61세. 익산시 망성면 거주. 2001. 2 채록)

42

아기장수

＊핵심어 : 아기장수, 천장에 날아오르기, 다듬잇돌로 죽이기, 용마 무덤

이 근방에 그랬다는 얘기 하나 있어. 그전에 누가 장군대자를 썼던 게벼. 그 이를 그랬는데 당주에서 어린아를 낳는디.

제 어머니 아버지가 밤에 있으면 울고, 나가면 그치더랴 . 그래서 그 애기 어마니가, 이거 이상한 일이라고 가만히 나가서 문퉁이로 봤어. 본께 애린애가 천장으로 올라가네. 딱허니 올라가더니 수구천갑을 했어.

거 가서 이 콩알을 이렇게 던지면서 뭐라고뭐라고 허면서 던지면은, 한짝 장사 군대가 화살도 던지면서 뭐라구뭐라구 한짝 장사군대가 되구, 그래 갖구 양쪽에서 그냥 장사 군대가 부글부글해. 전쟁하는 걸 만드네. 그 어린 것이. 막 호령을 혀.

"이렇게 해라 저렇게 해라,"

시키는 대로 움직이더랴.

'하이고!'

집안 망할 것 같응게,

우리 구전설화 **189**

'그게 역적이라고. 그 큰 명쟁이 나서 나라를 끌어나갈 줄은 모르고 역적이라고. 멸종당한다구 쥑여야 한다구.'

인자 달라들어서, 인자 둘이 깔고 앉아 다듬독을 올려논께. 그 어린 애가 어린애한테 다듬독을 올려논게 내려가더랴. 다듬독이. 긍게 다 듬독을 놓고선 기냥 둘이 깔고 앉았어 죽였디야.

그 장사를 장사를 죽인게사, 뭣인가, 어린애가 막 죽고낭게, 용두사에서 용마가 뛰어오드랴. 뛰어오드니 그냥 오자마자 뜀박질을 해서 죽어버렸당께. 그 용마 무댐이라고. 그 댕기면서 그렇게 만들었다 그랬다는 얘기여. 그 아까운 사람 그랬다고.

제보자 : 김권성(남, 61세. 익산시 망성면 거주. 2001. 2 채록)

지렁이 아들 견훤

*핵심어 : 말무덤, 견훤, 부임하는 사또의 부인의 실종, 지렁이의 아들 견훤

그 심북에 말무덤 큰 놈있지. 그거 실제 견훤이가 타고 다니던 말이라구라. 견훤이가 이가 타고 다니는 말무덤이라 그러거든. 견훤이는 원래 지렁이 아들이라구 들었는데. 그 얘기는 나도 그 얘기를 어렸을 때 들은 얘긴디. 저 한 요 근방 고을인 모양이지.

고을이 그 고을에 사또만 가면 죽더라. 이게 일절 누가 안 갔어. 사또도 가라면은, 인자 부사나 저들 가들 안했어. 가들 안했는데.

한 백정내미(놈이) 있는데, 양반행세를 할라면은 면천(免賤)을 할라면은 사또로 가야한다 말이여. 이 상놈을 면할라면은.

'이게 기왕 우리네는 상놈이지만은 내 자식이라도 면천을 시키면은 될 거 아니야?'

해서 두 부부가 상의를 허고 갔댜. 가면은 죽는 게 아니라 각시를 잊어(잃어)버려. 사또로 가면은.

근데 참-그 부부가 상의를 해서 갔다 이거여. 가서 옷고름에다 첫날 저녁에 잊어버린게(잃어버린게) 명주고리를 막 요만치해서나 옷

고름에 꿰매놨다 이거여.

　그래서나 가 가지고서나, 그날 저녁에 사병들을 다 지키게끔 허고 불을 밝혀놓고 있어도 아무 기척이 없더라 이거여. 그러더니 언제가 한번 구름이 한번 확 찌떠게 나가더라 이거여. 근데 깨어보니까 자기 각시가 없어져 버렸어. 자기 각시가. 그니까 쳐다본께 명주고리 끌리는디, 잉게 그놈의 명주고리가 다 끌리더라 이거여.

　그런게나 이 명주고리가 몇 십리나 몇 백리를 갔는지 몰라. 그래서 가서 그 참 사령들하고 이 사또가 참 그 뒤를 잡고 갔어. 찾아서. 가서 보니까 큰 바우 속으로 들어갔더랴. 그 바우 속으로 들어갔는디.

　아우! 가보니까 언제 열리나도(열리는지) 모르고 어떻게 여나도 몰르고, 거기만 지키고 있는거여. 큰 칼을 차고선 지키고 있는데, 밤 자정이 되니까 바우가 열리드랴. 그래서 그 문을 뚫고 들어갔다거든.

　들어가서나 쳐다보니까 뒤 뜰에서나 자기 아내가 우물에서나 물을 뜨고 있더랴. 그랬더니 그러더랴.

　"당신이 오면 큰일나니까 있으라구 나가 있으라구. 그럼 내가 나가서나 얘기해 주마."

　그러더랴. 그래서 독새 처 무슨 얘기를 멀라서 참 나가 있었어. 기다리니까 밤 자정이 되니까 참 다 왔더라 이거여. 오더니,

　"당신은 여기 오면 그 사람한테 죽으니까, 아무 대장사다. 근디 잠을 자면 지렁이더라. 잠을 잘 때는. 그리고 일을 하면 아주 그냥 장사라."

　그러더랴. 그니까,

　"내가 수단껏 알아서 할테니까 그리 알라고."

　말이여. 그러면서 이 여자가 아주 그냥 막 있는 아양 없는 아양 다

떨면서 가면서.

"나는 당신만 믿고 사는데 당신이 제일 무서워 하는 게 뭐냐구?"

말이여.

"나는 당신 없으면 못 사는데 만일에 당신이 무서워하는 거 있으면 치워야 될 꺼 아니냐? 참 무서워 하는 게 뭐냐께?"

"댓진이라." 그러더랴.

댓진. 담뱃진. 그걸 알았어. 알아가지고서는 남편더러 그 얘길 했어.

"댓진을 한 대를 마련해 와라."

남편더러 그 얘길 했어.

"댓진을 한 대를 마련해 와라."

나가서 노인네 담뱃대란 담뱃대는 다 뜯어 가지고서나, 댓진을 긁으면 한 대가 되더라 이거여. 그냥 그걸 갖다 주니까, 이 여자가 몸뗑이에 댓진을 발랐다 이거여. 지렁이 몸뗑이에다.

그래서 댓진을 바르고서나 튕기쳐 나와서 임신을 한 것이 견훤이라고 낳다고 그러거든. 지금 지금도 왕건을 보니까는 어-지렁이 아들이 아니라 아자개의 아들이여.

제보자 : 김권성(남, 61세. 익산시 망성면 거주. 2001. 2 채록)

44

가난한 총각이 장가간 꾀

*핵심어 : 색시와 총각, 가난한 총각의 사모, 솔개 잡아 옥황상제 흉내내어 결혼
하기

아랫집에는 샥시가 살고, 윗집에는 총각이 사는데. 아랫집에는 부
잣집이고 윗집은 가난하고 홀어머니고. 그런께루 윗집의 총각이 아랫
집 샥시를 사모한 거여. 그래도 상상도 못할 일이지. 못 올라갈 나무
는 쳐다도 보지 말라고.

머리를 써서 어떡하면 저 샥시를 내 마누라로 삼는가 연구를 했는
데, 산에서 나무를 하러 갔는데, 소리개를 한 마리 잡아가지고 있는데,
그거를 방울을 달고 만들더라는겨. 어머니가 보니까,

'저놈이 무슨 꿍꿍이가 있는가?'

하는데, 그 처녀집 앞에 아주 큰 오동나무가 있었어. 자고 12시쯤에
가만히 올라가서 소리개에다 방울을 달고 솜방망이를 달아서 날려보
냈겨. 그 남자가 음성을 변하게 해서 샥시 아버지를 불러냈겨.

"예, 누구십니까?"

한께루,

"난 다른 사람이 아니라 하늘의 옥황상제다. 그런데 너 윗집의 총각

이 있는데 그 둘을 맺어 줘야 잘 살지, 아니면 딸이 시집을 가도 실패한다."

하드라는 거야. 총각은 정신없이 자기 방으로 와서 코를 골고 자는데, 밤에 정신없이 샥시 아버지가 찾아와.

"왜 자는 사람을 부르냐고?"

그때 가서는 지가 배짱을 부리는 거야.

"나와서 내 말 좀 들어 보라고."

"오늘 나무를 많이 해서 피곤해 죽겠는데 왜 그러느냐고, 내일 얘기하자고."

"내 딸은 너에게 맡길 수밖에 없다."

"싫어요. 딴 데 알아보세요. 저는 딴 사람한테 청혼이 들어왔어요."

색시 아버지는 몸이 달아 죽겠거든. 그래서 꾀를 써서 부잣집에 장가가고 처가집 덕보고 잘 살드래요.

제보자 : 김권성(남, 61세. 익산시 망성면 거주. 2001. 2 채록)

45

방귀 뀌어 소박맞은 어머니 누명을 벗긴 아들

＊핵심어 : 방귀, 소박맞은 며느리, 아들이 누명 벗기기, 아침에 심어 저녁에 따는 오이

그래도 어떻게 된 건지 첫날밤을 그렇게 애기가 있더랴. 애기가 있어 가지고서는 그 저 소박을 했으니께 인저 친정으로 돌아올 수가 있어? 없잖여. 친정에서는 옛날에 양반집이라 소박을 맞았다고 안 받아들이는 겨. 그려 인쟈 자기 혼자 나름대로 살아야 했어.

방구를 꼈다고 소박당했어. 인제 그렇게 하니께는 자기 친정에서는 안 받아들이는겨. 그래서 자기 나름대로 인저 어떻게 살게 돼 가지고, 인저 아이를 낳고 남의 집 식모살이, 옛날엔 솜씨가 좋은께, 옛날엔 다 바지 저고리 같은 거 두루메기들 다 꼬매 입혔잖아요. 그러니까 인저 바느질 한 벌 한 벌 하면 얼마씩 받아 가지고 사는데. 애기를 낳는데 참 남자를 난겨.

인제 그 애기를 나가지고 옛날에는 지금은 핵교지 옛날에는 글방 아니여. 서당, 글방. 글방에를 갖다오면 그 서당에를 갔다오면 자꾸 애들이 골리더랴.

"너는 아버지도 없다구."

말이여. 그러게 자꾸 그러니께는, 애가 인저 집엘 오면 투정을 부리는 거여. 인제 지 어머니한테는,

"아버지도 없고 인제 어떻게 해서 사느냐구. 왜 아버지가 없느냐구?"

"너의 아버지는 어디 저기 중국에나 어디 인저 갔다고."

그것도 한두 번이지. 애가 한 날은, 한 여남은 살 먹은게,

"어머니 안 가르쳐줘서, 정말 솔직하게 안 가르쳐줄 것 같으면 내가 죽어버릴기여."

그러니까 그 어머니가 너무 기가 막히고 충격을 받은 거아녀?

"그러는 게 아니라 내가 너를 가진 첫날밤에 내가 방구를 껴서 니 아버지한테 소박을 맞아서 이렇게 너하고 나하고 이렇게 살게 됐다."

"그러면 아버지가 어디 사시느냐?"

"니 아버지가 어디에 사는지 알 수가 없다."

"그럼 아버지 성함이나 가르쳐달라."

구 그라드라는 거야.

"너의 아버지 성함은 이렇구 이렇구 이렇다."

"어머니가 차음에 시집을 갔을 때는 어느 동네로 갔느냐?"

구. 그래,

"어느 동네 어느 동네로 갔다."

가르쳐 주니께루,

"내가 공부해서 뭐하냐구. 아버지를 찾아 나선다구."

나선겨. 오이씨 장사한테 가서 오이씨를 사가지고 나선 거유. 오이씨를 요렇게 봉다리에 싸가지고, 오이씨 장사처럼 이렇게 찾아 물어 물어 찾아 가지고, 참 지 아버지네 집엘 간겨.

간게 지 아버지도 뭐 재혼을 해 가지고 참 뭐 아들도 낳고 살더라는 거여. 그래서 거길 찾아가서는, 인제 그러니께 인저 한 13~14세 됐는가벼.

인저 가가지고는 있는데, 거기서 글방을 해 가지고 죽죽 글을 읽고 있더래요. 그래 가지고 하룻밤 글방을 차려 가지고, 재혼을 해 가지고 낳은 아들도 글방을 해가지고 선생을 모시고 인저 그러다가 보니께, 학생들이 뭐 또 생도들이 옛날에는 생도들이라고도 다 하지. 생도들이 와가지고는 글을 배우는데, 딱 하니 열 십삼 세 된 사람이 들어오니께, 다 애들이 다 모두 쳐다보고 할 거 아니여?

그래 하루저녁 저 양반 오늘 저녁 생도들이 있는데서,

"하루저녁 자구 가면 어떻겠냐?"

구 그러니께루, 한참 쳐다보더니,

"자구 가라구."

그러더랴. 거기서 자면서는, 인저 오이씨를 들여다보고 있으니께, 큰 사랑에는 어른들이 한테 나와서 노시더랴. 그래 거기다가 오이씨를 내노면서,

"들에 이 오이는 첫날밤에 방구를 안 낀 사람은, 오늘 저녁에 심으면 낼 아침에 따먹고, 내일 아침에 심으면 금방 나 가지고 내일 저녁에 따 먹는 오이씨라고."

말이여. 그라니께는,

"이 미친 놈아, 방구 안 끼는 사람이 어디 있느냐구?"

인저 남들이 다 그럴 거 아니여?

"이 미친 놈아 방구 안 끼는 사람이 어딨냐? 너 그 오이씨는 니 생전에 두개도 못 판다."

고 말이여.

"세상에서 방구 안 끼고 사는 사람이 어디 있느냐고?"

그러니까 첫째는 자기 아버지가.

"이놈아, 지금 방구 안 끼고 사는 사람이 어딨니? 이 미친 놈아, 얼른 싸 가지고 가. 남이 흉보고 이놈아, 남한테 웃음거리만 돼."

그러니까, 그때 가서는,

"아버지는 왜 우리 어머니, 왜 첫날밤에 방구 꼈다고 왜 소박을 했느냐?"

고 막 댐비는겨. 그러니께,

"니가 어디 살고 어디 사는지?

외갓집을 다 대고, 제 어머니를 대리고 들어가 가지고, 큰 마누라 큰아들 노릇해 가면서는 떵떵거리고 잘 살았대요.

제보자 : 김권성(남, 61세. 익산시 망성면 거주. 2001. 2 채록)

46

귀신 말 엿듣고 부자된 소금장수

＊핵심어 : 소금장수, 할머니의 제사, 제사 음식이 부정해 손자 혼내주기, 귀신 말 엿듣기

　어떤 할머니가, 그날 저녁에 지사를 지내는데, 소금장사가 가만히 거기서 저 소금장사가 드러누워서 보니께루, 참 할머니가 가더라네. 할머니가 가는데 뒤따라 갔댜.

　제사를 보고 오더라네. 할멈이 갔다오니께, 영감이 이랄꺼 아니여?

　"마누라, 잘 가서 얻어먹고 왔어?"

　그러니께,

　"뭘 잘 먹고 오느냐고. 가 보니께루, 밥에는 짚신을 넣고, 국에는 머리카락을 넣었더라구. 그래서 손자새끼가 돌아댕기길래 불에다 벌떡 집어 던지고 왔다구. 불에 벌떡 집어 던지고 왔다구."

　그러더라네. 애기를. 그란데 그 할아버지가 한다는 말이,

　"아이구, 여자들은 그려, 응. 여자들은 그려. 참 잘못했어, 왜 그랬어? 참 그라지 말지."

　할아버지가 그랄 거 아니여? 그러니께,

　"이끼가 거 논에 시퍼렇게 끼는 이끼가 있잖아? 이끼가 참 좋은데.

그 얼굴에다 척척 발라주면, 이 살에 있는 거시기가 화기가 다 빠져서 좋은데."

그라더라잖아? 그래. 그 소금장사가 들었다네. 듣구서 인저 그리루 찾아갔대. 찾아갔는데 가 보니께, 참 그 집에 가보니께 참 그 환경이 났더라네. 난리가 난 거여. 확 난리가 난 거여, 뭐. 어린애가 벌겋게 디어 자빠졌으니 전부다 뒤져있으니 난리가 날 거 아니여?

그래서 소금장사 아저씨가 그랬댜. 소금장사 아저씨가.

"아 그러냐구? 어떡하다 그랬느냐구?"

그러니께, 그렇게 얘길 하니께,

"그라믄 저 논에 가서 새파란 이끼를 많이 얻어다가, 몸뚱이에다 발라다 주면 아기가 쉽게 낫고 울덜 않는라고."

그러더라네. 응. 진짜여. 그래 화기가 뻐져서 괜찮더라네. 괜찮더라네.

그래 그 소금장사도 실컷 얻어먹고, 실컷 돈도 노누고 참, 땅도 노누고. 응. 그러니께 부자됐지. 응 완전히 부자됐네. 의형제간을 맺어 갖고 거기서 살더라네. 와가지고 식구들 다 데리고 와 가지고 살더라네. 그런 사람도 있댜.

제보자 : 김권성(남, 61세. 익산시 망성면 거주. 2001. 2 채록)

47

무덤 바꿔쳐서 잘되기

*핵심어 : 초빈, 묘 바꿔치기, 바꿔친 무덤에 가서 절하기, 명당, 발복하기

옛날에는 늙었을 적에 초빈, 집근처에다가 초변을 해놓고 날을 잡아서 이장자리로 들어가게 됐는데 그래 초빈을 해서 최부자가 딱 갖다가 해놓으니까 하룻저녁에는 그러더래요. 7살 먹은 애가,

"아버지, 할아버지 이장하지요."

그러더래.

"야! 이장 어디로 하냐?"

"아버지 가세요."

삽 들고 둘이 갔어. 이 아들하고 가서 저그 할아버지 묘를 파서 이 최부자네 초빈에다 집어넣고 그 유골은 만데다 갖다났다 이거야. 그러고 절만 꾸벅하고 왔어.

"아버지 아무 말도 말아요"

그리고서는 날을 잡아서 일주일만에 최부자가 그 장소로 이장하는데. 딱 해놓고 보니 7살 먹은 애가 오더니 절만 꾸벅하고 그냥 가버리더랴. 절을 꾸벅하고 인자 지네 할아버지니까 절을 한 거여. 근디 남

들이 볼 때는,

"어린애가 철모르니까 기냥 하구 가는가 보다."

그렇게 인정을 했어. 그래서 그 땅을 살 적에 참 빚은 다 그만두고 천석거리 땅거리를 줬어. 천석거리를. 그러니까 이 양반이 참도 괜찮다 이거여. 그런데 애가 완전히 영리하니까 사당에 가서 공부를 하는데 너무 잘하더라 이거여.[청중 : 머리가 영리하지.]

뽀시락뽀시락 일어나기도 잘하지 .자기네는 자꾸만 쪼그라들지. 그런게 하루는 상스러워서 불렀어.

"너 왜 그날 와서 절을 했나?"

"우리 할아버지니까 절을 했지요."

이러드라 이거여.

"우리 할아버지니까 절을 했다고."

그러고 보니 같이 속았다 이거야. 그 7살 먹은 애한테. 근디 우선 자기 아버지 뼈부터 찾아야겠어. 최부자가 그러니까,

"나 아직 몰라요 내가 과거시험 보면 그때 일러줄께요."

그래서 과거시험 봐서 합격을 하고 내려와서는, 이 최부자를 불렀어.

"대대로 진사 자리는 해놨다고."

그러드랴. 그래서 최진사가 많디야. 대대로 진사자리는 해놨다고 그래서. 이 사람이 7살먹은 애가 경사가 됐어. 이 양반들 시조 할아버지여, 고종사촌 나도 그래서 그 노인한테 그 이야기를 듣고 소경사는 낳고 땅을 얻었다 이거여. 땅을 얻고 경사를 낳은 게 아니라.

제보자 : 김권성(남, 61세. 익산시 망성면 거주. 2001. 2 채록)

48

엉터리 점쟁이

*핵심어 : 점치기, 메뚜기 숨겨놓기, 영혼이 메뚜기로 환생했다고 속이기

한 사람이 참 점을, 상당히 옛날에 그저 보면 신장 놀려갖고 막 그 저 점하고 할 적에요. 부잣집에서,

"아버지 산개점이라고 하는 귀신 불러서 하는 거 산개점을 하니 오 라고."

하드랴. 아 근디 그 동네를 가는디 딱 가서 동네를 쳐다보니, 그 집 이 잘살고 괜찮게 생겼는지, 애들보고 인자 어느 동네 부잣집인지 어 디로 오라고 했을 거 아녀? 알고서 가는디 그때 그 동네 애들이 학교 를 갔다 오는데, 갸들을 불러서,

"저기 저집이 아무개네 집이냐?"

"예."

돈을 주고 인자 부탁을 했어.

"뭐 좀 사먹으라고."

그러면서 머라고 했냐면,

"저 집에 가서 불무치(풀무치), 왕불무치 큰 걸 하나 잡아다가, 그

집 벽장에다 넣어 놓으라고."

했어. 그러니까는 애들이 시키는 대로 잘하거든? 그거 한 마리를 잡아다가 그 집 벽장에다 넣어놨네. 걔들한테,

"그 영감은 언제 죽고 몇 년 됐냐?"

물어봤어. 그러니까 애들이 대강을 알려줬어. 미리 동네 사람들한테 물어봤으니 다 알 거 아녀? 그거 하이고, 여자들이 말이여, 조금만 맞춰도 막말로 미친다고요. 정말 맞다고. 근디 다 미리 점쟁이들이 다 알아가지고 간다고요. 미리 그 집 점보러 갈 적에. 그래가지고서는 아이고 진짜 참말로 맞추신다고…….

그 점쟁이가 하는 말이,

"내가 죽어서, 메뚜기가 당신을 못 잊어서 찾아와서 저 벽장 속에 숨어있는 거 그걸 모르냐구 말이여."

아 그러니까 산개점을 하는겨. 귀신이 얘기하는 말을 딱 걸려든다 이거여. 그 말을 그런게,

"벽장에 지금 메뚜기가 있냐구?"

"그러면 열어보라구."

말이여. 아 벽장을 열어보니 막 휘리릭 날라오던 거야. 그 아주머니가 말이여. 가서 막 잡을려고 하는데 도망다니니 그게 잡혀? 그걸 잡아가지고서는 딱 보니까 이마빡이 훌렁 벗어져가지고서는 영감같애.

"꼭 아이고 꼭 우리 영감처럼 생겼다고 하드랴."

"아이고, 당신이 좋아서 날 못 잊어서 우리집 벽장에 숨어 들어간 걸 몰랐다고."

말이여. 막 붙잡고 울더랴. 그 놈을 섬주 있잖여? 옛날에는요 성주라고 있쇼. 천장에다 지금도 알걸요. 뭐 '성주 모시듯 키운다'고 하잖여?

그 꽃속에다가 그놈을 짬매서 넣어서. 매일 거기다가 물 떠다놓고 공을 드려. 인자 메뚜기가 성주가 된 거여. 그런게 그게 말이여. 점쟁이들의 다 속임수라고. 절대 점할 필요 없슈. 나 그걸 부탁한다고

　[청중: 아 이용만씨의 배뱅이 굿도 그랴. 그거 박수무당이 다 알고서나 미리 얘기한 거여.] 내가 예를 들어서 저 고산리를 점을 보러 간다 하면 그 고산리를 잘 아는 사람하고 짜고 다 물어봐요. "누구네 집이 어떻게 되고..." 십분의 일할만 맞추면 맞춘다고 미친당께. 그짓말도 맞다고 한당께. 그런게 나보고 점쟁이 하라고 해도 잘혀[웃음]

　제보자 : 김권성(남, 61세. 익산시 망성면 거주. 2001. 2 채록)

개와 고양이가 싸우는 이유

＊핵심어 : 신비한 연적, 과부가 연적 바꿔치기, 개와 고양이가 싸우는 이유

옛날 어떤 사람이 우연히 연적이라든가 그걸 얻었는디, 연적이라는 것은 소원허는 데루 됐더래요. 그거이 쉽게 말해서 밥 나와라 허면 밥 나오고, 돈 나와라 허면 돈 나오고, 나오라 헌데로 나오는 그런 보물인디 그런 걸 얻었는디.

그 소문을 듣고 강 건네 과부 하나가 그 연적같이 똑같은 것을 맨들어 가지고 와 가지고, "그 연적을 한번 보자고. 귀경 한번 하자고. 어떻게 생긴 것인가 본다고."

그 귀경하자고 하는데 안 뵐 수가 없어서 뵈였단 말이야. 만작만작하다가 지야 하고 바꿔갔어. 그 눔 같이 생긴 눔 놓고서, 아 그눔인 줄 알았는디 안 된다 이거여.

그렇게 개허고 괭이하고 짰어요.

"이 집이서 우리가 밥을 먹고 살었는디, 이것이래도 찾아다 주고선 은공을 해야겄다고."

개하고 괭이하고 짜가지고선 물 건너를 가는 거야. 근디 고양이는

헤엄을 잘 못 허고 개는 헤엄을 잘혀. 근게 고양이가 개가 업구 물을 건너갔다 이 말이여.

근디 고앵이가 썪여 먹을 데가 있고, 개 썩어 먹을 데가 있더라 그 말이여. 거기를 가고 본게, 개는 쥐를 그렇게 잘 안 잡지만 고앵이는 쥐허고는 뭐……. 고앵이가 그 집이를 가가지고 쥐를 명령을 내렸어요. 쥐들보고,

"야들아 우리가 연적을 찾으로 왔는디, 쥐 너들이 가서 연적만 가지오니라. 그러면 너그들 하나도 안 죽이고 잘 살려주마. 만약에 영을 어겼으면 니들 있는 대로 다 죽일텨. 그른게 영을 받들어서 그 연적만 가지오니라."

그리고 고양이가 명령을 내렸네. 근게 쥐가 안 죽고 싶어서 퍼질라게 뚫고 들어가서 어떻게 해서 갖구 왔어. 갖구 왔지만 그걸 잘 가지가야 하는디, 인자 괭이는 연적을 물고 개는 헤엄을 하는디. 업구 아 개가 그냥 가만히 와야 할 거 아녀?(웃음) 연적을 물었다면 놓치게 됐은게 암말도 안 허야는디, 개가 잘 물고 있냐고 물으니, 나중엔 (웃음) 귀찮은게 물었다 놓쳤단 말이여. 입으로 물은 것은 입을 벌링게 빠질 밖에[청중 : 대답을 하다가] 텀벙 빠졌단 말야.

그래서 놓쳤어. 아 놓쳐가지고 실컷 가지고 가선 그 때는, 아마 개 짐승 고양이 그런 짐승하고 사람하고 말을 통했는게벼. 그랬는가 인자 개때매 내내 가지고 오다가 잃어버렸다고 해서, 그래서 개는 밖에다 재우고, 고양이는 방에다 재우고, 그래서 계급이 고양이가 높았대요.

제보자 : 김권성(남, 61세. 익산시 망성면 거주. 2001. 2 채록)

김덕령

*핵심어 : 우연히 명당 발견, 아버지를 명당에 묻기, 방향이 달라 역적 나기, 김
덕령

신동엽씨 아버지가 아마 무슨 산 근거에 사는 모양이지. 그걸 그때
살았는데 어떤 선비들 둘이 와가지고 하룻저녁 자자고 헌게 잠을 재
웠더레야. 재웠는디 아 새벽이면 나갔다 들오고 나갔다 들오고 허드
레야.

그래서 참 이상스러워서 그 사람 뒤를 밟아봤대요. 가다 보니까 뭘
부지런히 베서나 산에 갖다가 묻어놓고 오더라. 뭐 참 궁금해서.

'이상하다, 이상하다.'

하는데, 이 사람들이 참 가면서,

"내가 앞으로 얼매 있다 올테니까 그때 만나자,"

그러고 갔디야. 그 사람들이 묻어논 것이 아주 이상스러워서 캐보
니까, 계란을 묻었는디, 그 계란이 부화돼서 병아리가 됐더라.

그서 얼른 자기 아버지를 갖다 글로 썼어. 거다 묻었어 [조사자 : 좋
은 줄 알고] 묻었는디 그 사람들이 시신을 짊어지고 왔더라 이거여.
시신을 짊어지고 왔는디, 아 근게 누가 미리 써놨거든?

"참 아깐디 뺴겼다고."

그러더랴.

"그런디 좌향이 틀렸다고."

그러더랴.

"누가 썼냐고?"

한게,

"자기가 썼다고."

그랬어. 그렇다 보니까, 좌향이 틀린게, 좌향을 바꿔준게, 이 사람은 뭐신고니, 자기네가 맡아논 땅에 미리 썼은게냐, 오기로 좌향을 틀리게 말해준 줄 알고 그 말을 안 들었어.

"그 여기 묘를 쓰면 이 좌향을 놓면 역적이 난다고."

그러더랴. 근데 그냥 내비뒀어. 이제 그 사람들은 정말로 알려준 건데, 배가 아픈게로 좌향을 트는 것이라고 생각해서.

근디 났는디, 김덕령이가 났는디, 제 누나 하나 낳고 김덕령이를 낳는디, 나가서 씨름만 하면 다 일등을 할라고 그래. 다 이기고 오고 이기고 오고 그러고 말야.

근데 하루가 너무나 힘자랑을 헌다니까, 제 누나가 보니까, 한번은 남복을 차려입고 얼굴에다 숱을 바르고 그 씨름장을 나갔다 이거여. 제 누나가 나가서는 힘도 못쓸세라 김덕령이를 쎄려버렸어. 그 집으로 왔어 이기고.

하 이런데 이게 푹 푹 끓더라 이거여.

"세상에는 날 이길 사람이 없었는디 그 어떤 놈인가 그 놈한테 졌다고."

말이여.

"애, 거 봐라. 뛰는 놈 위에 나는 놈 있다고. 너보다 힘이 더 좋은 놈이 있잖냐? 그러니까 자꾸 힘자랑 하지 말라고."

그랬디야. 그랬는디 결국에는 자기 누나가 이겼다는 소리 듣고 누님을 쥑였다 그러거든? 김덕령이가 죽였는디, 김덕령이가 참 관가에 가서 일도 허고 아마 제대로 좀 했는게벼? 근데 역기를 부려서 죽었잖어?

죽을 적에 아무리 두드려 패도 죽드를 않드라. 그래서는,

"도대체 너는 뭘 먹었길래 죽지를 않냐?"

"나를 죽이고 싶으면. '만고충신 김덕령'이라고 바위 우에다 새겨주면 죽겠다."

그러더랴. 근게는 그거 없애버리면 그만인게,

"그러라고."

하고선. '만고충신 김덕령'이라고 딱 써놓고서는, 써노니까,

"양 내 겨드랑이 양쪽 겨드랑이 밑의 날개를 따라고."

그러더랴. 그래서 날개를 뺀게 죽더랴. 죽었다거든? 근디 죽었은게 그 글자를 지워야 할 거 아녀? 바위를 지우면 지우는 대로 글씨가 더 환히 나오더라 이거여. 근다고 그런 말이 있었거든? 그런 줄로 알고 있어. 그렇게 김덕령이가 그렇게 죽었다고 그러거든.

제보자 : 김권성(남, 61세. 익산시 망성면 거주. 2001. 2 채록)

여우한테 홀린 사람

*핵심어 : 여우한테 홀리기, 여우와 자녀 낳고 잘 살다 깨어나기

그전에 사람방에 이렇게 사람이 모였는데.

"아, 그 아무 산에 가면 여수가 둔갑을 잘하는데, 그놈의 여수한테는 누가 견뎌내딜 못한대."

그 산에 갈 사람이 사랑방에를 갔네. 사람 하나가 장담을 해.

"아니, 벌써 큰 사람들이 그 까짓거 여수를 그리 무서워 하냐고? 내가 간다고."

장담을 했어. 인자 그 산에를 갔네.

강께, 암것도 없어. 산 중턱까지 가도.

"아니 사람들이 암것두 없는데 모 여수가 있다고 그러냐고."
하는데,

"아이고, 아이고!"

여자가 우는 소리가 나는데 처량혀. 허니 가봤어. 아 가봉께 여자가 참 이뻐. 이뻤는데 여자가 울어.

아 긍께 남자치고는 여자 이쁜데 손대지 않을 사람이 어디가 있어?

가서 인자 들여다보고 말을 시키네.

"뭐 때매 그러냐고?"

"근데 남편이 죽어가지고 장사를 지내는데, 내가 따라 같이 죽고 싶으다고."

"아이고, 그래서 쓰냐고?"

그냥 막 여자를 붙들고,

"그래서 쓰냐고?"

그냥, 아무래도 그 여자가 인물이 이뿡께 그냥 좋다고 달라붙네.

"그러지 말고 나하고 살자고."

인자 그래가지고. 처녀는,

"내가 당신 따라가서 뭣허냐고?"

허더니,

"그냥 우리집으로 가자고."

아 얼마나 재밌어? 따라갔네. 따라강께 몇해를 살았어 재밌게. 아들 딸 수북허니 낳고, 그랬단 말여.

그래갖고는 한번은 재밌게 한다는 소리가,

"야! 큰아덜 아무개야, 둘째아덜 아무개야!"

애덜 이름을 쪽 부르는 참이여. 아 그런데 그날 저녁에, 이 사람들은 이 사람을 보내놓고 올 때가 돼도 안 오네. 장난 한번 하면 사람 죽겠다고, 동네 사람들이 우루루 쫓아갔네. 결국 쫓아강께, 여수라는 것 사이에서 봉께 다 죽었어. 정신을 다 잃었어.

그때 부르는 참이여.

"몇째야, 몇째야."

정신이 다 빠져 버렸어. 그냥 여수한테. 그래서 아 그냥 막 때리고 그래도 몰라. 그래서 그놈을 어떻게 그냥 데리고 집으로 왔는데, 와서 얼마 살지도 못하고 그 사람이 죽었더래. 그 사람은 그날 저녁인데 몇 해를 살았어(웃음). 그렇게 몇해 살았는데 그날 저녁이여.

제보자 : 김권성(남, 61세. 익산시 망성면 거주. 2001. 2 채록)

딸을 왕비 만들기

*핵심어 : 딸을 왕비 만들고 싶은 과부, 납치당해 가다 상처한 임금 눈에 띔

아주 옛날에 혼자 사는 양반 과부댁이 아주 어여쁜 딸을 하나 낳아 가지고, 딸하고 둘이 사는데. 그런데 인자 그 어머니가 늘 소원이 그거야.

'이 딸 귀여운 딸을 최고로 잘 출세를 시켜야 하는데….'

그런 생각을 갖고, 그 어머니가 무슨 생각을 했냐면,

'하튼 내 딸을 왕비를 만들어야겠다.'

그런 마음을 먹었더래요. 그래서 인자는 그런 내 딸을 왕비로 만들라고. 산골에서 어떻게 왕비가 되겠어요? 두메 산골에서.

그런데 그 어머니는 하튼 무턱대고,

'내가 내 딸을 왕비를 만들어야겠다.'

그런 마음을 단단히 갖고 늘 기도를 하는 거야. 산에 가서. 산속에 바위 밑에 가서는, 신령님을 불렀나 하나님을 불렀나는 모르겠지만. 늘,

"우리딸 그저 왕비가 되게 해 주시오."

개 늘 그렇게 하여튼 밤이나 낮이나 그렇게 인자 비는 것이에요.

그런데 하루는 어떤 스님이 그리 지나가다가 보니까, 어떤 산 중에서 비는 소리가 나는데 모라구 비냐면,

"그저 내 딸 왕비가 되게 해 주시오."

늘 밤낮 비는 소리가,

"왕비가 되게 해달라고."

그렇게 간곡히 빌더래요. 중이 인자 그걸 듣고 가만히 생각하다가, 그런 무슨 맘을 먹고 돌아갔다가, 인자 또 와봤더래요, 거기를 그러니까 또 빌고 있더래.

다음에는 중이 바로 미리 뒤에 가서 숨었더니, 딱 그 부인이 또 그렇게 빌드래요.

"내 딸 왕비가 되게 해주시오."

그래서 중이 하는 말이,

"아무 날 몇시에 스님이 있는데 그 사람한테 주면 왕비가 될 것이다. 그 이튿날, 그 이튿날 스님에게 딸을 주거라."

그러더래요. 그 어머니가 하여튼 왕비가 되게 해달라고 딸을 인자 빌었는데. 정말 주라고 하니까,

"아 이거 얼토 당토 않은, 참 그게 공든 탑이 무너진다고, 매년 빌은 것이 그냥 헛수고가 됐단 말여."

"참으로 그 신령님이 딸을 중을 주라고 했나? 참으로 그 신령님이 딸을 중을 주라고 했나? 참으로 내일 몇시에 참으로 중이 정말 올까?"

그래서 그날 몇시가 딱 돼서 가만히 기다렸더래요. 기다리니까 아니랄까, 그 시간이 되니까 대문에서 웬 양반 부르더래요. 그래서 인자 문을 열고 보니까, 아니 스님이 오더라 그거에요.

그래서 그 어머니가 하는 말이,

"내가 매년 동안 내 딸을 왕비로 만들기 위해서 빌었는데, 중을 준다는 것은 말도 안 된다."

그러니까,

"내가 신의 음성을 들었지마는 그 내 딸을 당신한테 귀한 딸을 내보내기 그러니깐 자루에 하나 갖고, 자루 속에다 딸을 넣어드린다."

그래 가지고 그때 중이 가서 큰 푸대를 하나 갖고 왔더래요. 그 속에다 자기 딸을 딱 넣어가지고 주었어요. 그 중이 그러면 딱 짊어지고, 그 어여쁜 아가씨를 딱 짊어지고 얼마나 재미가 나겠어요. 그래서 그 놈을 막 자랑을 하면서 내려가는데, 한참 내려가니까, 아 어디서,

"저놈 잡아라."

막 그러더래요. 자기를 잡아라 하니깐, 그냥 그 아가씨를 논두렁에다가 넘어 놓구는 인자 도망쳤어요.

그랬더니 군사들이 봉께, 푸대 속에 꿈트렁 꿈트렁한게 무엇이 있었거덩요.

"아 인제 열어보라고."

그러니까, 아 그게 이쁜 아가씨가 있더라는 것이여. 그래서 인자 그 임금님한테,

"이렇게 푸대자루를 보니 아가씨가 하나 있드라고."

아 근데 마침 임금님이 상처를 하고 심심해서 사냥을 나왔던가 봐요. 아 근데 하도 어 예쁜 아가씨가 있으니까,

"말에다 태워가지고 가자!"

그리고 그 푸대에다가 산 곰을 한 마리 딱 넣어 짬매놨어. 먼저 같이. 그 아가씨는 말을 타고 갔드래요.

근데 중이 인자 아가씨를 놓고 갔으니까. 어떻게 됐나 살금살금 와 보니까, 아 여전히 있거든요 그래서 그 놈을 데리고 갔더래요. 가서 딱 끌러보니까 아 곰이 나와서 중을 해쳤다는 그런 얘기에요. 그러니까 공들이면 잘 돼도, 불의한 맘을 먹으면 그렇게 죽을 수가 있다는 그런 좋은 얘기에요.

제보자 : 김권성(남, 61세. 익산시 망성면 거주. 2001. 2 채록)

53

어량리 8대 장사

＊핵심어 : 장사 8인, 타처에 가서 힘자랑하다 망신하기

우리 어량리 8대 장사가 있었어요. 8대장사가 여덟명의 장사가 있었다. 근데 이 사람들이 같은 힘이 지고 나니까 같이 모여서 놀기도 하고 그런 모양이에요.

어느날,

"우리 여덟명이 힘을 합치면은, 세상에 겁날 게 없으니까, 우리가 우리 어량리에만 살게 아니라 한번 전국을 한번 돌아댕겨 보자."

여덟명이 해 갖고 인자 여덟명이,

"그러자고."

그리 갖고선 처음에 간게 전주를 갔어. 전주를 간 거여 전주.

"우리가 힘을 합치면 세상에 겁날게 없으니께 우리가 어량리에서만 살게 아니라 한번 전국을 돌아 다녀보자."

하고 8명이 처음 간 것이 전주여. 전주를 갔는디. 아침에 장날인디 장 물건을 펴놓지 않더래. 상인들이.

"왜 그러냐?"

그런께.

"아무 데 중이 와서 전을 건다. 그래도 우리가 전을 피해야 괜찮지. 그렇지 않으면 난리난다."

이거여.

"중뗌에 못 한다."

그러더랴.

"그러냐구?"

"중이 어떻게 생겼는디 힘이 장사고 아주 뭐 말도 못하게 사람이 사납다고."

그러디야.

"그려?"

참 아닌 게 아니라 쫌 있으니까, 인자 아침 9시나 8시쯤에 중이 왔드랴. 철구(鐵具)장사를 하더래요. 철구, 소시랑(쇠스랑)같은 거 쭉 허니 내다 펴놓더래요. 그러니까 인자 그 중을 혼내줄려고 그랬지. 이 사람들은.

가서 8명이 앉아 가지구 쇠스랑을 잡고, 쭉 치면 펴져버리네.

"이눔들이 이거 원 약해 가지구 소시랑으로 쓰겠냐구?"

아이구 쭉 펴놓고, 호미도 이렇게 오그려놓은 쭉 가운데를 쭉 펴버리고 말이여. 그러니께, 이 중은 말여.

"이눔들, 그렇게 하지 말라고."

하두 그런께,

"이런 싸가지 없는 놈의 새끼들 보라고."

그러드니 말야. 하나를 한 사람을 한손으로 쥐고 호무로 딱 감아버리더리야. 수갑채듯이. [조사자 : 소시랑 장사가?] 응. 그 놈 큰 놈으로 그러니깐은, 이렇게 피지는 못하고 여가 세가닥이니까 아픈게 끊질 못하더랴.

그 막 죽었네. 손은 아프고 막 가분할 힘이 없어, 꼼짝도 못하고 그러니께는, 나중에 가만히 생각하니께 큰일나겠드랴. 중 건드렸다가는.

"살려달라고."

사정해갖고.

"힘도 없는 것들이 까분다고. 다시는 그러지 말라고."

그르믄서 끄트머릴 잡고 쪽 힘쓰니 끊어지더랴. 얼매나 힘이 신겨 그 사람은. 그려 8명이 그랬디야.

"이자 우리 백리 밖에 안 왔는데, 이런 봉변을 당했는디, 더 나가서는 맞아 죽겄다. 이왕에 와서 여기까지 왔으니까, 중이나 때려 죽여버리고 가자."

그래서 8명이 소시랑을 마저 하나씩 사서 똑같이 맞춰가지고 찍어버렸드리야 중을. 그래갖고 죽여버렸드만. 아유, 아무리 힘이 세도 소시랑으로 여덟이 찍어버렸는디 안 죽겠소?

그리고서는 꽁지 빠져라하고 도망을 왔더랴. 와 가지구여 그뒤로 한 10년 후에 상달 박두신이가 제일 셋다. 그 8명 중에서.

원두막에서 참외를 놓고, 참 원두막에서 참외 놓고 원두막을 지키고 있는데, 저기 철중이 하나가 오더니 말이여,

"쉬 가자고."

그러더랴.

"쉬 가라."

그랬더니, 물어 보드랴.

"이 동네에 박두신이란 사람 사냐고?"

근디 자기가 박두식인디 자기를 물어보더랴 이거여.

"산다구."

"그 사람 힘이 얼마냐 세냐고?"

근께,

"황소를 메고 10바퀴를 돈다."

이거여.

"뿔잡고 막 돌려버린다."

이거야 황소를. 이 철중이가 가만히 생각을 해보고 모자를 딱 벗어 놓더니 말이여. 딱 내려가더니 소뿔을 탁 잡더니 5바퀴를 돌더랴. 그 철중이가. 에. 근께는,

"야 시긴 시구나[청중 : 세긴 세구나] 난 10바퀴는 못하겠다고, 가 야겠다고."

그러더랴. 가버렸어 그 철중이 봐주러 온 거야. 그러면서 뭐라 그러 나 하니,

"우리 선생을 죽였다."

이거여 박두식이가. 8장사들이. 그 사람이 간 뒤에 기가 막혔다 이거여. 딱 내려가서 소뿔을 잡고 돌렸더니, 2바퀴 반박에 못 돌렸 대.[조사자: 세긴 세네 힘이]

어, 그럼 무지하게 셌대 힘이. 나무하러 가면 옛날에 팔도 장사들 은 낫을 안 갖고 갔디야. 소나무를 뽑아서 집에 갖고 왔디야. 얼마나 센 거야? 그 사람들이. 박두식이가 8명중에서 제일 셌디야. 그 전설은 여 어량리 고을 여기서 내려오는 전설이유. 그런 얘기는요 우리가 가 만히 생각한께 인자 교혼적으로 힘 자랑을 하지 말아라. 힘자랑 하지

말아라. 힘 자랑하지 말라는 뜻이여. 힘 자랑하믄 자기보다 신 사람이 있다 이거지 힘 자랑하지 말고 자제해라. 뛰는 놈 위에 나는 놈 있다 잖아요?

제보자 : 김권성(남, 61세. 익산시 망성면 거주. 2001. 2 채록)

사주팔자가 같아도 다른 운명인 이유

*핵심어 : 관상쟁이, 사주팔자 같아도 시간이 달라 운명 바뀌기

한 관상쟁이가 어느 부잣집을 갔더랴. 부잣집을 갔는데 딱 보니까 천상 빌어먹을 상인디, 재산을 쥐고 잘 살더랴.

'참 이상하다고.'

말이여. 이 사람이 이랬어.

'자기가 보니까 꼭 빌어먹을 상인디 어떻게 해서 저 사람이 부를 누리고 사느냐?'

돈도 많고 참 일일이 잠자는 데서부터 아침 먹는 것부터 참 일절을 다 봤어. 절대 그래도 빌어먹을 상이라 이거여. 그래서 화장실을 가는데 화장실을 따라갔어. 노적똥을 싸더랴. 노적똥.

'저 사람이 상후는 빌어먹을 상인디 노적똥을 싸서 부자 됐다고.'

하더랴. 그래서 그 사람이 잘 살더랴. 노적똥을 어떻게 싸는지 알아요? 똥을 싸서 물똥으로 확 덮어버린단 말여. 그래서 그 사람이 잘 살더랴.

근께, 관상을 보는 것도 똥싸는 것까지 다 본디야. 근디, 사주팔자에

말이여, 아들을 났디여. 똑같이 똑같은 그날 났대여. 근데 하나는 큰 장수가 되고 잘 살고 아주 이름있는 장수가 되고 하나는 봉사가 됐어 봉사.

그래 인자 그 사람은 뭣을 하는고 하니, 벌을 치는 디 벌이 그렇게 잘돼. 벌이. 그러니까 그 전에는 항상,

"사주팔자 소용없다고."

얘길 하드랴. 왜 그러냐면 아,

"이 사람하고 똑같이 한날 한시에 났는데 나는 이렇게 팔자도 기구하고 봉사가 되고 하나는 잘되냐?"

이거여.

관상쟁이가요. 상보는 사람이 와서 딱 보더니, 사주 보는 사람이 와서 그 얘기를 하니까 그러더래요.

"당신이 약간 늦게 났다."

이거여. 왜 늦게 났냐고 하며는,

"저 사람은 닭이 꼬끼오 하고 막 눈을 부라리고 소리 지를 때 났고, 당신은 꼬꼬 했다 닭이 눈 감고 부르르 떨 때 났다."

이거여.

"그러니께는 당신은 이걸로 만족하고 살라."

이거여. 조금 전에 난 사람은 명장이고, 그러더니만 장수가 됐디여. 근께 그게 똑같이 난 줄 알았는데, 조금 한 몇 분차로 시간차이로. 그러니까 자기가 타고나는 대로 살라는 거여. 그러니 인자 다 잘살 것 같지 못 살 것 같은 사람이 어딨어? 그게 자기 뜻대로 안된다구.

제보자 : 김권성(남, 61세. 익산시 망성면 거주. 2001. 2 채록)

여자는 남
-명당자리 훔친 여자-

*핵심어 : 여자는 남, 우물속 명당, 우물속에 시신 모신 비밀

한 사람이요 지관인데, 자기가 인자 아파서 죽게 됐대요. 그러니까 아들들이, 자꾸 인자 종신할려고 자꾸 뭐라고 하니,

"아버지, 아버지가 지관이면서 어디 땅 하나 잡아논 거 없습니까? 아버지 돌아가시면 우리가 아버지 갖다 어디에 묘 쓸지를 모르니까, 좀 한 자리 일러달라."

고 하더래. 그래 요렇게 쳐다보더니,

"여기는 딴 식구가 있어서 말은 못한다고."

하더래. 근데 여자가 자기 부인이 가만히 둘러보다가 딴 식구라고는 없어. 근데 딴 식구가 있어서 얘길 못한다고 그래. 그래 이 여자가 바깥으로 나왔어. 나와서 가만히 얘길 들어보니까, 자기 때문에 얘길 못한다는 거여. 자기 자기 부인 때문에.

근게 여자는 갈라서면 남이다 이거여. 살면서는 제일루 가까운 사인데. 갈라서면 원수라 이거여. 아 근께 갈라서버리면 별 소릴 다 한다 이거여.

"그 여자 때문에 말을 못한다는 거여."

그러니까 딱 나가니까 뭐라냐면,

"그러면 저 앞 샘이 물명당이다. 나 죽걸랑 저기다 넣어버려라."

그랬댜. 샘에다. 아 근게,

"예, 알았습니다."

돌아가셨어 자기 아버지가. 바로 그날 그 샘에다 넣어버렸어. 그러구 인자 몇 달이 되었는디 아들하고 엄마하고 싸움이 났던 모양이야. 뭔 일 가지구 제 어머니가 뭐라고 했느냐면 말여.

"저 잡아먹을 놈은 지 애비를 말야, 저 샘에다 갖다 물먹는 송장됐다고."

그러니께 동네사람들이 광폭을 한 거야. 동네사람들이,

"우리가 먹는 물에다 송장을 넣어놓았다구."

그 물을 싹 푸니까요. 그 말하자면 그 송장 그 .거시기가 음기가 송아지가 되어갔고 무릎을 꿇고 일어날라다 바람이 들어가지고, 그래갖고 그 바람이 들어가 사르르 녹아버리더랴. 아이고! 근데 명당은 명당이제.

부인은 갈마서면 남보다 더 원수래요 그 명당자리가 여기 어디라고. 그러니까 속에 있는 말은 못한다는 거여 여자한테. 함부로 일급비밀을 부부간이 하면 안된다는 거여. 언제 갈라질지 모르고, 부모자식간에는 돼야, 부모자식 때에는 상관없어. 근데 내외간에는 안돼. 친구만도 못한다는 거여. 부부간에 갈라서면 서로 적대화가 돼버린다니까. 요새 노래 있대. 점 하나 찍으면 남이고, 점하나 없으면 님이다(웃음).

제보자 : 김권성(남, 61세. 익산시 망성면 거주. 2001. 2 채록)

구렁이의 환생

*핵심어 : 구렁이의 혼으로 임신, 귀천자 탄생, 이성계와 천자의 배포 차이, 장수 윗도리

구렝이가요 곧 이무기가 됐는데 말하자면 죽었는디 그 혼이 날라당겼는데, 그래 그 혼이 날라다니는데, 그 사람한테는 뵈야. 그 사람한테는.

어느 한 오두막집인데 그 문구녕으로 쏙 들어가더래요 그래 나뒀어. 나뒀는데 그 집이서 그 달부터 태기가 왔다 하더래요. 그래서 났는디 아들을 난 것이 인자 말하자면 귀천자를 난 것이여.

근데 이 손바닥에다 뱀인자 귀천자를 써놓고 낳더래. 항상 이 사람이 쥐고 다니는 거야. 피질 않는 거야. 그러니께 인자 이 사람이, 나중에 커가지고 중국으로 가는데. 귀천자는 먼저 건너가고, 나중에 태조 이성계 그 태조가 중국으로, '나도 큰나라 가서 크게 꿈을 꿔야 겠다'고 건너갈려고 했는데, 그 압록강 건너려는데 술장사는 노파가 있는데, 술좀 목말라서,

"한잔 달라고."

지금 만냥을 달라고 했든가봐. 그때는 큰 돈이었단가벼.

"하이구, 그런 술을 어떻게 먹겠냐고?"

그래서 그 여자 하는 말이,

"당신은, 그 조선땅에서나 왕노릇를 해먹겠다고. 중국에는 이미 누구 갔다."

이거여. 귀천자가 삼만냥짜리가 갔다 이거여. 먹구. 그러니까 그 귀천자는 뭐라고 했는가면, 술값이 그렇게 하니까 두말 않고 먹더라 이거여.

"내가 잘 되면 갚아주겠다."

이거여 술값을.(웃음) 이성게 태조는 만냥이니까 겁이 나서 하직하니께,

"당신은 중국 가야 소용없으니 조선에서나 왕노릇을 해먹으라고."

해서 되돌아오고, 귀천자는 가갔고 진짜 그 진나라 시조가 됐대요.

그러니까 그런 사람들은 다 하늘에서 내는 사람들이야 그래도 이성계는 고려를 치고 자기가 왕이 되었잖어? 이성계가 위화도 회군할 적에, 거기서 조민수가 우위도, 이성계가 좌위도, 지금 1군사령과 그 2군사령관 그랬어. 그러닌데 최영 장군 1군사령관이었던 최영 장군은 8도도통사이였어. 지금 말하면 법무부장관이여. 아니 저 국방부장관이여. 최영 장군은 국방부장관이여.

[조사자 : 이성계가 왕이 되려고 조선 왕이 되려고 팔도에 산제를 드렸는데…… 그 얘기 아십니까?] 그 얘기요? 이제 이성계가 왕이 될까고 산신제를 딱 지내려 태백산 다 댕기는데, 지리산에 가서 산제를 드리는데, 지리산 산신이, '이 나라는 윗도리 윗도리' 그러더래. 그러니가 '다 내가 승낙을 받았는데 지리산만 말하자면 승낙을 않는구나.'

그래서 인자 할 수 없이 오는데, 눈물을 씻는데, 어떤 여자가 밥을

내갖고 온게, '우뚜리 인제 밥 내왔다고. 늦게 내왔다고.' 뭐라고 하더래요. 그래 인제 이성계가 그 소리를 듣고 귀가 번쩍 띄더래. 아까 산신이 나보고 윗도리리라고 했는데, 이 나라는 윗도리 것이라고 했는데, 윗도리가 모냥 이상하다고. 거기 가서 밥을 한 그릇 얻어먹으면서 그 얘기를 하자, 내력을 물어봤어. 근게 아들이 윗도리만 있다. 이거여. 날 적에 윗도리만, 아랫도리는 없어. 그래서 어떻게 했나 그러니, 그건 얘기할 수 없다 이거여. 그래서 이성계가 그 여자를 얻었어.

마누라로 얻어갖고 얼마나 잘 해줬는지, 나중에 비가 와서 낮잠 자는데 그 얘기를 해달라고 하는데, 그 얘기는 안해 준다 이거여. 그럼 당신하고 살 수 없다고 그려. 이성계가 여자를 구슬리니, 그 여자가,

"아들을 낳는디 윗도리만 낳는디, 엎으라고 그러더라. 바로 엎으라고 그러더니, 지리산으로 가라더라. 갔는디 어느 바위에 가서 주문을 읊고서, 바위가 벌리더니, 그리 들가면서, 어머니 혀를 내 놓으라고 그랬다고. 혀를 짤랑 버릴려고."

근게는, 자기 어머니가 뭐라고 했냐면,

"모자지간이 무신 원수가 져서 내가 그 비밀을 얘기하겠느냐? 절대 않는다 말여. 그랬어요. 그래그래 가지고 그냥 보냈는데 말여."

그래 여자가 남자한테 미쳐버리면 말여 자식새끼도 없어. 그 얘기를 안해야 하는데 해버렸어. 그 윗도리 얘길 하지 말아야 하는데. 그래 가지고,

"거기 어디냐고? 거기 아냐고?"

"안다고. 그 바위에 가서 주문을 읊고서."

근데 그 바위 터졌는데, 그때 칼집이가 그 좁쌀하고 그 잔디하고 파 잔디하고 들어갈 때 갖고 들어갔다. 근데 위도리가 발이 나 가지고 말

안장에 탔더래.

근데 그 좁쌀이 다 군사가 됐더래. 하하하 얼마나 많아? 좁쌀 한 개가 군사가 되었으니. 그래갖구 때가 너무 일찍 들어가니까 바람이 들어가니까 싹 사라져 버리더래.

그래서 윗도리 얘기가 있어요.

제보자 : 김권성(남, 61세. 익산시 망성면 거주. 2001. 2 채록)

57

글짓기 능력으로 신랑 고르기

＊핵심어 : 정승의 딸, 혼인할 나이, 글짓기 능력으로 신랑 고르기

한 정승의 딸이 아 너무나 인자 학식이 충분해 가지고 결혼헐 나이가 됐는디, 시집을 가래니까 뭐라는고 허니,

"아무 때고 나와 겨 글을 견주어서 대작이 되는 남자면은 결혼을 헌다."

이거요. 그러니까 그 방, 그 소문이 인자 나니까, 그 서당에서 공부허던 그 선비들 그 도령들이 거기 글 시합허러 가요. 가면은 따라갈 수가 없어. 문장이 짧기 때문에.

근디 한 서당에서 인자 공부하는 그 저기가 나갔더니, 갔더니 뭐라는고 허니. 그 처녀가 저녁때가 돼서 인자 밤이 됐는디요, 등잔 옛날이는 등잔이라고 있어요. 시골 가믄. 요렇게 돼갖구 등잔불이 여가 키고, 여 저 소기름 둘러서 키믄, 옛날에는 뭐 저 소기름인지 뭐. 이 들기름 같은 걸로 불을 켰다고 허니까요.

그런게 이렇게 놓면은 인자 말허자믄 등잔 이쪽이는 환허고 저쪽은 어둡잖여. 등잔 뒤는. 긍게 '등후등전(燈後燈前) 분주야(分晝夜)라.'

그 글을 딱 허니 지었어요, 칠언시로 해서. 지어놓구서는 이 글의 짝을 채워라 이거여.

긍게 아 이 처녀가 그렇게 딱 글을 지었는디, 아무리 생각해도 그 짝을 못 채우겠드래요. 그래서 그냥 코는 숙이고 왔어요. 집 그 자기 집에 와서, 그 이튿날 선생님 그 서당방에 가 가지고 내가 글을 한 수 질텐게 짝을 좀 채우라고, 선생보고 그랬어요.

긍게 써보라고 그런게, '등후등전 분주야라.' 등잔의 앞과 뒤는 낮과 밤 같드라 이거여. 긍게 등잔 등(燈)자 허구요 앞 전(前)자허고 뒤 후(後)자 이렇게 해서 등, 등의 앞뒤를 이렇게 분지야 나눠났다 이거죠. [조사자 : 아 분간, 나눴 나뉘었다.] 그래 그 짝을 못 채우니까 선생이 인자 가서 서당방에 가갖고요 선생인테 그 글을 자기가 인제 했어요. '등후등전 분주야라.' 이렇게 얘길 허고 이 짝을 채워달라 근게, 아무리 생각해도 선생이 못 채우겠드래요. 그 짝을 채울 수가 없드래요. 그래서,

"나는 못 짓겄다."

"내가 당신헌티 그렇게 배웠은게 그런 사람헌테 배웠은게 그 짝을 어떻게 채우겄냐고? 나 내일부터는 서당에 안 댕긴다고 말이여."(테이프 교체로 공백 생김)

동생 같기도 허구 그런 사람이 하나 이렇게 올라오고 있어, 초립동이가 올라오드래요.

"아이 다리도 아프고 좀 쉬어 가야 헐텐데."

그 초립동이가 거기서 쉬더라 이거요. 그런게 인자 이 사람이 어디 가서 그런 선생을 만났고 거서 인자 생각허니까 참 한숨이 나와서 한숨을 쉬니까 응? 쪼끄만헌 초립동이가 뭐라는고 허니,

"아 형은 무엇 때문에 그렇게 한숨을 쉽니까? 이 좋은 세상에."

그런게,

"너는 알 바가 아니다. 이놈아."

그런게,

"아 왜, 쪼끄만 손자가 알 일두 있구, 할아버지가 몰르는 일두 있구 형이 알 일이 내가 알 일이 있으니까 몰라도 알 일이 있으니까 얘기를 혀보시라구."

그런게,

"내가 글을 하나 지께 그럼 니가 그 글 짝을 채워 보겠냐?"

"아이 혀보라구."

말이여.

"등후등전 분주야라."

딱 이 글을 인제 읊었어요.

"하 그 쉽구면 그걸 못 허냐구."

긍게는 그 인자 초립동이가 뭐라는고 허니,

"산남산북(山南山北) 판음양(判陰陽)이라."

딱 지어주더래요. 산의 남쪽과 북쪽 음지와 양지로 나눴다 이거요. 응? 그 글허고 짝이 탁 맞잖어요. '등잔의 앞뒤는 낮과 밤 같드라.'하고 이 글은 '산의 남쪽과 북쪽은 양지와 음지로 나눠났다.' 이거요. 긍게 '산남산북 판음양이라.' [조사자 : 판? 에.] 판, 판다는 판, 나눌 판. 긍게 그래갖구서는 그런게 이 이 초립동이 아이, 그 시를 지어주니까 무릎을 탁 치더니 선생님이라구 절을 한번 했어. 그 초립동이에게다 가. [청중 : 그럼.] 응. 그러구서는 와버렸어, 인자. 선생 만났은게. 와 갖구 그 말허자믄 그 정승 딸헌티 가갖구,

"내 그 글 짝을 채워갖구 왔은게 결혼 헐라냐?"

그런게, 어디 한번 혀보란게,

"산남산북 판음양이라."

딱 지니까, 이러구 무릎을 딱 치더니,

"당신이 지은 글은 아니지만은 당신의 그 성의만으로도 충분허다."

이거여. 남편감이. 그라고 뭐 당신은 배우면 된다 이거여. 다른 모르
는 건 배우면 되는 거니까요. 그치만 그 성의가 문제다 이거요. 그렇
기 때문에 결혼을 했대요.

그래 갖구 그 그 자기 부인이 가르쳤어, 남자를 가르쳐 갖구 과거에
급제해갖구요, 잘 살았대요. 내가 금방 헌 얘기는 자기가 얼마나 성의
껏 허는 데에서 성공이 걸려 있다 이거요.

제보자 : 남판우(남, 65세. 익산시 망성면 거주. 2001. 2.7 채록)

명당은 임자 있다

*핵심어 : 명당 임자, 아버지 무덤 잡기, 지관의 도움 받지 않기, 시체 굴려서 묘
터 잡기

　근디 지가 한 말씀 드리겠는디, 명당은 자기가 그 자리 들어갈 운이
있어야 들어가지 아무나 못 들어간다 헙디다. 긍게 너무나 그렇게 명
당 명당허고 찾을 필요가 없어요. 그 본인이 그 운이 좋아서 명당 들
어갈 사람은 들어가요. 아무 디께 갖다 써도. 지게다 져다 집어 넣어
도 들어간다니께. [청중 : 헤헤헤. 짊어지고 가다 산비탈에 버려?]

　그 거기에 대한 내가 그거 하나 얘기를 헐게 들어봐요. 그 말이 맞
은가 틀린가?

　한 사람이 참 세식구가 이렇게 사는디 자기 아부지가 죽었어. 그런
게 어머니가 뭐라는고 허니,

　"야, 아부지가 아프니까 아무 디 가서 그 저 거 거시기 저 의사헌티,
의원 좀 가서 약 좀 지어와라."

　그런게, 거기 약을 지러 이 아들이 갔드니요, 의원이 건을 쓰고서
약장을 걸고 있드랴. 긍게 그 사람이 그냥 와 버렸어.

　"왜 왔냐?"

그런게.

"아이 그 의사가, 지 애비두 죽였드라고."

말이여.

"그래갖구 건을 쓰구서, 그놈도 지 애비 죽인 눔이 무슨 약을 짓겄냐구? 그냥 와버렸다구."

그러더래요. 긍게 아 그런게, 인자 약을 안 쓰구 놔둔게 죽었네. 긍게 그 아무 디 가서 아무개 양반 그 지관 데리러 갔어. 이 사람이 가서 본게 아니 사람 기어들어가고 기어나오는 이런 오두막 집이서 짚신을 삼고 있드랴, 지관이. 긍게 그냥 와버렸어. 자기 어머니가,

"아 왜 그 양반 데리구, 묏자리 좀 잡게 데리구 오란게 그냥 왔냐?"

"아 그 양반이 그렇게 잘 알으믄 더 잘 살 꺼 아니냐구? 응? 자기도 못 살어 갖구 짚신 삼으면서, 세상에! 집두 우리 집만두 못 허드라구 말이여. 긍게 나 그런 양반이 묏자리 잡는 거 그렇게, 필요 없다 이거요."

"그럼 어떡허냐?"

헌게,

"아 내가 맘대로 헌다 이거요."

그래 인자 자기 아부지를 등에다 짊어지구 지게다, 산꼭대기루 올라가서,

"아부지 소원대루 가시우."

둥글려 버렸어.(일동 웃음.) 이게 송장이 막 둥글는 거요. '아부지 소원대루 가시요.'허구 막 둥글린게. 아 근디 이 막 둥글리게 허다가 그냥 나무에 걸려갖구 말이여 꺼꾸루 우뚝 서버렸다구 송장이. 그런게는,

"아부지는 꺼꿀루 꼭 들어가시야겄다구."

그 자리다 막 깊이 파고서 꺼꿀루 묻어버리드랴. 자기 아부지를. 그 랬는디 그 뫼를 쓰구 나니까 그 집이 일어나기 시작허는디 그 근방의 다 땅을 다 사버렸어. 굉장히 잘 살게 됐어. 그래 자기 아부지 묘를 잘 색출을 허구 했는디, 아 인자 어느 지관이 진짜 지관이여. 진짜 지관이 이눔의 집이 어떻게 그렇게 잘 사나 허구 쇠를 놓구 허니까 그 앞 안 산에 묘자리가 하나 좋은 자리가 있더랴. 근데 인제 그 그 주인을 찾어갖구,

"아부지 묘는 어따 썼냐?"

그런게, 저 앞산 저게 우리 아부지 산소라 그런게,

"그건 꺼꿀루 묻어야 명당인디, 어떻게 묻었냐?"

허더랴.(일동 웃음.) 그래,

"저 산마루에서 우리 아부지를 둥글렸더니 거그 와서 우뚝 서드라구, 나무 걸려 갖구. 그대루 묻었다."

헌게, 아 그 사람 복이라 허더랴. 거그 꺼꿀루 묻어야 돼. 꺼꾸루 명당이라 허드래, 거기가.

긍게 본인이 그렇게 들어갈 자리가 된게 들어가는 거요. 긍게 명당 찾을라구 돈 쓸 꺼 없어. 그것이 그렇게 자기가 설령 안다 허드래도 그것을 갖다 들어갈 사람이 아닌디 들어가게 되면은 천설을 그 하늘의 뜻을 어겼기 때문에 천벌을 받는다 허드라고. 그래 모든 게 그렇게.

제보자 : 남판우(남, 65세. 익산시 망성면 거주. 2001. 2.7 채록)

김자겸 이야기
-풍수 이야기-

＊핵심어 : 사형수 구해주기, 침쟁이, 명풍수, 보은, 금기 어겨 역적 김자점 나기

여기 저 북성 물탕 같은 경우는, 자기 아부지가 여산리 부사자린디 옥사장을 했디야. 옥사장을 했는디, 에 죄수가 둘이 사형수가 들어왔대요. 사형수, 죄수가 둘이 들어와서 참 젊은 사람인디 아연 그 사람 죽이는 것이 너무 아깝더라 이거요, 이 옥사장이 보니까. 그러니까 이 사람이 꾀를 냈어.

"내가 당신들을 살릴테니까 나를 묶어놓고, 입을 수건으로 묶어놓고 막어 놓고 그리고 나가라."

그랬어. 그리고서나 이 젊은 사람들이기 때문에 젊은 사람을 참 방면을, 끌러놨다 이거요. 옥중에서. 끌러놓구서나 자기를 꼭꼭 묶으라서 묶고 수건으로 입을 막고 그리고서나 나가래서 나갔어. 나가서 이 두 사람이 참 과연 어디로 가느냐? 지리산으로 가서 하나는 의약 공부를 허고 하나는 지리학 공부를 했어.

그러믄서 우리가 십 년간을 공부해서 우리가 과연 이 은혜를 갚어야 허니까 그 양반을 찾어오자 해서 여산 있는 디를 찾어왔다 이거요.

그랬는디 두 친구가 내기를 했어.

"나는 가다가 침 한 방에 사람 하나를 살린다."

"나는 사시에 묘를 써서 오시에 벼락부자를 만든다."

두 사람이 참 그런 얘기를 해가면서나 참 오는 중인데, 과연 오다보니까 한 동네에서나 난데없이 무신 야단이 났더라 이거여.

"사람 죽는다고."

그래서 이 사람들이, 이 의술을 공부헌 사람이,

"한번 저기 한번 가보자고."

말이여. 큰 부잣집인디 그 안양반이 죽네 사네 그 야단이 났어. 그래서 주인을 불렀어.

"그 내가 참 아는 건 없지만은 과연 그래도 쫌 의술 공부를 했으니까 좀 잠깐 그 환자를 볼 수가 없느냐고?"

"이 여보슈. 환자가 아니라 지금 애를 낳을라고 허는디 지금 즉 말 허자믄 몸을 못 풀어서 지금 그러고 있다고 말이여. 근디 어디 응? 딴 남자가 와서 응? 남의 집 부인이 애 낳는디 그걸 볼라구 그러냐고?"

거절을 했어.

"아 그게 아니라고. 꼭 가봐야 할 일이 있은게 보자고. 응? 나는 다른 건 안 보고, 아 다 입히고 이라는데 쳐다만 보자구 말이여."

가보니까, 아 그냥 그러라고 인자 다급헌게. 그래서 가서 보니까 이 산모가 금방 죽게 생겼더라 이거여. 그래 침을 내서 슬슬 내밀더니 오목가슴에다가 침 한방 꽉 찔르더랴. 그러더니 일어나더랴. 산모방으로 가자구. 그러믄서 그 주인더러 허는 얘기가 뭐라는고 허니,

"이 아기가 나면은 바로 선 범아구에 피 한 방울 나올 것이다. 태동이 나서 이 애기가 어머니 탯줄을 붙잡고 막 위로 붙는 늠을, 다 올라

가는 눔을 거기다가 침을 났다."

그러더랴. 긍게 그만치 그렇게 알은게 두 내기를 허고 온 거야. 그 뒤에 가서 술상 내서 술 한잔 먹었더니 금방 애기를 났는디, 보니께 아닌게 아니라 바로 선 범아구지에 피가 나더라 이거여. 긍게 진짜루여 거기다 징통에다 났다 이거여. 긍게 그 사람을 살렸잖어? 긍게,

"과연 선생님이라구."

참 극찬헌 대우를 받구, 거서 또 하여튼간 여산을 찾어오는 거여. 그래서 오다 오다 보니까 저 앞에서 상여 하나가 떴는디, 아 금방 보니까 아주 참 빈한허게 살겠더라 이거여. 그 뒤 상주라고야 더 딜머리진 노총각 하나뿐이고 말이여. 그 상여가 딱 사거리서 쉬었는디, 그 인자 지리 공부헌 사람이 저 무조껀 가서 인사를 허고 상주더러,

"상주 잠껀 내 말을 들을라냐고 말이여."

"그 왜 그러냐?"

"여다 묘를 쓰라구 말이여. 지금."

"그 왜 그러냐?"

"내 말을 듣고 한번, 내 말을 들을라믄 여다 묘를 쓰라구. 사시가 다가 되어간게 묘를 써라."

그러더랴. 그래 막 부랴부랴 거기다 놓고, 이 내관은 파지 않고 관만 놓고서 흙을 덮었어. 흙을 덮는 도중에 저 앞에서 어느 여자 하나가 와. 헐레벌떡 허니 막 뛰어오드라 이거여. 그러더니,

"사람 좀 살려달라."

그러더랴. 뭐 상주더러,

"복을 벗으라."

그랬어, 빨리. 그래서 복을 벗겨서 상주 복을 벗겨서 여자를 입혔어.

"곡을 허라."

그랬어. 곡을 허고 있은게, 장정 칠 팔 명이 막 몽둥이 들고 쫓아오더라 이거여. 오더니,

"어떤 부인네 하나 여기 안 지나 가더냐구?"

말이여.

"아이, 간 지 한참, 한참 된다고. 뭐 이리 갔다고."

그러니까 금방 막 가더라 이거야. 이 여자가 과분디 돈이 많어. 돈이 많은데 그 동네사람들이 그 불량배들이 욕심을 내가지구 긍게, 하두 그렇게 돈보따리를 싸가지구 지금 도망오는 판이였어.

긍게 사시에 묘를 써서 오시에 벼락부자를 만드는 게, 긍게 이 사람이 그 덜머리 진 총각허구 혼인을 해서나 벼락부자가 됐다 이거여. 두 사람이 그렇게 장담을 해가면서 온 것이 여산을 왔더라 이거여. 여산을 와서, 여산 부사자 그 옥에 와서나 자 출처를 물었어.

"저 한 십여 년 전에 여기 옥사장으로 된 그 노인이 여 계시냐고 말이여."

긍게 그 사람이 그 사형수 둘을 탈옥이 돼 가주구서나 바로 응? 그 만뒀다고 말이여. 이게 즉 말허자믄 그냥 방면, 뭐야 사또가 그냥 그냥 뭐라 해버린 것이지. 즉 말허자믄 그것더러 뭐라 기여? [청중 : 방면이라고 허지.] 방면이 아니라, [청중 : 파면?] 하 그냥 에, 그래버렸어.

"아이 그러냐고. 그러면 그분이 사는 곳이 어딘지 혹시 아느냐고?"

그걸 물어서 물어서 여러 가지 물어보니까 북성이라 그러더라. 북성이란 디가 어디냐? 그런게 저 선녀봉 있는 데 저 선녀봉 밑이가 북성이라는 데라고 말이여.

"그리 가라."

그랬어. 이 사람들이 물어 물어서 찾어온 것이 그 북성을 찾어왔는데, 찾고 본게 이 노인이 죽었더라 이거여. 죽고 아들만 살었더라 이거여. 그래서 아들네 집은 보니 아주 형편없이 가난혀. 어따 참 궁둥이 하나 붙일 디가 없어. 그래서,

"이 양반이 돌아가셨으니까, 우리 은공은 묏자리 하나 봐주고 가는 게 은공이라."

그말이여.

"묏자리 하나 봐주야겠다고."

그래서 선녀봉 밑이다 묏자리를 잡어서 묏자리 내관을 파놓고 뭐야저, 보리때로 엮은 달자리 있죠? 보리때로, 방석. 그걸 딱 덮었더랴. 덮고서 상주더러 그랬어.

"여그가 무슨 소리가 나든지 간에 떠들어보지 말어라. 시간이 되면 올테니까, 우리는 저 밑이 가 주막거리 가 막걸리 한 잔 하고 온다." 고 말이여. 이 상주가 원체 가난헌게 술 한 잔도 지관을 못 사줄 형편이 됐던 모양이여. 인제,

"절대 떠들어보지 말라고."

허고서나 이 사람이 갔어. 인자 술 먹으러. 상주가 가만히 있으니까 참 궁금허단 말이여. 아 떠들어보지 말라 했는데, 이게 대한민국 사람 성질이 그리요? 허지 말라 허믄 기여 궁금해서 기여 보구 싶어.

아 쪼금 있으니까 막,

"딸그랑 딸그랑"

소리가 나서 별 소리가 다 나는디, 지금 궁금허다 이거여.

'어, 한번 보구 싶구.'

인제 그걸 살짝 떠들어 봤어. 떠들어 본게 동자 둘이 칼싸움이 벌어졌는데, 이걸 떠들어 보니까, 하나가 그 위를 쳐다보다가 칼로 맞아버렸다 이거여. 얼른 덮었어. 이 사람들이, 이 지관 둘이 술을 먹구서나 거기를 참 왔어. 와서 무슨 소리가 안 나드냐 그런게, 안 나드라 그랬어.

"그 이상허다고. 날 틴디 날 틴디."

그러더라 이거여. 그 안 나드라고 시치밀 뗐어.

"그럼 이 묘자리가 잘못 됐다고 말이여, 안 나믄. 다른 디로 해야 헌다고."

그러니까 그때사 이 상주가,

"아, 났습니다."

그래서 그런 얘길 했어.

"아 베렸다.[청중 : 베렸지.] 참 베렸다. 그러나 여기서 이만헌 자리를 찾을 디가 없다."

그러니 여기다 뫼를 써야지. 그러면서 거다 그 참 그 은인인 그 양반의 묘를 썼어. 묻어놓고 허는 말이 그랬어, 이 상주보고.

"여기에 틀림없이 장사가 나오고 역적이 난다. 이 그것을 미리 알고 들어가야지 이걸 몰르믄 삼족이 멸한다. 그러니까 절대로 욕심을 부리지 말고 친구를 잘 사귀어야 한다. 이것이 당신이 당신 후대 아들끼다가 응, 참 유전적으로 내려줘라."

그랬어. 그러더니 이 사람들은 갔어. 그 은혜를, 한 군데 잡어 묘를 하날 써주고. 그 사람이 참 그해부터 태기가 있어서 난 것이, 참 만고 역적 뭐야 김자점씨라 뭐 김자겸이라 그러대. 김자겸. 인조 때 저 영의정이 아니고. 근디 그 사람에 가서 그 사람은 그래. 힘두 좋고 아 돈도 똘또락 이왁 들어서 참 부자가 됐어.

그래서 서울로 올라갔는데, 그 사람이 역적이 돼버렸잖어, 김자겸이가.

그래서 김자겸 역적이어서 국사가 와서 급기야 할아버지 묘를 보니까, 왕이지지라 이거여. 너무 좋다 이거여. 그래서 거기를 깡으루 쳐버렸어요. 그 즈 할아버지 묘자리를.

지금 현재 거기 밑이 절 절을 짓구 그 밑이서 지금 물이 나는데, 거기서 저 선녀봉이 그 물탕이라고 여기 사람들이 무슨 부스럼이 있다든지 뭐 허믄 가서 목욕을 허믄 낫어. 그래서 지금도 그 탕에서 지금 목욕을 허거든. 그런 전설이 있어요.

[조사자 : 아까 말씀하실 때 '바로 선 범아구지'란 말이 무슨 말이에요?] 예? 범아구지 손 여기. 손 여기가 범아구지. [조사자 : 사관 놓는 자리. '깡으로 쳐버렸다'는 건 뭐예요?] 아, 깡이라 지금으로 남포를 쳤다는 얘기죠. 폭약으로. [청중 : 폭약으로 떠버렸어. 그 자리를.]

지금 그 무슨, 근디 그 옆에다 묘를 썼는디 강씨네가 썼다드만. 근디 그 샘에서 막 그 물탕에서 참 물을 찌끼리고 물이 많이 나온게 이장을 허야겠다고 강씨네가 이장 허러 묘를 파니까, 막 관속에 물이 막 철렁 들었드랴.

그래서 이렇게 건질라고 송장을, 관을 건질라고 허니까, 탁 허니 그 잉어를 건드렸다 이거여. 그 잉어 왼쪽 눈을 쑤셨댜, 손가락으로. 잉어를 잡다가, 아니 손을 넣다가. 그래 기냥 묻었는데 그 대대로 글쎄나 하나쓱 알찌기가 나온다 허대. 좌측 알찌기가. 그래 그런 전설도 있어요.

제보자 : 남판우(남, 65세. 익산시 망성면 거주. 2001. 2.7 채록)

⑥⓪
저승 다녀온 사람

*핵심어 : 죽어 저승 다녀오기, 저승 구경, 열두 대문, 강아지의 인도

우리 동네에요 이런 분이 있었어요. 에 막 한 이십 한 칠, 팔 세에 죽었다가 저승에 갔다 오셨다구. 그분 인자 돌아가셨구만서두. 인자 여기 이 형님이나 저 형님들은 알죠. 우리 같이 일을 했으니까.

그런데 그 양반이 약혼을 시킨 뒤에 아주 가난했었어. 근데 죽어 가주구서나 삼일만에 깨났는데, 삼일 됐다 허대. 일곱 번을 죽었다 깨났대요.

근데 이분이 처음에는 이렇게 어떤 놈이 오더니 인제 저승이 있나 없나는 모르지만은, 막 육모 방맹이를 들고, 막,

"상규야 일어나."

뭐뭐 거기서 막 탁 쎄리더랴. 뭐 '일어나라고' 말이여. 그래서 벌떡 일어나서, 그 사람들 따라가는디, 하나는 모가지다가 끈을 걸어서 잡아댕기구 뒤서 막 밀구 그러더래요.

그래서 따라서 간 곳이 이쪽 연산자리 혀서 지게다리를 거쳐서나 거기 공동묘지를, 이 공동묘지 보믄 있어요. 그 곳을 이렇게 넘어가는

데 막 넘어 거기를 따라 간게는 노인 한 분이 그러더랴. 그 저승사자 보고.

"응? 잡어오라는 상규는 안 잡어오고 어만 상규를 잡어왔다구 말이 여."

그러면서 호통을 치드라 이거요. 그래서,

"너는 기왕 왔으니까 저승 구경이나 하고 가라."

그러더래요. 그래서나 이 양반이 참 구경을 허는디, 우리 여기 산리 산 사는 거허고 똑같더래. 한쪽에서 논을 쟁기질 허고 논을 가는디 산 리서 쟁기질 허고 논 가는 사람은 틀림없이 저승 가서도 논을 갈더라.

이 양반이 그 얘기여. 장사헌 사람은 저승 가서도 장사를 허고, 꽃을 가꾼 사람은 꽃을 가꾸더라. 그럼서나 참, 참 과연 열두 대문이라더니, 열두 대문을 다 열구 들어가보니까 좋은 디도 있고 나쁜 디도 있고, 참 저승이라는 디 있구, 과연 천국이라는 디 있구, 여러 극락 세계라구도 허구 그러드래요. 거기를 싹 구경허구서나 그러드래요.

"너, 이 강아지 따라서 얼른 가라구."

그래서 그 양반이 그 강아지를 따라서 오는디, 똘이 있어요. 거기를 팔딱 강아지가 뛰걸래 딱 뛴다고 뛴 것이, 그냥 팍 엎어져 가서 깬 것이 방이라요.

그랬는데 일어나보니까 삥 둘러 앉어서나 다들 울고 있더라 이거요, 식구들이. 근디 어떻게 된 거냐니께 너 일곱 번 죽었다 깨났다 그러더래요. 그럼서 니 천명, 거기서 저 죽었을 때 저승에서 저 니 천명은 일흔 네 살이라 그러더래요.

"그래서 내가 일흔 네 살까지 살으믄 틀림없이 저승 있다."

그랬어. 그 양반이. 그 일 허믄서 꼭 허니 쉴 자리믄 그 말씀을 꼭 허셨거든. 근디 그 양반이 일흔 다섯인가 죽었어. 그 양반이 죽고나서부턴 닭 모가지 한번 안 비틀은 양반이여. 닭 한 마리 안 안 죽였어. 그 양반 지금 돌아가셨구만서두, 그래서 그 양반 말 들으믄,

"그 내가 저승에 꼭 갔다오기는 갔다왔는데, 내가 일흔 네 살 먹어야 저승 있다고 허는디."

일흔 다섯에 죽었은게, 그 양반 일흔 다섯에 죽었어요.

제보자 : 남판우(남, 65세. 익산시 망성면 거주. 2001. 2.7 채록)

착한 네 부자(父子)가 신령의 도움으로 지관 노릇하기

✽핵심어 : 착한 삼형제, 총각 대접해 주고 지관 노릇해 잘 살기, 눈 멀게 해 목숨 보존

아들 삼형제 데리구선 한 분이 사는데 아주 참 가난하게 살구. 이래 가지구 때 끓일 게 없으니까. 다 이제 누워서 아주 그냥 의식을 잃을 정도로 이래 가지구 그 아버지자 아들 삼형제를 데리고 얘기하기를,

"굶어죽을 정도니까 이젠 우리 어디나 가서 남의 거라도 갖다가 먹자."

그 이제 지금처럼 이렇게 가을이 돼선 벼가 누런데, 아들 삼형제를 데리고 나갔어. 나가 가지구 큰아들보구선,

"너 이 벼 좀 베라."

이거야. 낫을 들구선 벼 벨려구 하니깐, 남의 건 양심적으로 비지 못하겠단 말이여. 인제 그 둘째아들을 시키니깐 둘째아들도 또 못 빈다. 그래 셋째아들, 끝엣 놈 비라고 했더니,

"아부지, 나도 못 비어요."

그래 이제 비지도 못하고 돌아왔어요. 돌아와서 자고 있는데, 참 어떤 총각이 밖에 와서 주인을 찾거든? 그 이튿날에 와 가주고.

"여기서 좀 자구 가자구."

그 이제 몇 살 되지 않은 총각이 그러드래요.

"우리도 지금 먹을 게 없어서 이렇게 먹지를 못하고, 몸이 이렇게 굶고 그러는데, 어떻게 손님을 대하느냐?"

하니, 그러니까, 이제 이 총각이 하는 얘기가,

"내가 여기 쌀을 조금 가져온 게 있는데, 이걸 끓여서 가지고 들어오라구."

그래 가지고 이제 그걸 끓여먹구 그래 자는데, 그 총각이 자구서, 인제 그 이튿날 하는 얘기가,

"아저씨, 그러지 말구 이 뒤에 산제당이라는 거."

음 산제당이 이제 동네마다 있거든? 여기도 이 동네도 여기 뒤에 여기 있고, 여기에 서낭당이 있고.

"그 앞에 올라가면 돌이 하나 있는데, 그 돌을 집어보믄, 거기 뭐가 있으니깐 그 돌을 가서 일으켜 보라구."

그래 인제 시키는 대로 올라가서 돌을 일으켜보니깐 거 뭐 돈, 돈이 옛날에 엽전, 그 땅에 돈이 있더래요. 그래서 인제 그걸 가져 내려와 가지구 그렇고 인제 이분은 그렇게만 시켜두고 갔지.

가니깐 이걸 갖다가 쌀을 사 먹어야 되나? 그 뒤로 그 사람 얘기대로 그 사람들은 주인을 찾아줘야 되지? 그렇게 인제 망설이다가 하는 수 없이, 주인도 나타나지 않고 이러니깐, 쌀로 사서 인제 밥을 인제 형제들 아들네랑 해서, 인제 먹구 지내는데, 그걸 먹구 또 얼마 있었는데, 그 다음에 다 떨어지고 하니깐 또 죽을 지경이거든?

그랬는데, 거 총각이 또 나타났어. 와 가지구,

"아저씨, 그러지 말구 나랑 장사를 가자."

는 거유.

"장사는 뭐 내가 아무 것도 배운 것도 없구 이런데 어떻게 장사를
가냐?"

허구.

"어여 가자."

"그냥 나 하는 대로 이제 가자구."

또 인제 그러니깐, 그 사람 하자는 대로 하자니깐,

"그럼 그러자구."

그래 인제 데리고서는 갔어요. 가다 보니깐 질(길)에 어디메 한 군
데 가다 보니깐. 그 이게 옛날에 대철이라구, 지남철. 거 대철 들은 주
머니 하나가 떨어졌어. 그래서 인제 그거를 총각이,

"아저씨, 그걸 집으시라고."

그려.

"아, 남의 걸 뭐할라고 그려?"

"어여 집구선 허리에 차라구."

여기 주머니에 차라구 그래. 이제 그걸 차구서 길을 가는데, 어딜
가다 보니까, 초상이 나 가지구, 사람이 죽어가지구 뭐 막 울며 그러
면서,

"인제 산에 산자리를 보러 간다."

그러는 거여요. 묘 자리 보러. 그래 이 총각이, 이제 이 양반을 데리
구서는 그 초상난 집에 찾아 들어갔어 들어가 가지구.

"아 우리 선생님이, 우리 선생님이 아주 산을 잘 보구 그러는데 좀
볼 수 없겠느냐고?"

그러니까, 그 주인이,

"아, 그럼 들어오시오."

그래가지고 인제 봐 줘 가지고, 그 이튿날 인제 산에를 가는데, 그게 그니깐 거짓말이지. 그걸 말을 하나? 그 주인이 말을 하나? 말을 태워가지고 이제 산을 가는 거예요. 산을 가는데,

'야 이거는 간다니?'

아무 것도 모르거든? 모르는데, 이 총각이 이 양반 불러가지고,

"여기 아무개로 올라가면 요렇게 나무대기로 이렇게 그을 그어 놓았다."

는 거예요. 묘자리를. 어 이렇게 그어 놓았는데, 올라가다 보구선, 그냥 무조건.

"여기가 아주 명당자리라고, 여기다만 쓰면 뭐 된다고 하라."

고. 그러면서 이제 올라가다,

"여기 말 좀 세우라고."

그래 말에서 내려 가지고 올라가보니, 이렇게 그어 놓았거든? 아련히 그어 놓았어. 그래 이분이 올라가서, 작대기로다가 그어 놓은 데를 북북 이렇게 자기가 또 그리면서,

"아 여기다. 여기다 쓰면 아주 참 명당이라고."

그래 그니깐, 풍수, 여기 산자리 보는 사람들도 몇 사람 와 있고 그랬는데, 이 사람들도 며칠 댕기면서 봤는데 그 자리를 몰랐어. 그래 와서 보니깐, 여러 사람들 와서 보니까, 진짜 그거 아주 명당자린 거야. 그런 자리를 자기네들도 댕겨봤는데 몰랐어. 이제 참 훌륭한 선생이거던?

그 이제 그렇게 본대로 와 가지고, 장례를 며칟날 하라고 해야 하는데 이제 뭐 알아야지 장례날을 받지. 음, 장례날을 그래가지고, 이제

묘 쓰는 법도 몇 시에 쓰라고 했는데, 뭘 알아야지. 이 양반이 이제 방을 하나, 인제 이렇게 인제 혼자 인제 자게 했는데, 인제 이 총각은 그렇게만 해주고 나타나지 않구, 정 사라지고, 이제 이 사람 혼자만 방에 앉아 있는거야. 저녁에 그렇게 고심을 하고 앉았지.

고심을 허구 앉았는데, 밤이 좀 늦으니까 총각이 또 나타났던 거야. 나타나가지구,

"장례를 아무 날 몇 시에 하게 하라구."

그래. 이 덮어놓구 여느 지란 선생들이 묻거든? 책보구,

"무슨 어떻게 방향이 어쩌구."

그래두 그저 난 그저 책 보나마나 이렇게 하니깐,

"뭐 묻지 말라구 하라구."

그 참 그 사람 말마따나 아무 것도 모르니까, 그저 말로만 그저 시키주는 대로,

"그때 며칠 날 뭐 인제 그 묘를 쓰라구."

그 여느 사람들도 보니깐 그날이 아주 진짜 날이거든? 그 인제 아무 것도 모르는 사람이니까, 책도 안보구 그러는 사람이니까, 아주 명인이지. 그 사람이 뭐 여느 사람 볼 때 그 묘를 썼어요.

묘를 쓰구서는 그 주인집에서 가지 못하게 하는 거야.

"우리 집에서 대접할 거니깐 우리가 대접하는 대로."

아, 그래 이 양반은 거기서 잘 먹구 잘 지내는데, 아들네 삼형제는 다 굶어 죽었을 것 같애. 맘속에 그래서 저 아들네 땜에 한날 저 근심을 하구. 이래 사는데 그래 가지구 거기서 한 일년 정도 살았어요. 그 집에서.

살다가 그 다음엔 가겠다고 자꾸 졸르고 얘길 했나 봐요.

"가겠다구."

그래서 인제 간다구 하니까, 그 집에서 참 말 하나에다가 돈, 먹을 거 해서 실려 가지구, 거 고향으로 인제 보냈어. 게 가서 이렇게 이제 저 말 내려서 자기 살던 그 집을 그냥 풀이 나서 저 쑥대고 하니까, 그냥 건너가 보니깐, 아 집을 짓구 뭐 이래 뚝닥뚝닥 집을 아주 멋있는 집을 짓고 있거든?

그래서 이 사람이 자기 살던 집을 가보니깐, 뭐 전부가 다 쑥대가 돼 가지구, 그냥 집이 비었구 이래 하는데, 거 집 짓는 데를 찾아가 봐야 이제 아들네 소식을 듣겠거든? 그래서 거길 찾아가니깐, 아들 삼형제가 아 쫓아 나오면서,

"아버님이 돈 보내주시구 이런 집을 짓고, 우리가 이렇게 산다." 구 그래. 이제 집에서 짓고 이래 잘 살거든요.

잘 사는데, 그런 명의 선생이라니깐 가끔 이제 찾아오거든. 소문 나 가지구.

"우리 어디 자릴 써야하는데 좀 봐 달라구." 그래 이 양반은 아무 것도 모르는데 오라 그러는데, 이거 안갈 수도 없고 이렇거든요. 그래서 뭐 몸이 아파서 이제 못 간다구 하믄서 핑곌대고 몇 번 그랬어.

그랬는데 이 총각이 그때 또 나타난 거야. 나타나 가지구 와선, 아 이 그렇게 나타났으니깐,

"이거 뭐라 내 죽겠다. 이래 이거 누가 봐달라 그러는데, 이거 아무 것도 모르고, 가지 못하고, 이래 가믄 저 사람들이 고의적으로 안 온다고 나를 해꼬장할테니까, 나 이제 큰일났다구."

그러니깐, 이 총각이,

"그러실 거라구."

이러믄서,

"돌아앉으라고."

그래 놓구선, 이 뒤에다가 여그다가 침을 한 대 주거든요. 침을 한 대 주니깐 아들네가 보니깐, 침을 줬는데, 눈이 허옇게 잘못되었어. 이 눈이. 근데 본인은 그냥 그렇거든. 아들네가 아버지를 보고,

"아이, 아버지, 눈 망가졌다구, 저 큰났다구."

이제 아들네가 막 아우성을 하고 그러는데, 본인은,

"야, 나 괜찮다. 야. 아무치도 않다. 괜찮다. 뭐 다 보인다. 뭐 아무치도 않다."

그러구 인제 이 총각은 또 사라져 갔어. 갔는데 그 다음에 여느 사람이 와 가지구,

"그 뭐야, 우리 어디 산자리 좀 볼 데가 있는데 좀 봐 달라구."

"아이 손님네, 보시라구. 보다시피 이젠 나 눈이 이렇게 돼 가지구 이제 암 것도 나 눈이 이래서 암 것도 못 본다구. 그래서 뭐 갈 수도 없고."

이랬는데(웃음). 거 이제 타인이 볼 때 눈이 참 그러니깐 할 말도 못 허구 돌아갔어요. 돌아갔는데 이 총각이 뭐냐 하면은 바로 산 지당 신이야! 신이 보니깐 거 아들 삼형제 아부지 4부자가 맘이 그렇게 착하구 그런 사람들이 없어. 그렇게 죽을, 굶어 죽을 정도를 해두 남의 거를 가서 해꼬장 안 허구 이래 하니깐 그러니깐 신령신 도와줘 가지구 그렇게 살았다구 그러더라구.

제보자 : 김수복(남, 69세. 강원도 인제군 기린면 거주. 1999.8.13~8.15 채록)

62

첫날밤 신랑의 목 잘라간 범인 찾은 아내

＊핵심어 : 첫날밤 신랑의 목 잘라가기, 며느리가 범인 찾아내기

지금 진사 옛날 진사면은 과거에 급제해야 돼요. 뭐 도지사쯤 되나? 그렇지는 않고 벼슬은 아니고요, 자격증 같은 거죠.

진사 벼슬을 가지고 사는데. 인제 아들 하나 낳고 본마누라. 저 인제 제 처인데 또 부인은 하나 얻어 가지구 사는데 살다 아들을 또 하나을 낳고 그래 가지구 전 처 그 아들하고 같이 인제 살구 있는데. 그 이제 나이가 인제 꽤 많아가지구. 먼저 큰아들 그니까 인제 먼저 전처 아들 결혼식을 시키는데, 결혼식날 지금은 참 뭐 예식을 하구 그러는데 옛날에는 인제 구식으로. 나두 인제 구식으로 인제 뭐 갓 쓰고. 나도 열여섯 살에 장가를 갔는데(웃음).

옛날엔 그랬거든. 그래 가지구, 인제 처갓집에 가서 뭐 결혼식하면 처갓집에 가 자요. 자구선 인제 아침에 그니간 예식까지는 뭐 신랑 각시 맞절하는 식으로 교배식 하고 방 쓰고, 처갓집에 마누라 집에 가서 인제 첨 저걸 하구선 인제 돌아오거든요. 나두 그렇게 했는데 옛날엔 그렇게 처갓집에서 하구 처갓집에서 한 삼 개월이나 살구 인제 돌아

와요. 옛날엔 그랬어. 그랬는데 결혼식 날짜에 첫날 적에 자는데 밤에 사고가 나 신랑자리 목을 잘라갔어!

누가 잘라갔는지 모르지. 결혼식 날 전에 목을 잘라가니 그 담엔 뭐 결혼식이구 뭐이구 인자 막 난리가 나구 지금 같으면 수사하고 그랬지만 옛날에는 뭐 그래도 그냥 아마 뭐 쉬쉬하고 했던 모양이예요. 그런데 신랑 모시고 갔던 사람들도 인제 다 돌아오구 이래 했는데, 그 진사라는 분이, 그 아들이 인제 처갓집에 가 결혼식 날 가서 그래 목이 잘려서 그 인제 시체로 돌아왔으니, 아무 생각도 없고 그냥 진사고 뭐고 댕기면서 방탕생활 하면서 그냥 장기나 띄우고, 이제 이렇게 세월을 보냈는데.

또 이제 그 여자 색시. 색시가 가만히 생각하니까, 자기가 그 그러니까 신랑을 자기가 죽인 걸루 누명을 쓰고 있었거든? 딴 남자를 이렇게 해 가지구. 그러니까 누명을 쓰고 있었으니 그 누명을 벗을라니까, 이 여자가 어떻게 뭐 할 길이 없어. 그래 가지구 이 여자가 지금, 지금은 뭐 그런 게 없는데, 옛날엔 보따리 장사 그니깐 그 무슨 바늘, 머리 빗는 참빗 무슨 가세 뭐 이런 걸 사가지구 이제 보따리 장사를 나섰어요.

이 여자가 보따리 장사를 나가 가지구선 댕기는데 한 군데 어디 가다 보니깐 두 노인이 살구 있어. 그래서 그 집을 찾아가지구선,

"나는 뭐 어매, 아배도 없구 뭐 아무 것 없는 사람인데 이 댁에서 두 노인을 어무이 아부지로 모시고 같이 살면서 내가 이 보따리 장사를 다니는데 이것두 좀 팔면 되겠다구."

그러니깐 이 양반들도 두 노인이 살고 적적허구 그러니깐,

"그럼 그럴려면 그래라."

그래 인제 수양딸 삼아 거기서 살면서 댕기면서 보따리. 그걸 팔고 집집마다 댕기면서, 그니깐 예를 들어 뭐 인제 그때 결혼식 때 뭐 그 죽인 그 저기 범인을 잡으려고 그럴려고 댕기는 거야 거 댕기는데 시골집에 두 노인네 사는 것두 그러니까,

"어머니 아버지하고 그러니까, 옛날부터 여기서 살았느냐, 어디서 이사왔느냐?"

이런 거를 묻고 하니깐,

"뭐 옛날에는 안 살구 중도에 어디서 왔는데, 어디서 그냥 왔다구 하구."

그래해서 거기서 인제 기술해 줬어. 단서를 물었어. 물어가지구 이 여자가 뭐야 가끔 유심히 보면서, 저녁에도 두 노인은 자는데, 자지 않고 인제 할 일 없는 것도 만들어서, 인제 밤새는 것처럼. 옷 떨어진 거 꼬매고 그런 거 맨날 그렇게 하구선 세월을 보냈는데, 하루 저녁에는 이제 밤이 야심했는데, 두 노인이 자면서는 잠꼬대를 하는데,

"하이구!"

이래 놀래면서,

"허이구 끔찍해!"

이러면서, 영감이 그러는 거야. 그래서,

'그것이 무슨 곡절이 있는 건데 좀 알아봐야 되겠다.'

그래가지고 아침에 자고 난 다음에,

"아버님. 엊저녁에 뭐 꿈을 꾸신 것 같은데 그 무슨 꿈을 꾸셨냐?"고 하니깐,

"아무 것도 아니다."

이래. 그래서 이 여자가 칼날 품에 가지고 있던 이 단도 칼을 지고

댕기니까, 그래서 그걸 꺼내 가지고 놓구선,

"엊저녁 그 꿈을 꾼 거 바른대로 말 안 하면은 아버질 죽이고 나 죽겠다."

거 그렇게 강하게 나가니깐 그 아버지가 그러는 거야.

"그런 게 아니고. 그 전에 몇 해 전에 노비로 일을 하다가 그 사이에 잘랐다."

그런 거야.

"근데 어떻게 잘랐느냐?"

하니깐, 그 집에서 노비 종을 살았다고. 두 노인이 거기서 노비를 살면서 있었는데, 그 집에 그 진사 후실로 들어온 마누라가 시켰어. 아그니까 인자 큰마누라 아들이 장가 들어가지구 장사하고 그러면 모든 살림이 모두 전부. 주권이 글루 가니깐 인제 큰애를 죽여야만 자기 아들이 인제 모든 주권행세를 할 것 같으니 이제 노인을 시켜가지구 죽였어.

"그래서 목을 잘랐으면 어떻게 했느냐?"

"이렇게 목을 잘라가지고 집에 들려보냈는데, 아마 그 집 다락 위에 무슨 단지가 그 속에 있을 것이다. 그 속에 머리가 있을 것이다."

그래서 인제 이 여자가, 그 밤에 그 얘기를 듣고서는 그냥 다 보따리 장사고 뭐고 걸어 치워 불고 찾아온 모양이에요. 찾아와서 멀리 봐보니깐 진사란 분이 말을 안하고 기우뚱 기우뚱하고 있는 거라.

가서 아버님하고 인사를 하니깐,

"니가 누구냐?"

"네. 아버지. 그때 그 사람이라구."

"너허구 같은 사람 보기 싫다구."

대면두 안 하거든? 며느린데도 그 누명을 썼으니까. 그럼! 대면두
안 허구 그냥 돌아서 들어가려는데,

"아버님. 그런 게 아니구, 내가 이러이러한 일이 있는데 말씀드리겠
다구."

그러고 아버님한테 낱낱이 다 고했어.

"내가 그래서 보따리 장사를 나가가지구 이러이러 했다구."

그러구 나서 애기를 해서 인제 다락 꼭대기에 올라가 보니까, 진짜
단지에다가 종이로 싸여서 말라 있는 거야. 그래서 이 노인이 진사라
는 분이 통째로 내가지구선 부인 앞에다 갖다 놓구,

"이게 어떻게 된 일이냐?"

그게 말 못하지 여자가.

"음 계모 너같은 거는 이 세상에서 살 수 없다."

그래서 인제 거 나중 난 아들, 부인 작은마누라 두 놈을 꽁꽁 묶어
서 저렇게 나뭇가지처럼 저렇게 나무를 쌓아놓고, 그 위에다 둘을 앉
혀 놓고 불을 질러 가지고는 태워 버리고, 그 진사라는 분은 뭐 금강
산에 어디 가서 공부한다고 금강산으로 갔대. 금강산에서 지금도 공
부하고 있을 거야.(웃음)

제보자 : 김수복(남, 69세. 강원도 인제군 기린면 거주. 1999.8.13~8.15 채록)

63

친구의 배신 받고, 호랑이 말 엿들어 잘된 사람

＊핵심어 : 세 친구, 두 친구의 배신, 호랑이 말 엿들어 우물 자리 알려주고 잘되기

옛날에 세 친구가 살았는데, 그니깐 한 이십 살 전인가 왜 고등학생 정도 됐나봐. 그래 세 친구가 사는데, 아 뭐 어디 놀러 가도 같이 댕기구 계속 인제 세 친구가 댕겼는데, 한 친구는 돈이 많고 두 친구는 돈이 없어.

그러니까 돈 없는 두 친구가 돈 있는 친구 보구선,

"야. 너희 집에 돈이 많으니깐 그 돈을 어떻게 빼 가지구 우리 서이서 어디 좀 놀러 가자."

인제 두 친구가 꼬시니까 이 친구가,

"그럼 그러자. 그거 뭐 돈 있는 거 내가 뭐 빼내 끄집어 올테니깐 가자."

그래 가지구 부모님 몰래 그 친구가 돈을 빼내 가지고 친구가 가는데, 두 친구가 가면 어디 좀 시내 같은 데. 이런 데 가야 되는데, 산속으로 데리고 가. 두 친구가 이상하네. 산 속으로. 그러니까 돈 있는 친구는, 두 친구가 글루 가자니깐 둘이 가자니깐 혼자 안 갈 순 없구. 산

속으로 꽤 많이 멀리 들어가 가지구, 이 두 친구가 돈 있는 친구를 나무에다가 이제 꽁꽁 묶구, 묶구선 그 돈을 다 뒤져서 돈을 막 뺏어 가지구 나무에다, 나무에다 그 친구 하나를 묶어놓고 두 친구가 인제 돈을 노나 가지고 왔어요. 그런데 이 산에 나무에 묶인 친구는 죽게 생겼잖아.

그래 산에서 이 사람이,

"사람 좀 살려 달라."

구 자꾸 고함을 치고 그러니까 산에. 아까도 얘기했지만, 산삼도 캐고 약두 캐고 이러는 사람들이 많이 다닌다구. 산에, 참, 약 캐러 가는 사람들이 들어보니깐 어디서,

"사람 살려 달라"

구 자꾸 고함 소리가 나. 그래서 이제 그 소릴 듣고는 찾아 가보니깐 나무에다가 사람을 묶어. 꽁꽁 묶어놓구. 그래서 인제 그 사람을 풀어줬어요. 풀어줬는데 이 사람이 풀리고 나서 생각을 해보니 집에 가면 어른들한테 야단을 맞겠지. 또, 또 이 친구 놈들 만나두 그렇고.

'에잇 이왕 이렇게 나왔으니깐 아주 나 혼자 가야겠다.'

이 사람이 그냥 그지없이 그냥 산이고 뭐고 가는 거죠. 어디 한 군데 인제 가다 보니깐, 어두웠는데 밤에 한 군데 보니깐 불이 보이는 데가 있어. 그래 그 불을 찾아가니깐. 아주 이런 기와집이야. 기와집인데 들어가니깐 집에 아무도 없고 비어있어. 빈집이야. 그니깐 어디 갈 데두 없구 밤도 어둡고 하니깐 할 수 없으니깐 빈집이래두 자구 가야 된다구. 그 집에 들어앉았어.

들어앉아 있은 지 꽤 오래. 아마 열 두 시 넘어서. 두 시쯤 됐나봐. 밖에서 쿵쿵 소리가 나니 이래더니만. 그런데 이 참 호랑이 식구들이

야. 호랑이 식구들. 이 사람이 뭐 그냥 갑작스레 들어오니까 호랑이에게 물려 죽겠거든. 그래서 이렇게 이 방 어디 이렇게 보니깐, 뭐야, 옆에 어디 이렇게 조그만 창문이 하나 있구, 이랬는데 쬐끄만 방이 하나 있어.

인제 거기 들어가서 앉아있지. 근데 뭐 그러니깐 보진 못하고 말로만 인제 호랑이들이 와서 쭉 방에 들어 앉아가지고 제일 나이 많은 호랑이가 하는 얘기가,

"오늘은 니들이 사냥을 잘해서 아주 오늘 배불리 잘 먹고 아주 음기분이 좋다."

이래면서,

"내가 옛날 얘기를 한마디 할테니 느들 들어라!"

그 인제 기분두 이제 배 불르구, 나이 많은 호랑이가 옛날 얘기를 하겠다고 그래, 얘길하거든? 인제 쪼그만 호랑이들은

"예, 예, 하세요. 하세요."

그래. 그래 인제 얘기를 하는데,

"이 고개 넘어가믄 그 마을이 있잖니?"

쬐끄만 호랑이들은,

"예."

그래.

"고 마을에 그 딸 일곱 가진 집이 있잖니?"

"예, 있지요."

"그 집에 물이 없어 가지고 거 딸네가 물을 아주 먼데서 여다 먹느라고 고생을 하잖니?"

"그렇지요."

"고집에 고 마당 앞에 그 큰나무가 있는데, 그 나무 뿌래기만 뽑으면, 거기 물이 아주 태산처럼 나올텐데, 그걸 몰르구 딸네를 그렇게 고생을 해잖니?"

"예. 그렇지요."

새끼 호랑이들은,

"예. 그렇지요."

이 사람은 지금 거기서 그것만 듣는기야.

"그리구 또 고갤 넘어가믄 집이 또 한 채 있잖니?"

"그렇지유."

"그 집은 거, 보물이, 마당 앞에 보물이 있어. 마당 그 저렇게 어딜 파믄 보물단지가 있는데, 그 집이 그걸 몰라 가지고 그 집이 또 못살 잖니. 그것만 캐면 그 집도 아주 큰 부잔데."

그러면서 그렇게 얘길 하다가 날이 훤히 새니까,

"인자 또 사냥간다."

그러고선 호랑이들이 또 가거던? 이, 근데 이 사람은 가려서 두 얘길 들었거던? 그 우선 남아 가지구선 인제 그 호랑이가 얘기 한 대로,

'증말 이 호랭이가 그짓말을 하나 진짜 얘길했나?'

찾아가는 거야. 찾아가지구 산 넘어 고개를 넘어가지고 마을에 가보니깐, 진짜 한 집에 딸이 있는데, 아마 물이 꽤 멀리 있던가봐. 딸들이 모두 이렇게 물동일 이고 물 길러 가거던?

그래 가지구선 이 주인집에 어른을 찾아가지구선,

'뭐 이왕 인제 그렇게 나도 돼놨으니깐 집에두 못가고 그러니깐, 내가 곧이 들은 대로 얘기했다가 맞으면 다행이구 안 맞으면 그 까짓거 뭐 그 집에서 맞아죽더래두 그짓말이래두 한번 해보겠다.'

구. 노인을 찾아가지구 인제 그 애길 했어.

"아, 주인 영감님. 지금 이 앞에 나무 뿌리만 뽑으면 물이 저기서 태산같이 나올텐데 왜 이렇게 딸내들 고생시키고 이러느냐?"

참 뭐이 고등학생같이 젊은 사람이 와서 그런 얘길하니까, 가당치도 않고, 노인이 생각할 때는 뭐 미친소리 하는 거 같지. 근데 이 야단을 하면서,

"자네가 뭘 안다구 그런 소릴 하냐?"

구.

이 사람은 인제,

"나는 죽을 때가 됐으니까 그니까 이 뭐 아주 내기를 하자."

내기를 허자구.

"만약에 저걸 뽑아서 나오믄 여기 딸네 누구 하나를 달라."

이기야. 자기는,

"물 안 나오믄 내 목을. 아주 짤라라."

약속을 했어.

"그럼 그래보자." 그래 인제 사람들을 불러다가 큰 나무를 비구서는 뽑았지. 뽑으니깐 참 물이 그냥 펑펑 쏟아지는 거야. 호랭이가 얘기한 대로 맞거덩? 그 집에서 인제 장가를 들어 살았어. 물이 그렇게 나오니깐 지두 다행이지. 막내가 젤 예뻤거든. 결혼식을 하구 거기서 살다가 거 몇 해쯤 살았어.

살았는데, 거 산 넘어 어디 뭐 보물이 있다는 집이 거길 한번 좀 가봐야 되겠어. 그래 인제 거기서 몇 년 살다가 거기를 또 찾아가지구, 그 집엘 가보니깐, 그 집두 남루하게 아주 못 살고 있어.

그래서 찾아가지구 가서는 얘기를 하면서,

"여그 어디 보물이 하나 있는데 그걸 내가 캐드릴 테니까, 거기 뭐가 있는진 몰라두 있다."

그래 얘길 하니깐 그래고, 또, 그 사람. 소문 듣구 해니깐, 그 사람 얘기가 진실한 얘길 거 같구, 그래서 그 주인이,

"한번 파 보자."

그래 팠는데, 이런 쬐금만 단지에 금, 금이 들었어. 거 옛날 그 집이가 저, 잘 살았던 모냥이야. 그래서 이제 끄내가지고, 끄냈는데,

"한번 파보자."

그래. 팠는데, 이 쥔이,

"당신 복이니까 당신이 가져가라"

그래.

"내복이었으면 내가 알고 팠을 텐데. 내복이 아니고 당신 복이니깐 당신이 가져가라."

구. 그래서, 아마 그 주인을 얼매 주구선 가져왔어. 가져왔으니 뭐, 아주, 그냥 부자지. 그렇게 인자 산 쭉 살면서 인자. 아들 딸도 낳고 인저 살고 있는데. 인제. 나이가 좀 많고 하니까. 이런 대뜰에 진 장죽을 이렇게 앉어, 물구 앉어 담배를 피우고 앉었더라니까. 저기서 뭐 그지 둘이 들어와! 거지놈 둘이! 그 ,이렇게 보니까 그지 둘이 들어와 가지구서는 마당뜰에 있어. 와보니깐. 그때 나무에다 갖다 묶은 두 친구야.

거지가! 거지 둘이!(웃음) 그래서 인제,

"거 들어오라고. 들어오라고."

그래. 이거 참. 아주. 그 장죽을 물구, 이런 대감 같은 그런 사람이 들어오라 그래니깐, 혼을 낼라고 들어오라는 줄 알고, 겁나 가지고 이

친구들이 못 들어오구 있거던?

"아. 어서 들어오라구."

거 들여다 앉혀 놓구서는, 아주 진수성찬으루 밥을 해서 아주 훌륭하게 대접을 했거든?

"먹으라구들."

못 먹어. 이 사람들이. 겁이 나가지구.

"우리 같은 사람을 이렇게 해줄 리가 없는데 이렇게 해주니까."

모르지! 누군지두 몰르지, 그 사람덜은. 그래서,

"먹으라구 먹으라구."

권해가지구. 밥을 먹어. 게, 밥 먹은 담에,

"날 좀 자네들 날 좀 자세히 보게. 요번에는 좀 자세히 보게."

그래니까, 자세히 보니깐 그 나무에 묶었던 친구라구. 그래니 참 그게 죽으라고 묶어난 친구가 그렇게 부자루 잘 살구. 아들 딸 낳구 이렇게 살구 있으니, 우리 이 사람들은 거지가 둘이 밥 얻어 먹구 댕기는 그지가 돼.

그래서 인제 이, 사람이 자기가 인제 거기서 풀려나가지구 나오는 사실 얘기를 했어. 그 두 친구한테.

"아무. 저 어디 가서, 거 가다가 자더라니까 호랭이들이 와서, 그래서 인제 그 호랭이 얘기 한 대루 그대루 가서 실천을 했는데 이렇게, 지금 살구 있다."

그. 이 두 친구가 가만히 그 얘기를 들으니깐, 즈그루 한번 가서(웃음) 응. 즈구두 거기루 찾아가서 그러믄 저그둘 잘 살 수 있겠거덩? 그 인제 간다 그래서. 이 친구가 인제 참 돈두 주구 쌀두 몇 이 한말씩 이케 해서,

"가지구 가라구."

그래 이 이놈들이 인제 돈 받아가지구, 쌀 준 걸 짊어지구 거길 찾아간 거야. 거기 진짜 찾아가니까 진짜 있어. 아닌 게 아니라. 찾아가서 그 사람 얘기대루 골방에 고기 들어가서 가만히 있더라니깐 밤이. 뭐 인젠 날이 꼬박 새게 됐는데 호랭이 떼가 들어와 가지구 방에 가서 털썩 앉더니요, 나이 많은 호랭이가, "이놈, 오늘 뭐를 잘못해서 이게 배가 고파 죽겠다."

구.

"배가 고파 죽겠으니 여그 어제 먹다 남은 거 좀 있느냐?"(웃음)

아 그래더니 그 쬐그만 호랭이들이

"아, 인내가 나네요 인내가 나."

"어? 저 잘 찾아보라."

구. 아 이 찾는 걸 보구 둘이 이미 들어앉았거든? 그래서 이 두 놈 덜은 호랭이 밥이 돼서 없어지구. 그 혼자 친구는 잘 살구.

제보자 : 김수복(남, 69세. 강원도 인제군 기린면 거주. 1999.8.13~8.15 채록)

64

효자 흉내내다 꾸중듣기

＊핵심어 : 효자, 아버지 누울 자리에 미리 들어가 덥히기, 모방하다 혼난 불효자

어떤 친구가 하나 인제 이, 뭐 "효자 효자"하구 이러는데 그 집에 여느 사람들이,

"그 집 아들 효자야. 효자."

그래서 그 친구가,

"넌 아부지한테 어떻게 했길래 효자 효자 하니?"

"아, 난 뭐 별루 한 것두 없어. 아버님 어디 갔다 오시믄, 저녁에 늦게 들어오시믄 아부지 자릴 깔구선 거기 누웠다가 아버지가 오시면 여기 쉬라구 하구. 인제 겨울에 춥구할 때 이부자리 펴놓구는 그 속에 드러누웠다가 일어나믄 뜨뜻하다구 그러거덩? 그래 들어가 거 아부지가 들어가 자면 참 아주 뜨뜻한 게 좋거덩. 그래 효자 효자 그렇게 소문이 난기다."

그 친구가 인제 그 얘길 듣구선,

'나도 한번 가서 그렇게 해서 아부지한테 효자소릴 들어야지.'

가 가지구 아버지 침구를 깔구선 떡 누워 있더라니까, 아버지가 어

디갔다 오시거던? 아버지가,

"아이고 불효놈의 새끼. 이놈의 새끼 아버지 자릴 깔고 드러누웠다."

구.(웃음) 거, 막 걱정을 하구 야단을 하시거던?

그 효자라는 것도 맘대루 못허구, 이 효자라는 것도 부모가 그렇게 가르쳐야 효자가 되는 거지. 부모가 잘못하믄 효자가 되지도 않고.

제보자 : 김수복(남, 69세. 강원도 인제군 기린면 거주. 1999.8.13~8.15 채록)

해와 달을 밝은 이야기

*핵심어 : 독선생 총각, 잃은 수저 찾아주기, 쥐한테 얻은 활인 막대기로 공주 살리기

양반가의 돈 좀 있고 그런 사람들은 혼자 이 한문 선생. 선생을 두구 자녀들 공부 가르치구 많이 그랬거든. 그런데 그 선생두 총각인데 총각으로서, 인제 말하자믄 그 모든 부잣집이 이런 집이 아들 공부를 가르치고 이러는데, 그니깐 그집이두 역시 인제 그 글 배우는 그 집 아들을 맡기고 며칠 있다가 가요.

그렇게 인제 공부를 가르치고 있는데, 그 집의 식모가, 식모는 그니깐 인제 선생이니까 총각이구 선생이니까, 그 식모가 선생만 대접하고. 이렇게 어린 학생이 그 집 학생이 어떤 때는 인제 상 같은 거 놔가지구, 진지상 차려 들여 갈 적에, 뭐 수저를 하나 감춘다든지 뭐 이제 젓가락을 하나 감춘다든지 이래거든?

이제 이 식모가 상을 가지고 들어가다 보면 수저가 없어. 근데 이 수저가 없으니 야단났거든. 거 수저 같은 것 두 뭐 우리덜도 할아버지 수저 따로 다 있거든. 그래 이 선생 수저가 따로 있는데 이게 없잖아.

근데 이 식모가 그게 없어지고 그러니깐 고민을 하구 그래.

"아, 우리 선생님이 점을 잘 하는데 점을 치면 어드메 물건을 찾아 낼 수 있어. 거 우리 선생님한테 점을 좀 해달라고 해."

그래.

"거 수저가 어디 갔던 그거 찾아달라고 점을 좀 해달라."

그래. 그래 가지구 고놈이 인제 선생한테 가서,

"거 수저가 지금 어디 어디 있는데, 선생님이 찾아주시면 돼요."

그 뭐 괜히 인제 손가락을 이러구 저러구 해구.

"그, 뭐 어디 뭐 그 선반 밑에 떨어졌구만."

이제 시키셨으니깐 이제 찾아나서야지. 거 몇 번 자꾸 여느 뭐 이래 구 권해구 그래고선 되니깐, 애는 인제 그 식모를 보구,

"너 선생님 그렇게 뭘 잊어먹은 거를 자꾸 찾아주구 이러는데, 선생 님보구 특별한 대접을 하던 선생님 뭐 좀 보답을 해야지. 너 그냥 있 으면 되느냐?"

고.

"뭐 뭘 헬 것도 없구 이렇다."

구.

"선생님하구 들어가서 얘기도 하구 재밌게 얘기도 하구 그래지."

그랬다구. 그 이 식모를 자꾸 그래가지구 꼬셔가지고선 식모하고 참. 아주 그 선생하고 눈이 맞아가지구 살게 됐어.

인제 그래서 사는데, 하루는 뭐 점을 잘한다는 소문이 나가지구. 말 하자면 그게 거짓말이지. 나라의 왕의 딸이 죽을라 그러는데 뭐 약을 써야 되는데, 거 점을 잘하구 그러니깐 뭐 약을 쓰게 해 달라구 한번 은 사신들이 내려왔어. 아니, 뭐 알아야지.

이 사람은 아무것두 모르는데 그 제자. 가르치는 놈이 댕기면서 서

삭질 해가지구 그래서 이러는데. 아무 것도 모르구 그래다 보니깐 왕의 딸이 죽었어. 죽었는데 죽은 거를 다시 살게 점을 해달라고 그랬는데, 이거 뭐 할 수가 없잖아? 그래가지고 사신이 와 가지고 얘길 하니깐,

"모른다고."

하고 그래니까,

"당신 점을 잘하고 그런다는데 모른다니 말이 되느냐?"

그래가지고 법관에서 불려 올려가지구 옥에다가 가뒀어.

"왕의 딸이 죽었는데 그 방법, 살릴 방법이 있다는데, 그거를 뭐야 마다하고 하니깐 넌 나쁜 놈이니깐."

관에서 불러다가 가둬버렸어. 옥에 들어앉아서 가만히 앉아 있는데 쥐가 한 마리 들어와가지구선. 쥐가 와서 돌아댕기거든요. 게 보니깐 나무대기 하나 있더래. 요만한 거. 그래서 그걸 들구 가만히 앉아 있다가 들어온 쥐를 때렸어. 때려가지구선 때리니까 쥐가 죽을 거 아냐? 죽으니까 가만히 죽은 거를 들여다 보구 앉았어. 앉아 있더래니가 쥐 한 마리가 또 빠르르 오데니만 죽은 걸 이렇게 들여다 가거던. 가더니만 뭘 입에다가 요만한 걸 뭘 하나 입에다 물고 와 가지고는 그걸 가지구 죽은 쥐에다가 올려 재구 내리 재구 하니 쥐가 살았어.

그 쥐 죽은 데다 갖다 거 입에다 물고 와 가지구 이, 이렇게 자루다 재는 것처럼, 죽은 놈을 이렇게 올려 재구 내려 재구. 그럼 그걸루 문지르고 그러니까 살아나는 거야.

그래서 나무대기를 들고 있다가, 그냥 그 쥐가 살아나구 이럴 때 척 때리니까, 그 쥐가 이 물었던 걸 탁 놓구서는 도망가. 그래서 그 놈을 집어가지구 이렇게 보니까, 그게 뭐 나무대기도 아니고 요런 거거던.

그것이 인제 뭐 아마 보물같은 죽은 것도 살리는 그런 거.

그래서 인제 요놈이 그걸 들고 생각을 해 본거야.

'쥐가 죽은 놈을 일리 갖다 문질르구 이래 하니까 살아났으니, 사람도 혹시 이놈의 걸 갖다가 참 살지 않을까?'

인제 그 놈을 잘 보관해 가지구 옥에 갇힌 그 뭐야 그 감독. 그놈 보구서.

"내가 그 죽은 사람을 살려볼테니 날 좀 내놔 달라구 살리지 못하면 내 딸 팔라구."

그 인제 그 놈을 가두고 인제 살려본다니까, 내놔 주구 인제 그 왕의 딸 죽은 거를 어디 좀 조용한데 방으로 들여달라. 그래 가지구 이놈의 걸 가지구, 이래 재는 거야. 뭐 이래나 저래나 뭐 옥에 간 놈이 죽을 판이니까 살아나면은 괜찮은 게구, 안 살아나면 뭐 아무렇게나 죽을 놈이니까 해보겠다구 이놈을 가지고 한참을 쟀어.

쟤니까 꾸물하더니만 살아나. 거 살려노니 저 뭐 죽은 사람을 살려노니 그 사람은 무슨 진짜 아주 묘인이 되었어. 그래 가지구 그 왕의 딸을 주고 사위를 삼았어. 그래서 이분이,

"난 집안에 새끼가 있구 여자가 있다."

구.

"있거나 말거나 사위하라"

구. 그래가지구 왕의 사위가 되어가지구 참 잘 살구 있는데, 중국에서 또 그런 변이 생겨.

그런 변이 생겼는데 그 뭐 옛날에는 조선하구 중국하구 뭐 큰집, 작은집이라구. 중국이 큰집이면 조선은, 우리한국은 작은집이라구. 조선에 그런 묘인이 있다니까 한번 가보라구 중국서 내보냈어.

찾아왔더니 방법은 인제 그렇게 하는 방법밖에 없는데 안 간다구 할 수도 없고 그러니까 중국에 갔어. 가 가지구 중국에 가서 어떻게 인제 그걸 가지구 충성을 해 가지구 갔어.

중국엘 갔는데 중국에서두 뭐 살린 딸을 또 인제 사위를 또 거기서 여자를 훔쳤어. 또 훔쳐 가지구선 한국엘 돌아와 가지구 사는데, 중국의 여자는 금으로 된 세숫대. 금으로 된 세숫대. 세면대. 거 낯 씻는데 그거. 그걸 해주구. 이 조선애들은 은으로 맹글은 세숫대. 그걸 해주구.

그니깐 이 금과 은의 세숫대, 그걸 해가지구 중국의 여자는 중국 마누라는 금세숫대 가지구 이쪽 발을 씻어주구. 이 조선 마누라는 이 쪽 발을. 이렇게 앉아. 이렇게 씻는데 이 사람이 무릎을 턱 치면서,

"이건 해구 이건 달이다. 이 해와 달을 내가 밟고 있는 거다."

그렇게 해서 해와 달을 밟아 봤다구.

제보자 : 김수복(남, 69세. 강원도 인제군 기린면 거주. 1999.8.13~8.15 채록)

66

여우한테 장구 얻어 잘된 머슴

*핵심어 : 소 꼴 베다 여우한테 신비한 장구 얻기, 춤추게 하는 장구, 전쟁에서
    공 세우기

남의 머슴 사는 사람이, 지금 소를 키우는데, 산에 올라가서 바위
더미에 있는 굴이 하나 있는데 거기 가서 소풀을 다 비었대요. 소풀을
비어 가지고 짊어지고 올려고 했는데, 그 굴속에서 뭐 여운지 짐승이
하나 조그만 장구를 하나 내다 주었대.

"재작년에도 우리 집 앞을 이렇게 와서 깎아주더니 또 와서 깎아준
다고."

그러면서

"고마워서 이걸 드린다고."

그래서 주더라는 거여.

장구를 그래서 이제 풀짐 위에다 얹어서 가져왔어. 가져와 가지구
집에 와서 이게 소리가 어떻게 나나 하구선, 짐을 풀짐을 벗어놓구선
장구를 한번 쳐봤어. 장구를 치니깐 주인집 노인네 그냥 뭐 춤을 추는
거야. 장구소리에 맞춰 장구소리만 나면 아무 사람이나 춤을 추고 아
주 그냥 환장을 하는 거야.

이제 이 사람이 그 다음에 어디든 가서 장구를 치고, 하여튼 장구 소리만 듣는 사람은 다 그냥 몽땅 다 일어서서 그냥 거기에 아주 홀려 가지고 소리가 얼마나 좋은지. 그러니깐 나중에 자꾸 그러하니깐, 관에서,

　"저놈 때문에 세상이 다 망가지니까, 저놈 갖다 옥에다 가둬라. 저 거 땜에 만사가 안되니까 그 소리에."

　그래서 인제 감옥에 갇혀 가지고 한 1년쯤 살았는데, 옛날에는 전쟁이 많이 났어.

　"어디서 지금 무슨 군사가 쳐들어오고 그런다고."

　그런 얘길 듣고, 자기를 내보내 주면 물리친다고 했어. 포졸이 듣고서는,

　"저 사람이 지금 저 들어오는 적을 막아낼 수 있다는데, 저 사람을 지금 내보내면 어떠냐고?"

　"아니 저 사람이 무슨 능력으로?"

　"그 사람이 막는 능력이 있다고."

　"저놈 끄내 봐라."

　이제 그 사람을 내놓았지.

　"너 그럼 적을 어떻게 막을 것이냐?"

　"나만 하여튼 따라라."

　아 이놈이 나와 가지구 장구를 둘러매고서 우리 아군들은 솜을 물에다 적셔 가지고, 귀를 다 막게 하고는, 그러고는 자기가 앞장서서 장구를 둘러매고 장구를 치고 들어가니까, 이놈들이 칼이고 다 집어 내버리고 춤을 추는 거야.

　우리 아군은 귀 틀어막았으니까 장구소리 못 듣거든 그래서 모조리

들어오려는 적을 모조리 다 잡았지.

그래가지고 나라에서 큰 벼슬을 줘 가지고 잘 살았다고.

제보자 : 김수복(남, 69세. 강원도 인제군 기린면 거주. 1999.8.13~8.15 채록)

여우와 오소리

＊핵심어 : 여우, 오소리, 집 바꾸기, 결혼, 개가 짐승의 정체 밝히기

여우하고 오소리하고 사는데, 오소리는 말하자면 고을이 생겼는데 이쪽 골짜기에 살고, 여우는 저쪽 골짜기 고을이 두 갠데 한 고을에는 여우가 살고 한 고을에는 오소리가 사는거야.

인자 사람들이 오소리 사는 동네에는 봄에 뭐 나물을 찢으러 간다든지 나무를 하러 간다든지 사람들이 많이 가. 많이 가는데, 이 여우 사는 동네에는 안 가거던?

옛날부터 여우가 뭐 애들 지금은 안 그렇지만 그때는 애들 나가지고 많이 죽었거든? 많이 죽었는데 여우라는 놈이 다 파먹어요. 묻으면 애들을 다 파먹고 그랬거든. 그러니깐 여우 사는 그 고을에는 사람이 가질 않고, 여기는 사람이 많이 오거든.

그러니까 이 여우가 오소리 사는 동네는 사람이 많이 가는데 여기는 안가니까, 오소리한테 찾아 가지고는,

"너희 동네는 너 사는 동네는 사람이 많이 오는데, 나 사는 곳에는 안 오니까, 니 집하고 우리 집하고 바꾸자."

여우란 놈이 가서 그랬어. 바꾸자고 하니까 오소리가 하는 얘기가,

"너 그러면 저 밑에 감귤있는 부잣집 따님이 있는데, 너 그 집 딸하구 가서 결혼식을 해라. 결혼식을 하면 내가 집을 바꾸어 주겠다고."

"뭐 그거야 어렵지 않지. 내가 그 집 사위노릇을 한다고."

그래 가지고 여우가 둔갑을 해 가지고 아주 휜있는 남자가 되어 가지구선, 그 밑에 부잣집 딸하고 이쁜 딸하고 결혼식을, 거 그 집에서 보니까 남자가 훌륭하거든 뭐 학자도 있고 모르는 게 없어. 그래니깐 사위로 살 만하지. 그 집의 그 딸이 가만히 보니까 사람이 아니거던? 그런데 그 집 부모는 모르고 결혼식을 하라니까 옛날에는 부모가 결혼을 하라 하면 했거든.

부모는 결혼식을 하려 했는데 여자가 보니까 아니더라구. 결혼식 날 참 멋있게 결혼식을 했는데, 여자가 하는 얘기가,

"너 새신랑 상 가지고 들어갈 적에 넘어지는 척하면서 그 새신랑한테 가서 둘러 매쳐라. 밥상을 그래가지구선 둘러 매치구선 치우라."

"그러거든 우리 개를 불러라."

시키는 대로 밥상을 들고 들어가서, 새 신랑 앞에서 넘어지는 거처럼 문에 걸려서 넘어지는 것처럼 둘러엎어 엎으니, 뭐 그냥 하니까, 치우라 하는데, 개를 불러대서 개가 보니까, 여우야. [조사자 : 개는 알아보는 거야.] 개는 알지. 사람은 몰라도. 개가 들어가서 그래 물어 가지고 제껴놓고 보니까 여우라. 여우가 오소리한테 속아서 그렇더래요.

제보자 : 김수복(남, 69세. 강원도 인제군 기린면 거주. 1999.8.13~8.15 채록)

호랑이한테 죽은 아버지 원수 갚은 포수

*핵심어 : 아버지 원수 갚은 포수 아들, 변신한 호랑이 잡기, 호랑이 떼 전멸시키기

옛날에 호랑이 잡는 포수가 하나 있었어. 포수가 옛날에는 기술이 좋아야 호랑이 잡으러 떠나지, 까딱 잘못하면 죽는단 말이야.

그래서 이제 아들하나 낳아놓고, 그래, 자기 부인한테,

"내가 저 아무 데에 몇 해 동안 가서 호랑이 다 잡고 온다고."

집에서 떠나게 됐어요. 그래서 어떻게 되었는지 궁금하거든? 옛날에 전화도 없었으니까. 그래서 집에다 가서 물감을 빨간 거 파란 거 칠하고 가는데,

"물감이 파란 것이, 죽지 않고 살아서 내가 산 줄 알라고."

그러고 갔단 말이야. 그래가서 한 3년 동안 돌아다닐 때는 물감이 안 죽었는데, 3년이 지나니까, 빨간 물감이 없어졌드래. 그래가지고 부인하고 아들이,

"우리 아버지는 이제 어디가 호랑이한테 죽었다."

그걸 알거든? 옛날에는 그렇게 생각했는데, 그래서 아들이,

"야 이제 우리 아버지가 세상 호랑이한테 죽었으니, 내가 호랑이 원

수를 갚겠다."

고 집에서 옛날에 총을 구해서, 자꾸 총을 연습해 가지고, 그래서 이제 몇 해간 연습해 가지곤,

"어머니 이제 저는 아버지 원수를 갚겠습니다."

하니까 어머니가,

"너희 아버지도 그렇게 잘 했는데, 가서 잘못되었는데 네가 가겠느냐?"

그래도 아들이,

"내가 기술이 어느 정도 됐으니까 가겠다고 그러거든."

"그러믄 한번 시험해 보라고. 저 먼데다가 바늘을 꽂아놓고 바늘귀를 맞추면 보내주겠다고."

그랬거든. 그래 가지고 이렇게 놓고 세 번 맞추라니까 세 번 맞추네. 그러니까 아주 기술자거든. 사격에 아주 명사수지. 그러니까 할 수 없이 보냈단 말이야. 아버지 원수를 갚게. 그래 멀리 떠나면 몇 달씩 걸리거든.

어떤 동네에 가니까, 한 집에 가서 주인하고서,

"나는 호랑이 잡으러 간다고."

하고 가니까, 백호랑이가 다 알고는, 이렇게 가다가도 호랑이 옛날에 둔갑한다는 것이, 백호라는 것은 늙은 할머니나 할아버지들로 된다고 둔갑해 가지고선 말이야. 그래가지고 사람 속여서 잡아먹거든. 호랑이들이 약아서 그래. 그런 거 알려주더래.

그러니까 할머니 와서 살살거리면 호랑이인 줄 알라고 다 써 주더래. 그래 호랑이 있는 골짜기에 들어가보니까, 아 양지 끝에 할머니가 앉아서 이도 잡고 앉아 있다가,

"아 우리 손자 같은 너가 나 이 좀 잡아다오."

이러는 거야. 잡아먹을려구. 호랑이가 둔갑해 가지고선. 그러니까 포수가,

"내가 네 이 잡으려고 여기까지 왔냐? 한번 맞아봐라."

한 수십 발 받아치더래. 얼마나 여러 번 맞아서 잡아 가지고선 껍데기를 벗겨 가지고선 쓰고 가니까. 그 사는 골짜기 호랑이 중 제일 할머니거든. 왕이지. 그걸 뒤집어쓰고 가니까 전부 할머니 왔다고 며느리가 어떻고 어떻다고 하는 거야. 속은 포수인데.

그래가지고 한쪽 구석에 뼈다귀도 수천 개고 총도 포수 총도 수천 개가 한쪽에 서 있더래. 그래서,

"우리아버지도 여기 와서 잘못되었구나. 하여튼 너희가 다 죽어보라고."

그러니까, 이 사람이 사람이니까 호랑이 수 천 마리를 훈련시켰어.

"너희들 이제 이렇게 있다가는 사람 못 잡아먹으니까, 저기 총이 많으니까 총을 놓는 것을 배워라."

그러니까 할머니 명령이니까 호랑이들 다 말을 들었지. 그래가지고 어떻게 훈련시키다 보니까 총구멍을 자기 목에다 대고 쏘는 걸 거꾸로 가르쳤단 말이야. 그래야 다 한꺼번에 잡지. 그래서 며칠간 훈련시키다. 마지막에 총알 넣은 것을 가르치고 목에다 대고서 쏘라. 그래서 말짱 나가자빠졌지.

뭐 그래서 다잡아놓고서 그 호랑이 뼈다귀 많은 데 가서, 여기도 우리아버지 유골이 있을 테니, 거기서,

"우리 아무 데 아무 데서 사는 아무개 유골 있으면 여기 나오세요."

하니까 유골이, 그래 유골 총이 많은 데서,

"우리 아버지 아무개 총 나오라."

고 하니까, 총이 벌떡 일어나서. 그래 총하고 자기 아버지 유골 찾아 가지고서, 원수를 갚아놓고 집에 와 보니까, 자기 물감 칠해 놓은 거 살아있고, 그때 옛날 호랑이다 없어졌대.

제보자 : 전시언(남, 74세. 강원도 인제군 기린면 거주. 1999.8.13~8.15 채록)

69

사슴 구해 주고 하늘나라 사위 된 머슴

*핵심어 : 사슴 구해준 머슴, 박씨 알 세 개, 선녀 옷 감추기, 하늘나라 올라가 가족 상봉

옛날에 머슴이 하나 있었는데, 그런데 이제 혼자 외롭게 살다가서 하루는 나무하러 갔는데, 이산에서 사슴이 하나 쫓겨온단 말이야. 사슴이 쫓겨서 나무한 나무짐 밑에 가서,

"빨리 나 좀 숨겨달라."

고 말이야. 나무짐에다 감춰놓고 나니까, 조금 있다가 포수가 쫓아와.

"아, 여기서 사슴 지나가는 것 못 봤냐?"

고 물어본단 말이야. 그래서 자기는 사슴 못 봤다고. 그래서 지나가 버렸단 말이야. 아 그래서 사슴이 살았다고 살았는데, 이 사슴이 하는 말이,

"아저씨 내가 시키는 대로 하시오."

그래서,

"아, 어떻게 하냐?"

니까,

"내가."

하더니 귓바구에서 박씨를 세 개 빼내거든. 박씨를 세 알 주면서,

"이걸 가져가요."

"이제 어떻게 해야 하냐?"

니까,

"당신이 날 살려준 바람에 당신이 신선에 가서 장가들게 되는데, 하늘로 못 올라가니까 이 박씨를 심으면 하늘로 박이 연결된다."

이거거든.

"당신이 지키고 있으면은 선녀들이 내려와서 목욕할테니까, 선녀 옷을 하나 감추라는 말이야. 감추면 하늘로 못 올라가니까."

가만 뒤에 숨어서 보니까, 이것들이 모르고 목욕할 때 몰래 옷을 하나 감췄단 말이야. 아, 이거 목욕을 다하고 둘만 옷을 찾아 올라가는데, 하나는 옷이 없으니 못 올라가지. 그래 앉아 있으니까, 감춘 줄 알고 제발 옷을 달래. 그래서,

"아이, 나는 사심이 있어 옷을 못 주겠다."

고 말이야. 그래서 애기 셋을 날 때까지 주지 않는다고. 그래서 선녀하고 같이 살게 되니까, 기술이 좋아서 턱하면 집을 지어놓고, 거기서 아주 먹고 사는데, 애기 셋을 날 때까지 자꾸 달래니까 안 줬단 말야.

그런데 둘 낳자 하도 사정을 해서 옷을 줬단 말야. 안 가겠지 하고 말야. 아, 그래 옷을 줬더니, 아, 금방 없어졌거든. 애들 하나씩 여기다 끼고 말이야. 그래 그 다음에 어떻게 해볼 수 없어서 가만히 생각해보는데 그 좋은 팔각기와집에 좋은 데 앉아 있던 것이 아, 금방 바위 꼭대기에 턱 올라 앉아 있어.

선녀가 조화를 부려서 거기서 살던 것이 다 올라가 버렸지. 뭐 그래 가만히 생각해보니까 그 사슴이 준 박씨 준 게 있단 말이야. 하늘로

올라간다는 박씨 말이야. 아, 그걸 생각하고서는 바로 심었단 말이야. 심으니 딱 하나를 심었어. 그러니까 세 번 심으라고 그래서 그래 하나를 심으니까 이게 어떻게 자라서 하늘로 뻗쳤단 말이야. 박 줄기 그걸 타고서 올라갔지. 아, 올라가니까 밑에서,

"아부지! 아부지!"

하고 또 자기 부인도 소리 나고 자꾸 이러거든. 아, 그러니까 벌써 하늘 못 올라가게 만들려고, 아, 그러니까, 내려다보고 떨어지면 못 올라간다 이 이야기야. 보지 말고 자꾸 올라가라는 거. 그래 올라가려고 마음먹으면 밑에서 애들 소리 나고 자기 부인이,

"어디 가느냐?"

고 목소리가 난다 말이야. 아, 그래 할 수 없이 밑에 있는 줄 알고 내려다보니 뚝 떨어졌단 말이야. 그러면 안 되는데.

그 다음에 또 하나 심었지. 심고 올라가는데 소리가 나서 또 떨어졌어. 내려다보다가 아, 그 다음에 마지막인데 어떻게 해. 그래 또 하나 심으니까 또 올라가다 소리나서 또 떨어졌어. 세 번을 떨어졌어. 이제 어떻게 그 다음에 이건 못 올라간다고 그래서 하도 원이 돼서 먼저 나무하던데 산에 가서,

"사슴아! 사슴아!"

울면서 자꾸 부르니까 사슴이 왔어

"아이고 어찌 내가 시킨 대로 안하고 이렇게 되었느냐? 나 이제 요거 마지막 하나 있으면 이걸 다 뽑으면 나 죽는다. 그래도 나를 살렸으니까 나 몇 달 동안 살았으니까 나 이제 죽는다"

그러고는 마지막 하나를 빼주고 그 자리에서 죽더래.[조사자 : 아이고. 은혜 갚는다고.] 그래서 그거 가지고 그 다음날 심었어. 결심해서

올라갔어. 하늘을 올라가니까, 선녀들 아버지도 있고 어머니도 있고 뭐, 그래. 올라가니까 우물가가 있는데 우물가에 가 가만히 어떻게 할까 하고 있는데 자기 부인했던 선녀가,

"어떻게 왔냐?"

고 그러더래. 그래서,

"왔다고."

"우리 아버지 어머니 알면 큰일나니까 가만히 있으라고."

"이제 어떻게 가만히 있으라고."

그래 이제 감춰놓고 며칠 있다가 천상 알려야 했어. 그래 인제나 사방이나 그때서 셋째 딸이 제일 이쁘고 재주도 좋거든? 그러니까 하필이면 셋째딸이야. 그 다음에 장인이 인간사위한테,

"내 시킨대로 해야 내 사위 삼는다."

고 그렇게 약속을 했대. 아 그러니까 자기 부인이, 그 집에서는 셋째 딸이 제일 기술이 좋거든? 그래서 아버지도 못 당하고 다 못 당하는 거야. 그래서,

"그럼 날 찾아 봐라."

장인이 그러더래. 그리고 금방 사라져서 못 찾겠거든. 그래서 셋째 딸에게 찾아가서,

"아버지가 금방 찾아 보라는데 못 찾겠다고."

했어.

"그럼 내 시키는 대로 하라."

고,

"저기 가서 닭 무리에 가서 수탉이 되어 있다고."

그래서 수탉이 거기 있더래. 가보니 구구하고 암탉하고 이러드래.

"아, 장인 어른."

하니,

"허허, 사람 용하네."

그러니까,

"세 번 맞춰야 된다. 세 가지를 맞추고 자네가 또 세 가지 숨어보라고."

내기를 했거든. 그래 이제 닭이 돼서 사라지더니 찾아놓으니 또 없어진 거야. 그래 이제 부인한테 물어보니,

"저기 마굿간에 똥엄가래"

동치우는 엄가래. 저 마굿간에 세 뭐 놓은 거 거기 서 있더래. 그래서 가서 또 장인할 것 없이 가서 툭 치니까,

"허허, 사위 용하네."

또 일어서더래. 그래서,

"또 한 가지 뭐냐고?"

하니까,

"아 그럼 이건 한 번 또 숨을텐데 이건 제일 어려운 거니까. 사위도 힘들텐데, 이것만 맞추면 진짜 사위로 삼는다고."

그래. 그 다음에 뭔가 하니까 여기 하늘나라에도 쥐나라가 있는데, 여기도 쥐가 세운 나라가 있대. 쥐가 얼마나 많은지, 쥐가 세운 나라가 있대. 쥐나라에 가면 금으로 만든 다듬돌이 있는데 그걸 못 가져온대. 아무리 하늘나라에서도 쥐나라에서, 그걸 뺏어 온 사람이 없대.

쥐들이 보초를 서는데, 하늘나라에서도 쥐에게 다 죽어서 못나오거든. 그만큼 어려운 일이야. 그래 이제 쥐나라에 가게 됐는데, 천상 해볼 수 없으니 이 사람이 그게 제일 어려운데 옛날에 시골에서 클 적에

쥐 한 마리가 있는 거 이 사람 우습게 밥을 자꾸 떠줘서 먹여서 살렸 대. 그런데 그 쥐가 하늘에 올라가 왕이 되었더래.

아 그래서 쥐나라의 다듬돌을 천상 못 가져가도 죽고 들어가도 죽 고 이판사판이거든? 그래서 떠났어. 쥐나라 정문 보초를 통해서 들어 갔어. 들어가서 자꾸 아무개라고 하고 들어가니까 자꾸 보초가 못 들 어가게 하고, 대장한테 자꾸 전달하니까, 가만히 대장이 들여다보니 까 시골에서 저를 거두어준 사람이거든?

"아 이 사람은 천상 통과시키라고."

그 다음에 통과시키니까, 대장한테까지 왔어. 들어가니까,

"아, 어떻게 왔냐?"

고.

"아 그렇게 해서 왔는데, 장가가려니까 다 마쳤는데 세 번째가 이거 금 다듬돌을 가져와야 된다는데 어떻게 해야 하나?"

"아, 그런 건 문제없다"

고.

"여기서야 내가 대장인데 그걸 보낸다."

고. 그래서 쥐나라에서 쥐들을 시켜 집에까지 운반시켜주더래. 아 그 래서 그건 통과되고, 그러니까,

"그러면 사위가 한 가지 더 내가 하는 걸 더 맞춰야 된다고."

그래서,

"어떻게 맞춰야 되냐?"

니까,

"내가 활을 콱 쏴서 활촉이 어디 갔는지, 그 활촉을 가서 찾아와라."

그래 이제 활을 쐈는데 그게 어디 날아갔는지 알아. 그런데 활촉이

날아간 그 자리로 혼자 걸어가는데, 아 왠게 꼭대기 홱 날아가는데, 수리매 까마구 세 마리 홱 날아가더래.

그래 언니들은, 그 인간사람을 사위로 안 삼을려고 그걸 또 합당해서, 그 활을 찾아오면 천상 시집가게 된다고, 활촉 못 찾아오게 한다고 세 마리가 날아가는데, 까마구 수리매. 매는 저희 마느라야.

그러니까 매한테 못 당하거든. 뭐든지 그러니까 매가 먼저 물어왔지. 그래 가지고 저희 아버지 가져다주니까 합격했지. 그래 가지고 이래저래 다 통하고 그 사람이 신선으로 가서 장개가서 잘 살았지.

제보자 : 전시언(남, 74세. 강원도 인제군 기린면 거주. 1999.8.13~8.15 채록)

거짓말로 부잣집 사위 되기

*핵심어 : 최부자 막내딸, 거짓말 내기로 사위 뽑기, 5대조 할아버지가 빚진 돈

옛날에는 최씨는 부자가 많았잖아요? 최부자였던가? 최부자네 막내딸이 하나 있었는데 그런데 사윗감을 골라야 되거든. 그런데 거짓부렁을 잘하는 것을 사위로 삼겠다고 한 거야.

그래서 거짓말이 안되거든. 나도 그때 있었는데, 나도 거기서 봤어. 그래서 그 집에 총각들 이 돌쩌귀에 불이 나도록 드나들어. 그렇지. 장가들려고. 최부자네 집이니까. 그 집에 장가들면 괜찮아. 그래서 총각들이 왔다 갔다 하는데 한 사람이 장가들어야겠거든.

"영감님 안녕하십니까?"

최부자가,

"자네는 뭐 하러 왔나?"

"아, 저는 장가들러 왔습니다."

"자네 거짓말은 잘하나?"

"네,"

그러니까 최부자가,

"자네 같은 사람은 아주 가게 가. 자네 같은 사람이 수백명 왔었는데 자네 같은 사람이 뭘 할 줄 알아? 가."

"얘기나 들어 봐 주십시오."

하거든. 그래 이 사람이 말하길,

"할아버지 우리 5대조 할아버지하고 비단 장사 하셨다면서요?"

"했지."

아, 안 했다고 하면 거짓말이 되니까.

"그때 장사 잘 됐다면서요."

"아, 잘됐어. 비단장사가."

아, 거기까진 좋은데,

"할아버지가 우리 5대조 할아버지한테 돈 천냥을 빌려가셨다는데, 저는 이 돈을 받으러 왔습니다."

허허, 이거 참 어안이 벙벙해지거든. 아 안 빌려갔다고 하면 딸을 줘야하고, 아 그렇지 않으면 빌려갔다고 말을 해도, 그 돈을 최부자가 아무리 부자라지만 5대조 할아버지께서 천냥 꿔 갔다고 하면 이자만 해도 못 갚잖아? 그래서 장개를 갔다는 이야기야.

제보자 1 : 조준식, 남, 70세
제보자 2 : 전시언, 남, 74세(강원도 인제군 기린면 거주)(1999.8.13~8.15 채록)

71

처녀와 두꺼비

＊핵심어 : 처녀, 두꺼비 거두기, 제물로 바쳐진 처녀 구해준 두꺼비

두꺼비 노울(독)이 제일 쎄다는 거야. 두꺼비 무섭다고.

옛날에 이런 동네에서 처녀 이런 처녀 있지. 처녀. 옛날엔 곱게 크거든 밖에도 못나가고 옛날에는 처녀는 집안에만 있지 밖에 못 있다고. 그래서 옛날에는 시집가야 첫날 저녁에야 신랑 얼굴 보지. 옛날에는 못 봤거든.

이제 처녀가 잘 크는데 집안에서는 밥을 하거든 밥을 해야지. 처녀 크니까 어머니 아부지 밥을 하고, 아, 옛날에는 부엌이 이런 집들은 부엌이 따로 있었어. 이렇게 한 방에 있는 것이 아니라 부엌에 가면 솥도 있고 이렇거든.

시골집은 밥을 거기서 퍼서 들어오는데 그 부엌 저 쪽에서 땅 밑에서 두꺼비 한 놈이 업적업적 나오거든. 밥할 때마다 밥 푸면 나온다 말이야. 그러니까 처녀가,

'이상하다.'

밥을 툭 주면 그놈이 먹거든. 그래서 먹는 재기에 밥을 줄창 먹이거

든. 그래서, 이놈이 자꾸 커지지 커져.

그런데, 몇 해 그렇게 있다가 처녀가 시집가게 된 거야. 아 두꺼비 가 그놈이 처녀가 가면 굶어죽게 됐거든. 그러니까, 이놈 두꺼비 알고 서 벌써 처녀 시집간 동네를 남모르게 어떻게 숨어서 쫓아가게 됐어. 쫓아가서 그 또 그 시집간 부엌에 있게 됐어.

아 그래 거기 가서 몇 해 살드라니까 그 동네에 정성이 있거든. 치 성드리는 서낭당이지. 그래서 어떤 서낭당이냐니까 동네 마을에다 크 게 서낭집을 지어 놓고서, 금방 시집와서 애도 안 난 이쁜 처녀 새각 시를 거기 바치게 되었어. 한 해에 하나씩.

그러면 갖다 치성밥을 갖다 그러니까, 그 동네에서 아무자 당선됐 다 그러면 꼼짝없이 갖다 놓게 되어있어. 그래 그런데, 하필이면 두꺼 비 키우던 처녀가 이쁘다고 시집간 그 동네에 당선됐어. 사집가서 얼 마도 못 살고 치성밥에 들어가게 됐어. 그래 치성밥에 들어가면 그 서 낭당에 집어넣고 제사, 마지막 새각시로 창고에 집어넣고 아제가 들 어오면 새각시가 없어져 있어.

참 기가 막히지. 그래 당선이 됐으니 어떻게 안 갈 수도 없고. 아 치 성밥에 떡 하니 됐는데 아 뭐 다 제사를 지내고서 거기 떡 하니 문을 닫아 놓고서 그런데 두꺼비 이놈이 알고서 왔어. 남모르게 같이 치성 밥 창고 안에 들어갔어. 두꺼비가 그러니까 사람들이 못 봤지.

그래 아침 치성드리고 잘 됐나 문 열어 보니 동네 사람들도 뭐가 없 앴는지 모르지. 아주 통채 없어지거든. 죽은 것도 아니고 싹 없어져 이상하다. 몇 해를 지내면서 뭐가 잡아먹었는지 모르지.

그래 가지고 이제 그 여자를 갇아놓고서, 아침에 잘 됐나 동네 사람 들이 문열어보니, 아 대마 대마라고 이시미. 아주 이렇게 몇 발 되는

게 발랑 자빠져 죽었거든. 그놈이 그 창고 밑에 숨어 있다가 치성받아 먹었거든. 그래 보이 같이 있던 두꺼비 노을에 나가 자빠졌어.

그러니까 그놈이 나와서 사람 모르게 앉아 있으면 이거 푹 덮쳐서 삼켜먹거든. 그런데 두꺼비라는 놈이 벌써 알고서 두꺼비 노을 냅다 같이 쏘니까 두꺼비에 못 당하고 죽었지. 그래서 그 두꺼비를 키워도 복수해 준단 얘기야. 그래서 그 새각시가 살고 전설 나오던 치성밭이 다 없어지고 잘 살았다는 얘기야.

제보자 : 전시언(남, 74세. 강원도 인제군 기린면 거주. 1999.8.13~8.15 채록)

과거 보러 가는 길

*핵심어 : 과부 아들의 과거 길, 동네 아이들의 횡포, 정승 딸의 도움으로 급제하기

옛날에 이제 그렇지, 이런 시골 쪼끄만 한 동네에서 옛날엔 전수 과거 할라구 이제 한문, 서당이 있구 공부 많이 하거든 모두. 그래 다 가르치는데 아 남이 갈치면 나도 갈친다, 시방 대학생 모양 다 가르칠라 하거던. 그런데 그 돈 없어서 옛날 학비를 좀 대야 되거던.

그래 이제 학비를 대는데 학비가 없어서, 어머니 머리를 끊어 깎아서 팔아서 그렇게 공부시킨 가정이 있다고. 그래 이제 어떤 가정이냐면, 남들은 잘살고 이런 집안에 아들두 있구, 이 어떤 가정인가 하믄, 어머니 혼자 사는 가정에 아들 하나 태어났다구. 그런데 공부를 좀 가르쳐야지. 그러니까 아들 하나 있으니까, 어머니 혼자 그러니 남과 같이 가르칠라니까, 돈이 없어서 머리 깎아서, 이제 옛날 이제 10년 공부를 해야 과거를 한다구 서울 가서.

그래 이제 10년 공부를 하구서 서울 과거를 보내겠는데, 아 저, 먼 시골서 서울을 찾아갈라믄, 옛날 차도 없구 한 달씩 걸어가고 그래거든. 그래 이제 질두 잘 모르니까 동네 사람들이, 아 이젠 다 공부들 해

서 하믄 서울가서 과거나 보겠다 이렇게 하니, 이 어머이도,

"우리 아들도 같이 데루 가라구. 야가 혼자 못 가니."

그래 이제 그렇게 약속하니까, 동네 사람들이 데리구 갔어. 그래 이제 자꾸 메칠 가는 길이야. 서울 올라 갈라니 메칠 가는데 가만히 생각하니, 그 동네 부잣집 아들들이, 자기들은 돈이 많구 공부를 같이 했는데두, 암만 생각해두,

'저눔이 없는 집 아들이지만은, 서울 가믄 쟈 때문에 우리가 까딱하믄 떨어지기 쉽다,'

이 야심을 먹었단 말야. 데리고 가긴 가는데 어머니 명령으로 가긴 가는데,

'저눔 뭐 천상 중간에 가다가 낙오를 시켜야지 우리가 안되겠다.'

그래 이제 메칠 걸어가다 하루는,

'천상 저눔 안되겠다.'

그냥 죽으라구 막 때려두 주구, 이래믄 그라믄 야가 같이 가다 맞아 죽겠그던. 그래서 만날 한 50메다씩 떨어져 뒤에 따라 가구, 야들은 같이 가구 그래. 이자 하루는 또 자구서 옛날 주막집에서 이제 가다가, 이제 여인숙에서 하룻밤씩 자구 가거던? 여러날 가니까.

그래 하루는, 이놈아들이

'아, 정말 천상 저렇게 해서는 안되겠다, 가다 쥑이자고.'
말야.

'쥑여 뿌려야지 안된다구.'

그래 하루는 저 걸어가는데, 가을철이지. 아 어떤 밭에서 어마이 딸이 목화를 따거던? 목화밭에서 목화를 따는데, 이놈아들이 떡 앉아 있으니까, 야는 뒤에서 걸어오다, 천상 먼저 간 패들 앉아 있으니까,

거기로 걸어가야지. 죽으나 사나. 인제 또 보니까, 이놈아들이 하는 말이, 어떻게 명령을 내리냐니까,

"너 저 목화 따는 아가씨를 가서 입을 맞추구 나와야 하지, 입을 맞추구 안 나오믄 아주 쥑이구 간다."

명령 내리거던. 그러니까 이놈아가 이판 저판이야. 아 입을 멎춰나 맞아 죽으나. 거 앉아서 고민하다, 그래두 꾀가 많아. 그래서 거기 들어가서 기양 어떻게 입 맞출 수가 없거던. 그래서 목화밭으로 슬슬 가다 넘어지는 핑계를 대구서,

"아이구 이거 큰일 났다구."

막 앉아서 엎드려서 울거든.

"왜 이러냐?"

니까,

"아 시방 금방 들어오다 넘어져서 눈에 흙이 들어갔다구."

말야.

"흙 들어가 죽겠다구."

이러니, 그래 이 처녀는 남의 총각한테 금방 가 볼 수도 없구, 처녀 어머이가 가만 생각하니, 자기가 아들 같으니 딱하거든. 눈에 뭐가 들어갔다니 가봐야지. 목화 따나마나. 그래 가 이제 어떻게 돼? 그러니까 아 시방 넘어져서 눈에 흙이 들어갔는, 그래 이렇게 어머이가 보니까, 흙은 안 뵈는데 죽겠다구 자꾸 하그던. 그러니까 하두 딱하니까 죽겠다니까, 딸한테,

"나는 눈이 어두워 잘 못 보니, 딸 너가 좀 밝은 눈에 봐라."

이러니까 딸은 천상 급하니까 와서 봐야지 뭐. 그래 이래가지구 볼 적에 얼른 귀를 붙잡구 입 맞췄단 말야. 그래 저짝에서 이눔들이 들여

다보거든 못 미더워서. 그러니까 순전히 입 맞춘 거 봤단 말야.

"그래 옳다 됐다, 너 이제 데리구 간다."

그래 이제 또 메칠을 걸어가는데, 어떻게 야 이거 쟈 이번엔 기양 봐두자구 기양 슬슬 가는데, 갸두 겁이나서 멀리 떨어져 가지.

그래 서울 옛날에 서울 이 대문 안만 서울이지 바깥은 아니야. 4대 문에두 옛날에두 이제 보초병들이 어처구니라 하거든. 보초병이 옛날 말루 어처구니란 사람들이 보초를 서구 있거던. 그래 이제 대문 밖에 서 보초 서구 있는데 이눔아들은 먼저 어둡기 전에 들어가구, 옛날에 두 통행금지 모양으루 어두우면 대문에서 못 들어가게 한단 말야. 어 처구니들이.

그래 이눔아는 천상 가들 무서와서 늦게 가다 보니까 대문이 걸렸 단 말야. 그래,

"나두 과거보는 사람인데 어떻게 좀 용서를 해다오."

"안된다구. 과거봐두 이 명령이 이 시간에 시방 안 된다구. 천상 정 승들 앞에 가막[감옥]에다 여서 들어가 앉는다구."

그래. 이제 어처구니들이 붙잡아 가지고서 이제 그 정승들 있는 데 를, 이제 대문을 통해서 들어가는데, 아 옛날에 그 대문 꼭대기 별당 에 많이 있거든. 아 근데 그 정승 딸들이 이제 대문 꼭대기서 다락 꼭 대기서 공부를 한단 말이지. 옛날에두 딸들이. 그래 이렇게 잠깐 보니 어두운데 들어오는 남자가 걸려 들어오는걸 보이, 척 보이 아주 잘난 남잔데, 저거 걸려 들어온단 말야.

그 정승 딸들이,

'자 저거 안 됐구나.'

그렇지만 어처구니들이 감옥에다 콱 집어 연단 말야. 그래 이런 거

보구서 첫째 이 정승 딸이라는 게 하나 대문에서 봤단 말야. 그래 보구서 고담에 김정승 딸하구 박정승 딸 삼정승 딸이 이제 저녁에 공부를 하는데, 이 정승 딸이 거기서 젤 나이가 많지. 그래 이 정승 딸이 삼정승 딸, 두 정승 딸을 불렀어.

"야들아 이리 와라."

왜 그러니까,

"오늘 저녁에 좀 이상한 일이 있으니까 너희 나한테 와봐라."

그래 이제 최정승 딸하고 박정승 딸하고 거 이 정승 딸한테로 왔어. 오니까,

"너들이 내가 옛날 얘기 한마디 하니까 너들이 그걸 좀 듣구서 해봐라."

그래 어떻게 하냐니까,

"시방 옛날에도 시방 우리도 있는데, 옛날에두 우리처럼 이렇게 서울 과거에서 가서 시골서 공부해가지구서 이렇게 올라오다가, 그렇게 당해 가지고서 시방 쟤가 거기 어처구니들한테 붙들려서 가막에 들어갔는데, 그 사람이 참 잘나구 과거 할 사람인데, 그 사람이 지금 쥑여야 좋겠니, 살려줘야 좋겠느냐?"

또 이 정승 딸이 그 두 정승 딸한테 이렇게 질문을 했어. 그러니까 정승 딸이 가만히 들어보니, 아주 훌륭한 총각인데 쥑인다믄 안 되거던.

"아 그거 살려 줘야지 쥑이면 되겠냐?"

또 이 두 정승 딸이 그리 대답한단 말야.

"너 정말이냐?"

"아, 정말이지 옛날이나 시방이나 살려 줘야지 어떻게 아까운 총각

을 쥑일 수가 있느냐?"

그러니까,

"그럼 여기다 써라."

쓴단 말야. 그 사람을 감옥에서 빼다가 벽장 안에 감춰 놓고, 이제 벌써 낼 뭐가 시험이 나온다는 거 다 알거던 정승 딸은. 정승 댁이 뭐 뭐 서울서 시험 그걸 다 알려 준다는 얘기야. 벌써 뭐 낼라는거 다 알지. 또 원래 그래지 않아도 실력이 좋은 사람인 게 벌써 다 알지. 그래 아침에 거기서 자구서 그 이튿날 아침에 참 시방 아홉시 정도 되서 시간이 되니까 아 뭐 전국에서 메야 드니까, 참 옛날이기 때문에 수백 명이 메야 들었지 시험 볼라구.

죽 보는데 아 뭐 다 알려준게 뭐뭐 (웃음) 탁탁탁 써서 일번으루 착 갖다 들이댔지. 그래니까 삼정승이 앉아서 그 시험지를 받아서 이제 점수를 매기누만. 그래 이제 척 보이 벌써 아가 잘났거던. 그래 이제 삼정승들이 척 보이 자기네 딸이 있으니까 사우나 좀 삼을까 눈을 예계 보거던. 그래 아 점수도 잘 좋구 잘났거든. 그래 서로 이렇게 감춰 놓는 거야. 시방 서로 사우 삼을라고.

그래 이제 다 시험 발표 내 놓구 아 이게 젤 아주 점수를 많이 맞았지. 알고 있으니까 벌써. 그래 발표하니까 참 과거가 단숨에 됐단 말야. 그래 장원급제했지. 그래가지구서 이젠 됐으니까 그 이튿날 이제 시골 이제 출발하는데 이 먼저 같이 왔던 사람들은 시험에 떨어지니까 벌써 모두 집으로 돌아가는 길이야.

그래 천상 그 사람들 먼저 오구 야는 또 정복서 시험에 합격됐으니 뭐 어떻게 한참 하다 보이 좀 떨어졌단 말야. 그래 이제 시골 메칠 이제 걸어오다 보이, 아 부모들은 전수 이거 어떻게 됐냐, 내 자식 잘 됐냐 다 바라고 있는 거지. 그래 이제 그 동네 아들 먼저 오니까 너들 어떻게 됐냐니까 아 이눔들 시험에 빠꾸들 맞았으니,

"아 말두 말라, 말두 말라."

그 아무개 같이 갔던 거는 어떻했냐니,

"아 그 모르겠다구 어디가 죽었는지 살았는지 모르겠다구."

이렇게 그눔들이 핑계를 댄단 말야. 그래 그 보낸 지 어머이, 어머이 혼자 그렇게 기껏 보낸 어머이 얼매나 속상했는지, 온거 보이 자기 아들은 안 오고 딴 놈만 왔거든. 시험에 붙으나 아니나 이 아들두 어디가 잘못 됐는 줄 알고,

"어떻게 너들 우리 아들 못 봤냐."

아니 못봤다구 뭐 어떻게 됐는지 모르겠다구. 그래 이 그 소리를 들으니 어머이는 얼마나 속상하겠어? 과거를 보낸 게 애 자체가 아주 없어지니까.

야, 한 이틀 있대니까 웬게 여기서 저 멧 백리 밖 멧 백메다 밖에서 아 금독교에다 하졸이 멧 천명이 아주 메어지서 닐리리 쿵덕쿵하면서 들어온단 말야. 그래 이 어머이는 운단 말야. 남의 아들은 저렇게 크게 과거를 해 오는데 우리 아들운 아들 자체가 아주 어디가 죽었으니 얼마나 참 속상해. 그래 막 앉어 운단 말야. 그래 울면서 떡 내다 보이 점점 가까이 오는 게 자기네집 가까이 온단 말야.

'참 우리 아들이 저렇게 될 수가 없는데 이상허다.'

그래 와 보이 참 들어오는 걸 보이 저 아들이 과거를 해 들어온단 말야. 그래 이 얼매나 좋겠어? 그래 다음에 이 사람이 과거를 해 가지고 와서 그 다음에 참 자기 직책에 들어가는데 천상 이젠 그 먼저 같이 가서 그렇게 자기를 고통 주던 사람 다 그래두 쪼끄만 한 베슬 하

나썩 주구,

  그래 이 큰 사램이지. 그래 그 사람들 다 갔다 가다 하여튼 베슬 하
나썩 주구, 그 젤 먼저 가다 목화 따서 입맞춘 여자 젤 본처를 삼구, 이
정승 김정승 박정승 딸 첩으루 그 삼정승 딸 데리구 살구, 그래 여자
를 너이 데리구 과거를 해 가지구 잘 살드래. 그래니까 사램이란 게
팔자에 태어나야지 억지로 안 되거든.

제보자 : 전시언(남, 74세. 강원도 인제군 기린면 거주. 1999.8.13~8.15 채록)

73

하늘을 나는 조끼를 얻어 왕이 된 재부엌데기

*핵심어 : 계모의 횡포, 집을 나와 부엌데기로 지내기, 신령에게 얻은 조끼로 왕
되기

옛날에 저 아주 불쌍한 사램이 또 하나 있었어. 어떻게 불쌍하니까
어머이도 없고 아버지도 없고 태어나긴 났는데, 다 죽어 버리고 혼자
이제 살아갈 수 없으니까 남의 집에 가서 일 품살이를 해야지. 그래야
밥을 얻어 먹거던.

그래 이제 이 사람은 어떻게 신세가 그렇게 됐냐니까, 이제 옛날에
장개 들어 가지고서 애기 하나 태어났는데, 그 사람 아부지가 본처가
없구 죽구, 그래니까 아주 앙부를 하구 후처를 하나 얻었지. 그래니
이게 딴 여자를 데리고 장개를 들어 왔는데, 옛날에는 이 재산을 먹을
려고 본처의 아들하고 후처의 아들하고 서로 이렇게 재물 뺏기게 되
니까 본처의 아들 갸가 있으믄 안되거든.

그러니까 들어온 여자가 그 아를 죽일려고, 없애 버려야 되거던. 그
래야 몸에서 난 아들이 뭐 이런 재물을 다 가지게 되거던. 그래 이제
그 본처의 아들 재부엌데기라고 이름을, 그 사람이 재복댁인데 이름
을 왜 재부엌데기라고 했는가는 뒤로 그 얘기 나온다구.

이름은 우선 재부엌데기야. 이제 사는데 이붓 어머니가 자기를 쥑일라구 하거던. 그래 야는 아직 어리니까 그 대충 짐작은 하지만 그래 어떡해? 집이라고 해도 밥을 어디 가서 좀처럼 얻어먹을 때도 없고 그냥 집에서 있는데,

하루는 이 계모가 어떻게 하느냐면, 그 동네에 백정도 있고 점쟁이도 있고 다 있거든. 그런데 아 내가 이제 천상 쟈를 쥑일라믄 좀 딴 수를 부려야겠으니까 하루는 갑작스레 아주 아파 죽겠다 이기야. 그러니까 그 자기 남편도 왜 몬 병인가, 옛날엔 의사들두 마땅한 의사가 없거던. 그래,

"나 이제 죽겠는데 어떻하냐."

그 저 동네 의사를 데려다 그 집은 잘 사니까 동네 의사를 데려다 가서,

"내가 천상 쟈를 좀 없앨려고 하는데, 의사 맥을 보고서 천상 사람의 간을 빼먹어야 살 병이다."

이렇게 알려 달라 이거거던. 그러니까 그 의사가 여자 말 듣고서,

"아 야한테는 당신은, 이 부인은 병이 얼매나 중우한지 하믄 인간을 먹어야 살지, 여느 약은 없다."

이렇게 명령 내린단 말야. 그래 이가 천상 어떻게 사람 간을 구할 수가 없거던. 그래 이제 동네 또 백정한텔 보냈거던 그 아들을 간 좀 잘 잡아서 빼 보내라.

그러니까 이 백정이 나한테를 강냉이 같은 눈물이 뚝뚝 떨구며 우는걸 보이 참 불쌍하단 말야. 그러니까 백정이 가만히 생각해 보니까 이를 사람을 살려줘야 되겠다구. 그러니까 인제 자기 집에 3년 묵은 개가 있는걸 그 대신을 잡아서 간을 빼서 그 간을 아주 갖고서,

"넌 딴 데 가라. 가야 살지 여깄다간 죽는다."

보내 놓고서 간을 빼서 그 부인한테 옛날 종들이 많으니까 종한테 보내서 아무개 간을 빼 왔다니까, 아이 이 여자가 벌떡 일어나 앉더니, 아프지 않은걸 가짜로 아프다고 그러더니, 벌떡 일어나더니 간은 먹지도 않고 그냥 냄새만 흑흑 맡고,

"아이구 이제 살았다."

그러니까 자기 애를 잡으려고 명령 내린 거지. 그 야는 천상 저 집은 못 들어가고 굶어 죽으나 어디 간다. 그래 이제 집에서 떠나서 도망쳐서 이제 처 가는데 그 큰 도로 길로 스님, 중, 가라도중이라고 아주 유명한 중이, 중이 야를 보드니 관상을 척 보드니 그러니까 그래 도승이지.

"너 팔자가 아주 참 무서운 팔자구나. 너 까딱하믄 죽을뻔 했는데, 너 그 고비를 넘겼는데, 내가 시키는 대로 하믄 너 어디가 밥이나 얻어먹는다."

그래 어떻게 합니까 하니까,

"이 아래 저 걸어가믄 고개 넘어가믄 큰 기와집이 하나 있는데, 그 기와집이 아주 정승 댁인데, 거기가믄 청소하고 일도하고 낭구하고 그렇게 하믄 밥이나 얻어먹는다."

그렇게 하라고 그러더래. 그래서 그 어딘지도 모를 고개를 넘어가서 가니까 그 밑에 큰 기와집 하나 있는데 가서,

"아저씨 계세요."

하니까, 정승이 턱 나와서,

"너 어디 가는 애야?"

"예. 저는 부모도 없고 시방 혼자 자란 사람인데, 이 댁에 집간도 크

고 좀 뭐 하니까 여기 와서 내 일도하고 청소도 하고, 이제 떨어진 나는 거저 떨어져가는 밥알이나 주워먹고 살 테니까, 좀 있게 해 달라."
고 하니까,

"그럼 와 있으라."

내 거기서 이제 있는데 천상 그렇게 정승 댁 일도 하구 그래야 하거던. 옛날엔 뭐 암만 잘 살아도 낭구를 때야 하니까, 낭구도 가 산에가 해와야 하고, 그리고 부엌에서 불 때고 불 담아 주고, 문대기 뚫고 청소하니까, 아주 늘 재가 묻어 있거든. 낭구 탄 재. 그래 자꾸 묻으니까 재부엌데기라고 이름 지었어. 이름이 재부엌데기야.

하도 늘 청소하구 바쁘니까 집안에서 '재부엌데기야'그러는 거야. 정승댁 딸이 세 딸이야. 딸이 서이서 이 별당 저 별당에서 가서 공부들 하는데, 이렇게 사는데 가서 머슴을 산다구.

이제 낭구를 하다가두 자꾸 해 오니까 가까운 데가 없단 말야. 그래서 지게를 져서 저 산에 가 하는데 이 동네 사람들은 띤데 가 낭구를 해도 해 왔지, 그 행에 큰 거 있는데 그 산에 가 낭구를 해오믄 금방 벌 맞아서 동네 사람 죽어서 죽는단 말야. 그러니까 그 산에 가 못하는데 야는 멋도 모르고 가서 낭구를 해 와도 안 죽그던. 무사하단 말야.

근데 이 그러니까 갸 산이란 말야. 그게 아주 여느 사람들은 죽을까 봐 못 가는 거야. 그래 낭구를 한참 해 오는데 하루는 야 이게 이 산이 월매나 큰지 내 산이니까 한 번 돌아본다구. 그래 이제 지게를 놓구 낭구를 놓구 그 산을 이제 슬슬 돌아보니, 얼마나 큰지 한 중간쯤 가니까, 아 그 산밑에서 큰 병풍바우가 이렇게 있는데, 그 바우 밑에 아주 산신령이 탁 이런 할아배이가 앉아 있거던.

"너 올 때를 바랬는데 이제 오느냐?"

"예"

"넌 불쌍한 애다. 내 너를 기다렸다."

"예"

"내 너를 보물 좀 줄라고 기다리는데 보물 줄 테니까 시킨 대로 하라."

"예"

그러니까 이제 부는 퉁소 하나 하구 입는 조끼 하나 하구 준단 말야. 그래서,

"그 퉁소를 입에 대구 조끼를 입구서 밑에 단추를 하나 채우면 한 질을 올려 뜬다. 퉁새가 절로 닐리리 쿵덕쿵덕 하다가 퉁새소리 나구 거 올라간다구. 공중 비행기 마냥 뜬다. 그래 또 중간 단추 땐 보기 좋을 만큼 올라간다. 또 마지막 단추 땐 비행기만큼 올라간다. 그래가지구서 공중 절로 막 이렇게 돌아 댕기는 그저 맘대로 저거 하고 싶으면 저거 하구 막 돌아 댕기는 보물이다. 내려올 적엔 꼭대기부터 하나씩 탁탁 벳기믄 땅에 내려온다."

그래서 아 그 산이 얼마나 큰지 그렇게 타고서 올라가 돌아보이, 아주 멧 백 정도 되는 그 복판에 아주 팔각 기와집이, 네 바우잽이 여섯 개 주락단 비까비까한 기와집이 하나 있단 말야 산 한복판에. 들 한복판에 난 밭 터락이 멧 천평이 되는 멧 만평이 되는 그런 밭 한 복판에 집이 그렇게 크게 하나 있단 말야.

'아 저게 무슨 집인지 한번 내려가 본다구.'

단추를 탁탁 벳기니까 그 마당에 가 내려앉았단 말야. 내려앉아 보이 집은 빈집이야. 하나 주인도 없구 빈집인데, 얼매나 큰지 이 칸 저 칸 수십칸 들어가도 금도 있고 은도 있고 별개 다 있구 이런 좋은 집

이란 말야.

그래 거기 들어가서 제일 그래도 무서우니까 저녁에 어두우니까 복판에 들어가서 복판 방에 가서 떡 드러누웠어. 근데 한 12시정도 밤이 되니 쿵덕쿵덕 소리나지 아따 이 모이 나 잡을라고 온다구 가만히 서 있는데 아 바깥에서 숱한 사내 수십이,

"아 이게 어떤 놈의 새끼가 남의 집에 들어왔다."
구 아주 호령하거든. 그래 집에 들어왔으니 죽으나 사나 산삐리 쥐새끼 마냥 납작 엎드려 있으니까 키가 9척 되는 장사들이 칼을 들고 들어와 턱 보드니,

"아이구 선상님, 이제 오셨냐구?"

막 절을 꾸벅꾸벅 한단 말야. 젤 꼭대기 있는 놈이. 그렇게 내집이 됐단 말야. 그래 거기서 이제 자구서, 먼저 있던 나무 지게 있는 데를 갈라니, 그 먼데를 그냥 갈 수 없거던.

그 죄끼 입구 단추를 탁탁 하니까 공중에 떠서 비행기 마냥 닐리리 쿵덕쿵덕하고 먼저 지게 있던 자리에 와 내렸단 말야. 내려서 그 보물을 가지고서 낭구를 한 짐 해 가지구서 나무 거기다 감추구 집에 왔단 말야. 오니까,

"아 저 놈의 새끼 사흘만에 어디가 죽은 줄 알았더니 이제 낭구 한 짐 하구 내려왔네." 하고 집에서 막 욕한단 말야 정승 댁에서. 그래서 모른 체하구, 보물을 갖다 그저 큰 대문 그 다리 밖에다 감춰 놨어. 감춰 놓고 있더라니까 하루는 저 논의 박정승 댁에서 아들 결혼식 있다구 청첩장이 와서 김정승이 가게 된단 말야. 그래 인제 정승 댁에 잔치 불려 가는데 옛날에는 말을 그냥 혼자 몰고 안 가던. 어른들 말 점매꾼이라구 몰고가는 사람 있거든. 근데 딸은 서인데, 천상 남자야

몰고 가는데 딸은 못 몰고 가거든 앞에서.

그래 암만 생각해두 저눔의 재부엌데기 남자니까 재부엌데기래두 미워도 그눔밖에 말 끌고 갈 사람이 없단 말야. 그래 그냥,

'안돼겠다 넬 모래 잔치 보러 가면 잘 천상 저렇게 재 묻은 털 바지를 입고 가선 안되니까 옷두 당장 하라구.'

말이야.

'저 아이 입힐 옷 하라구.'

말이야. 옷 두루마기 다 하니까 딸들이 얼른 찍어매서 했단 말야. 그래 그 아들 참 그 재부엌데기 이제 데리구 가는 거야. 잔치 보러 가지.

가니까 아 뭐뭐 각 정승들이 오고 무슨 사람이 수천 멧 백명이 메얐단 말야. 그래 메야서 아 여기 잔치 지낸다구. 혼례 붙거든. 그냥 다음에 얼른 갔다 주구서 도루 집에 또 와서 집 와서 일 하구서 지냑[저녁]때 가서 모시고 오겠다고 집에 와서 옷을 훌훌 벗어서 농에 넣고 있는데, 그 전부터 언제였는지 정승 딸이 서 있었는데, 그 셋째 딸이 늘 자기를 사랑해 준단 말야. 어 전부 일심들로 모아서 거들어 주지 뭐. 깍짓손 이제두 전부 도와 주구 그런 단 말야. 그래 그렇거니 하구 있는데 그래 이제 있드라니까, 아 김정승 박정승들 모두 왔어.

"야, 세상에 오늘 사람이 수천 명을 많이 메야두 저런 추잡스럽고 저런 애새긴 못 봤다."

며 전수 숭보그던. 그래야두 셋째 딸은 숭도 안보구 가만히 있거던.

그래 이럭저럭 멧달을 따서 하루는 또 무슨 박정승 댁에 또 잔치 있다 그래. 또 총객들이 왔어. 와니까 또 김정승 말 타구 가는데 또 말 타구 가는데, 또 야 기양 타구가믄 좋겠는데,

'야 재복댁아 엎데려라.'

엎드리믄 등허리 밟고서 말 타고 가고 그런단 말야. 그래 정승 가지 정승 부인 가지 큰 딸 가지 작은 딸 가지 셋째 딸 가지, 아 자기 혼자만 집 보구 있는데 말 하나씩 타구서.

그래 인제 천상 가서 하나하나 엎데려. 말 타고 가라고 엎데리지. 그러니까 다 가는데 그 셋째딸 마지막에 가서 셋째딸 있는데 엎데리니까,

"너 비켜라. 너 없이도 나 거 갔다. 사람 어떻게 등허리 밟고 가냐?"

그래 기양 가거던. 그래 가만히 생각하니 그 잔칫집에 나두 좀 가구 싶단 말야. 그 보물 있기 때문에 그란데 말두 없구 그냥 가만히 보니까, 하얀 말이 하나 남았거던. 다 타구 가구. 그러니까,

'저눔 말을 하나 내가 타구 간다.'

그래서 옷을 나가서 먹을 목욕하구서 잘 차려 입고서 잘 하구서 옷이 있으야지. 그래 혹 셋째딸 여자 옷이라두 있나 하구 가서, 농에다 이렇게 셋째딸 농에 가서 뒤져 보이, 아 자기 몸에 꼭 맞는 옷이 있단 말야. 그래 이 셋째가 벌써 해 놨어. 재부엌데기 옷을 해 놨다구. 옷, 바지저고리랑 두루매기까지 다 해 놨다구.

'야 이제 다 됐다.'

옷을 입구서 하얀 말을 먹으루 갈아서 먹칠을 해서 까만 말을 만들어 버렸어. 그랬더니 그게 자기네 말이 아닌 줄 알지. 까망둥이 같다 그라구. 그래 이제 그렇게 다 준비하구서 그 담에 말 타구서 죄끼입구 단추를 누르니까 말채로 그저 공중에 떠가는 거야.

닐리리 쿵덕쿵덕 하구서 그 잔칫집 마당에 가 비잉 그 공중에서 도니까, 사램이 수 백 명이 와서 와글와글 먹느라고 야단들 치거던. 그

런데 자 찾아 내려와 보이, 막 하늘이 들썩들썩하구 참 퉁새소릴 내구 그러니까, 아 모두들,

'아 잔칫날이 좋긴 좋다. 오늘 신선이 하강한다구. 아 저 어서 내려 오십시오.'

아 저 상에 있는 거 다 제쳐놓고 이렇게 크게 차려 놓고서,

'내려오시라고.'

모두 손 빈다구. 그 담에 모른 체 하구서 착착 짐을 벳기구 내려 오니까, 말이 깜말이란 말야. 그리구 이제 여러 사람이 말을 메구서, 이 제 신선 하강님 상 갔다 채려주구 그러니까, 그 저 잔칫집이라는 게 뭐 신랑 신부보다 아 하강님이 더 성하지 뭐, 그 하늘에서 그런 사람이 내려 왔으니 뭐. 그래 갖다 상을 죽 채려 놓고 앉아 먹는데.

이 정승 셋째 딸이 가만히 들여다 보이 이 두루마기고 뭐 꼭 자기 솜씨거던. 이상하단 말야.

'그럴 일 없겠는데 이게 꼭 자기 솜씬데 이상하다.'

그냥 에이 이거 만약 몰라 그래두 가만 뒤에 가서 그 두루마기 옆에 다 이런 표시를 해였어. 집에 가 찾아볼라구. 맞나 안 맞나. 그래 이제 꽂아놓구 모른 체하구 있는데, 다 먹구 그래가지구 이눔이 또 배짱이 좋았어.

"아 들어라. 나 이제 잘 먹구 가는데 가줄[쌀강정]을 좋은 걸루 세 뭉텅이만 여라."

그러니까 집에 가서 감춰 놓고 셋째딸 하구 먹을라구 세 뭉탱이를 여라 그러니까,

"예"

하구 여어 넣구 그래. 이제 말 가서 자기말 타구 왔던 거 탁 풀어서 타

구서,

"잘들 있으라구 나는 하늘 또 올라간다구."

가서 참 말 타구서 죄끼 단추 턱턱 하니까 또 올라가거던. 소리를 내면서. 그래서 모두 엎드려서 닭이 수리 보듯이 말뜨가니 하구 쳐다 보구 있거던. 숱한 백성이.

그래 이제 집에 가서 탁 내려서 얼른 큰 강에 가서 말을 씻어서 하얀 말을 맨들어 버리고 자기옷 입구 갔던 거 착착 개서 셋째딸 농에다 고대로 옇고, 이 또 부엌에 가서 막 굴러서 다시 재부엌데기 됐단 말야.

그래고 있드래니까 지약때도 안됐는데. 아 그게 좀 미심해서 얼른 가 알아보려고, 아 셋째딸이 먼저 막 달려온 거지. 집에 와서 말도 못 매고 기양 말 마당에다 내 버리고 신발도 안 벗고 자기 방에 들어가 농부터 뒤져보는 거야. 그래 뒤져 보이 은표가 한 개 있단 말야. 나왔 단 말야. 자기가 표 넣은 게.

그 다음에 혼자 거기서 춤을 럴럴러 추는 거야. 남두 모르게. 하두 좋아서. 그래 한 몇 시간 때 지약때 되니까 이 정승 어머니 아버지 큰 딸 둘째딸 다 오거든 와서 말들 매고. 그래 야가 나가서 하나씩 받아 서 말 매고,

"잘 하고 오셨습니까."

인사하고 그래 이제 저녁 식사 때 되니까, 정승 온 집안이 저녁 차 려서 먹는데 재부엌데기도 한짝 구석에 앉아서 먹게 됐는데, 야 숱한 사람이 이제 큰딸들이 이러지.

"세상 사람이 그렇게 많이 모였어두 저런 못난이 새끼는 없다구."

흉 보거던. 그렇게 갔다 온 것두 모르구. 그래 셋째딸은 알구 있지.

"아이 그 참 나두 좀 가서 그런 귀경하는 걸 잘못했다구."

이러거던 이눔이. 지가 갔다 와서. 그러게 여느 사람은 모르지. 셋째 딸은 벌써 알지. 그 표가 있으니까.

그래서 이제 그렇게 지내고 또 몇 달 있드라니까 나라에서 임금이, 대통령이지, 죽었으니까 대통령 시험 본다. 각 도 정승들한테 쪽지가 왔어. 그래서 정승들도 어떨까 한번 가볼까 하고 준비하는 거야. 가는 데 천상 또 말 앞에 몰고 갈 사람이 재부엌데기밖에 없지. 그러니까 또 옷을 해 입혀 가지구 가는데.

서울 가니까 뭐 높다 하는 사람 다 와서 시험을 보는데. 시험을 어떻게 냈냐 보니까, 그거 하늘이 벌써 알거던. 이 과거가,

'짚풀로 큰 단지를 맨들어서 이 짚을 틀어가지구서, 단지를 맨들구 이 짚풀루 방맹이를 해 가지구서, 공중에 종 모양으루 달구서, 그걸 방맹이루 들어서, 이 짚 방맹이루 종을 쳐서 무쇠 종처럼 소리나는 사람이 왕이 된다.'

이렇게 시험 문제가 났거던.

'짚으루 만든 종을 크게 해서 달아 매구서, 또 짚풀루 방맹이를 맨들어서, 한번 때려서 종이 아주 서울 장안이 들썩들썩 울려 나는 사람이 임금 된다.'

그래서 이제 차례차례 가서 다 치니, 그게 뭐 소리가 날 리가 있어? 짚으루 전부 맨든 게. 그래 다 걸리는데 이정승이,

"야 너두 남잔데 한번 와서 이거 한번 헛일 삼아 한번 쳐봐라."

이러거던. 아 그러게,

"내가 들어가서 한번 쳐본다구."

아 이눔이 짚 방맹이를 들어 치는데, 서울 장안이 들썩들석한단 말

야. 소리 나기를. 그래 하눌이 낸 사램이지. 그래서 거기서 당선되니, 그 담에는 뭐 이정승은 끌고 온 말도 못 타고 꽁지 빠지게 집으로 오는 거구, 그 사람은 거기서 당선 됐으니까 이제 떨어진 거지.

그래서 오니까 아 큰딸 둘째딸 막내, 마당으로 나가서,

"아이구 아버지 어떻게 됐습니까?"

"야 말두 마라. 야 말두 마라."

"아 재부엌데기는 왜 안 옵니까?"

"아 말두 마라. 말두 마라."

그래서 이제 집에 와서 그 사람들 다 떨어지구.

재부엌데기는 거기서 서울서 당선돼 가지구서 그담에 어떻게 하냐니까, 옛날에,

"여기는 도읍지가 아니다. 내 이제 봐 둔 데가 있다. 먼저 낭구 하다가 가서, 파란 기와집 좋은 들 있었거든. 거기로 궁궐을 웽기겠다구."

당선 돼가지구 거 가서 궁궐을 웽겨 가지고서, 이 정승 셋째딸한테 결혼해 가지구, 아들 딸 나 가지구, 거기서 아주 잘 살다가 어제 그제 죽었다구 그래.

제보자 : 전시언(남, 74세. 강원도 인제군 기린면 거주. 1999.8.13~8.15 채록)

74

세상에서 가장 재주 좋은 사람

＊핵심어 : 사윗감 구하기, 옷감짜기 달인, 풀베기 달인, 집짓기 달인, 최고로 빠른 사람

옛날에 이제 딸이 아주 참 아주 동작이 빠른 딸 하나가 잘 자라구 있는데, 딸이 아주 참 미녀루 잘 크구 있는데, 아주 재주가 얼매나 좋은지 세상에 배필을 해 줄 남자를 만날 수 없어.

옛날에는 이 전국적으루 이제 수배하는 모양으루 광고를 내 붙이지.

'우리 딸애는 기술이 훌륭한 딸이 있으니까, 남자, 그런 남자가 있으면 우리 집에 와라'

이렇게 광고를 턱 냈어. 그래 이제 딸은 어떠한 기술이 있는가하면, 명지 바지저고리를 이제 누에를 키와 가지고서 명주실 뽑아 가지고서, 그때 또 짜가지구 옷을 한 벌 하는데, 열두시 전에 다 한다 이기야. 그런 빠른 딸이 있다 이기야. 인물두 잘나구. 근데 그런 똑같은 남자를 얻어 줄라믄 참 힘들거던.

그래서 이제 전국적 광고를 냈는데, 그 광고를 듣구서 어떤 사람이 하나 왔어. 그 딸네 집에.

"계십니까. 제가 광고를 보고 왔습니다."

그러니까,

"아 그래 들어와."

사랑채에다 모셨단 말야.

"너는 어떠한 기술이 있느냐?"

"예 저는 그저 열두시 전에 논 삼천 평 일궈가지구 삼천 평 수확 다 해낼 수 있습니다." 그래니까 어지간 허지. 그래니까 딸이랑 비슷하 단 말야. 그래서,

"기다려 봐라. 낼 아침 우리 땅이 많으니까 그래서 아침 먹구서 나 가서 눈떠서 당장 하라."

그래 이눔이 나가서 참 빠르긴 빨라. 삼천 평 그저 막 삽으로 맨들 어 가지구서 논두렁 해 가지구서 벼를 심어서 하는데, 다 하구서 앉아 있드래니까, 아 이 여자가 누에를 키워가지구 벌써 다 해서 자기 옷을 한 벌 탁 해서 점심 그릇에다 이구서 왔다 이기야. 와서,

"점심 잡수시오."

이런단 말야. 그러니까 점심 먹을 동안에 실지 다 했느냐 안 했느 가, 이 여자는 삼천 평 논을 둘러보는 거야. 둘러보는데 그날 따라서 또 비가 왔어. 삼천 평 맨드는데 그래서 이제 삼천 평 다 써서 모 심어 놓구서 논두렁 깎다.어떻게 비가 와서 삿갓을 쓰구 있다가 삿갓을 놓 구서 논두렁 깎았는데. 이 여자가 돌아보니까 삿갓을 들으니, 거기 논 두렁은 안 깎았다 이기야. 다 했는데.

그러니가 이 여자가 도루 와서 빠꾸시켰어.

"당신 재주두 좋지만 당신이 결과를 맺지 못하는 남자니깐 못 살겠 다. 결과를 맺지 못한 사람이니까 당신은 이 옷이나 한 벌 입구 가라."

이기야. 그래 빠꾸 맞았지 뭐. 그래 갖구 쫓겨 가는데 참 기가 맥히거던. 분하단 말야. 죽도록 했는데 그래두 뭐 안 되겠다는데 어떻해. 그래서 빠꾸 맞아서 가는데 그래 그 집에서 떠나서 저 한 20리 정도 가믄 고개가 있는데 그 고개에 가믄 낭떠러지기 강물두 내려가구 그런데 바우두 있구 그 바우에 가서 턱 앉아서 그 사람은 거가 앉아 있구.

그 담날 또 어떤 사람이 그 광고를 보구 찾아와서,

"당신은 어떠한 기술이 있습니까?"

그러니까,

"예 그저 저는 좋은 기술이 있으니까 재료만 채려 주십시오. 저는 그저 딴 기술이 없습니다. 열두시 전에 8칸 기와집을 지어서 싹 온돌 놔서 불까정 때는 기술이 있습니다."

그것두 빠르지.

"열두시 전에 또 저 밭에다 집 지으라구."

이눔이 8칸 집을 다 지어서 다 문을 짜서 다 달구서 불러 놓구서 앉아 떡 있드라니까, 참 또 명주 나서 옷 한 벌 해서 점심 그릇에 이구왔단 말야. 이 여자가 와서,

"점심 잡수십쇼."

그래 점심 먹구 앉아 있는데, 이 여자가 또 집을 돌아보고 어디 뭐 잘못 빠졌나. 8칸 싹 지어 싹 문을 달았는데, 아 저 한 짝 구석에 가서 쪼끄만 골방 있는데 이 돌쩌귀 하나가 빠졌드래. 싹 다했는데. 이눔이 시간이 없어 고거 하나 못했는데 그걸 뺐다 이기야. 그래서 또 빠꾸 맞았어. 옷 한벌 얻어 입구 또 가는 거야.

그래 욕을 하지 사람들이 그래 이 사람이 또 가다 보니까 고개 가서

있드라니까 뭐 한자리 앉아 있는데 거가 또 앉아있거던. 그러니까,

"당신은 무슨 영문이요?"

하니까,

"아 나는 뭐 이렇게 죄다 빠꾸 맞았다."

"나는 또 오늘 집 짓다 빠꾸 맞았다."

"야 우리 조금 있다 그 여자를 아주 가서 동여매 쥑입시다. 그런 여자가 어딨냐?"

그렇게 둘이 약속하고 있거던. 그래 있는데, 고 다음날 또 한 사람이 찾아왔단 말야. 그래 "광고를 보고 왔습니다."

하니까,

"당신은 무슨 기술이냐?"

"아 저는 기술, 좋은 기술이 있습니다. 우선 좀 쉬게 해달라구."

그래 밥 먹구서 뭔 기술이냐니까,

"베룩 서 말을 열두시 전에 굴레를 다 짜 씌운다는 거야."

기래서 또 어떻게 베룩이 서말을 용케 잡아다 줬어. 그래서 이제 굴레를 다 짜고 있는데, 어떻게 옛날엔 담배를 피운다는 게 이런 끝을 터는 담뱃대가 있어. 어떻게 담뱃대를 피우다가 다 씌우다 담뱃대 놨는데, 아 또 명지 저고리 한벌 열 두시 전에 해 가지구서 왔는데 앉아있드라니까,

"아 점심 잡수세요."

하구 놓구서 베룩 서말을 검사를 하는데, 아 다 씌웠는데 아 담뱃대 밑에서 한 마리 톡 튀어 나오드래 베룩이. 그래 또 놓쳤단 말야. 그래 빠꾸 맞어 또 쫓겨가는 거야. 옷 한벌 입구. 그래 그 밑에 둘이 쫓겨간 게 그때까지 있어. 둘이 부아가 나니까. 그래 또 서이 됐단 말야. 세 사

람이 됐단 말야. 그래서,

'이왕 할 수 없다 저런 여자는 세상 데루고 살 사람 없으니까 우리가 아주 없앳버리자.'

서이 가서 그 여잘 가만 들어가서 붙잡아 왔어. 붙잡아다 가서 동여매서 그 처에 앉았던 자리에 큰 강이 있는데, 큰 둥근 바우 위에 앉았다가 거기다 갖다 떨궈 물에 떨궈 죽이자 했거든. 그래 이제 이 여자를 붙잡아다 가서 동여매서 이제 물에다 바우 밑에다 떨구는 길인데, 한 반 떨구는데 그 밑에서 떼 타구 내려오든 사람이 있드래.

뗏목 타구 내려오든 사람이 턱 보드니 아 아까운 처녀를, 떨어지믄 죽그던, 떨구드래 서이 놈이.

'아 저거 살려야겠다.'

떼를 내버리구 함경도 원산 가선 낫을 쳐서 일본 동경 가서 대를 베다가 방구리(바구니)를 져서 받았어. 떨어지는 걸 받았단 말야. 그래서 그 사램이 그 여자를 데리구 살드라 이거지. 그래 빠르지 그 사람이.

제보자 : 전시언(남, 74세, 강원도 인제군 기린면 거주. 1999.8.13~8.15 채록)

75

가장 좋은 음식

*핵심어 : 세자 자격 시험, 광해군, 가장 좋은 음식, 소금

　　선조 대왕이 14형제 딸 10이여. 24남맨데 왕비가 있고 귀비가 있어. 누구한테 보위를 넘겨 주어야 하느냐 선조대왕이 고민했어. 그래 아들 다 모아서,

　　"느그들 어느 음식이 좋으냐?"

　　아들들이,

　　"떡이 좋다."

　　"국수가 좋다."

　　다 각각이거든. 광해군은 가만히 있다가,

　　"소금이로소이다."

　　"어째서?"

　　선조 대왕이 물었어.

　　"모든 음식에 소금이 없으면 맛이 안나니께."

　　해서 임해군을 물리치고 왕위에 올랐어.

　　제보자 : 조준식(남, 70세. 강원도 인제군 기린면 거주. 1999.8.13~8.15 채록)

명당 자리
-복 없는 사람-

＊핵심어 : 지관, 명당 잡아 주기, 아들들의 불순종, 명당의 임자

옛날에는 자식들 잘 되라고 산자리 잘 쓰거든. 옛날 대가 집에서 풍수지관이 와서 산을 쓰려고 하는데 산에 올라갔는데 척수가 있어. 너무 깊이 파거나 그러면 안 되거든. 그러니까 지관이 봐서 깊이 팔 때도 있고 얇게 팔 수도 있어.

파고서 보니까 더두 못파고 노란 바위가 있드래. 지관이,

"여기다 쓰라,"

고 하니, 맏아들과 둘째아들은,

"그래 하겠다."

하는데, 막내아들이,

"아버지를 바위꼭대기에 쓰느냐?"

하며 반대해. 그래 형제간에 싸움이 났어.

그래 지관이 돌 하나를 드니 학 한 마리가 날아갔어.

"그래도 쓰겠냐?"

하니 안 쓰겠대. 그래 지관이 다른 한 쪽을 드니 또 한 마리 학이 날아

갔어.

"그래두 안 쓰겠다."

고 그래. 네 군데 다 날아가니, 이젠 다 날아가서 못쓰겠다는 거야.

"그래두 쓰라구."

했더니 막무가내더래. 그래 한 복판을 척 드니 어미학이 날아가더래. 새끼학이 다 날아가두 어미학만 있으면 다시 모여드는데, 그래 복이 없는 사람이 있구 명당자리두 임자가 있어.

제보자 : 조준식(남, 70세. 강원도 인제군 기린면 거주. 1999.8.13~8.15 채록)

77

딸의 거짓말

*핵심어 : 아버지의 딸 시험, 딸의 유산 거짓말

부잣집 아버지가 죽으면서, 딸이 어떻게 하나 보려구, 이정 죽은 것처럼 하고 딸을 오라구 그랬단 말야.

온 다음에 모두,

"나 밭 좋은 것 3000평 준다구 그랬다."

구 거짓말로. 오빠 듣는데서. 그래,

"이년아 내가 안 죽었어."

벌떡 일어나서 그랬단 말야.

제보자 : 조준식(남, 70세. 강원도 인제군 기린면 거주. 1999.8.13.~8.15 채록)

78

낚시하다 곰과 호랑이 잡아 부자 되기

＊핵심어 : 낚시로 연명, 곰의 가재 잡기, 호랑이 잡기

옛날에 어느 한 사람이 아주 가난하게 살다가 부자가 됐는데, 그 사람이 살집이 없어서 농사도 못짓고 낚시질만 해서 근근히 살았어.

밤낚시질을 잘하는데 잡아 가지고 팔아 가지고 연명을 해서 살아가는데, 밤에 괴기를 낚으러 가는데, 아주 첩첩한 산간인데 절벽이 아주 깎아지르게 있고, 그 아래서 고기를 하면 그게 잘 잡히거든.

가난하게 사는데 매일 죽 쒀 먹고사는데, 식구가 낚시질을 조용히 하다보니까, 인기척이,

"더그덕 더그덕"

소리가 나서 보니까 큰곰이 새끼를 두 마리 데리고 와서는 가재를 잡아 먹는기야. 큰 바우 밑에서 잡아먹는데 인제 가재를 곰이 좋아하는데, 인제 바우를 들고 고기잽이를 곰이 하는데, 큰 덤바우를 기운 센 놈이 이렇게 벌떡 들고 있으면은 가재 고기가 있는 것을 딴 놈이 주어 먹고는 간단 말야.

괴기를 낚싯대로 낚으면서 보니까, 등걸이 격상구에 큰놈의 호랑이

326 우리 구전설화

가 앉아서 가재를 먹는 것을 독을 쓰고 앉아서는 보는 거야. 호랑이가 곰을 잡아먹으려고 독을 쓰고,

'에잇, 까짓거 고기는 그만 두고 호랑이나 잡아야겠다.'

저 뒤로 돌아가지고설래 개울에서 가재를 잡아먹고 있는 것을 내려다보는 놈을, 돌아가지고서내 살살 호랑이 뒤를 올라가서내, 가만 보니까 정신을 차리지 못하고 그것만 쳐다보고선.

호랑이에게 가깝게 가가지고서는 탁 치니까, 이놈의 호랑이가 뭐 다른 짐승인 줄 알고,

"옛!"

저녁에 잡아먹으려고 하는 곰한트루 한껏 뛰니까, 아 이놈 곰이 그 당시엔 뭘 했느냐하면, 큰 바우를 이렇게 들고 있다, 아 이놈의 호랑이가 마침 덤비니까, 아 지가 조급하니까 탁 박아버린 거야. 그러니까 새끼 두 마리가 죽었어.

이래서 곰하고 호랑이하고 쥐어 잡고 싸우니까, 무서우니까 집에 가서 자고 아침에 왔는데 어떻게 됐는가 하고 가보니까, 호랭이 큰 무더기하고 아 곰하고 나가서 자빠져 죽었겠지. 그래서 가재 잡았던 곳에 가보니까 곰새끼가 죽어있거든.

그래 가지구 이놈의 곰두 팔구, 호랭이 껍데기두 팔구 그랬잖구 부자가 돼서 잘 살았어.

제보자 : 이병성(남, 83세. 강원도 인제군 기린면 거주. 1999.8.13~8.15 채록)

79

소나기 무서워 도망친 호랑이

＊핵심어 : 금강산 호랑이, 소나기, 소를 소나기로 알아 도망치는 호랑이 잡기

옛날에 금강산 호랑이가, 금강산에서 호랑이가 많이 사는데, 산에서 맨날 살아보니깐 뭐 즐거운 게 없거든.

'아이, 내가 여기서만 살 것이 아니라 마을에 좀 내려가서 사람 구경을 좀 해야겠다.'

그래 인제 마을에 내려 온 거야. 마을 복판에 내려오니깐 농부들이 멍석을 깔고 신을 삼고 새끼를 꼬고 아주 쭉 앉아서 얘기를 하거든. 거기 가만히 앉아서 보니 조금도 사람이 무시운 기를 안 하는 거야. 그래 앉아봤는데 한참 기다려. 저 꺼먼 구름이 나오면 우당탕 뚱땅하고 소나기 온다 하고,

'아이고 큰일났다, 소내기 온다.'

하구 짚이랑 멍석이랑 걷어 가지고 그냥 뛰들어간단 말이야. 사람들이 아니 호랑이는 갈 데가 없잖아. 사람이 무섭다고 다 쫓겨가는데 갈 데가 없어서,

'나보다 소나기가 더 무서운가 보다.'

아 이리로 갔다, 저리로 갔다 갈 데가 없어. 가다보니깐 마구간이 하나 있어. 마구간에 들어갔더니 소가 있어. 거기 가서 가만히 대가리 틀어박고 무서워서, 소내기가 무서워 있는데, 소도둑놈이 소를 훔치러 들어와서 이렇게 만져보니깐 굴레 없는 소가 제일 크거든.

그래 끌고 간 거야. 호랭이를 끌고 간 거야. 호랭이가.

'아 이제 나는 소내기한테 잡혀죽었다.'

숨도 못쉬고 끌려가는데 보니깐 날이 새서 보니깐 호랭이래, 소가 아니고. 그래 호랭인데 어떡해? 호랑이 등에 올라탔대. 그러니깐 호랑이가 소나기 떨어지라고 그냥 막 뛴 거야, 소나기 떨어지라고. 사람은 무서워서 탔는데 소나기가 올라붙었으니깐 자기를 잡는다. 무서워서 소나기 떨어지라고 막 뛴 거야.

얼마만치 가다보니까 사람 사는 데가 있나 이렇게 본 거야. 굴이 요만한 게 있어서,

'내가 여기서 내려서 저 굴로 들어가야 되겠다.'

가다가 후떡 떨어져서 막 쑥 들어가니까, 곰이 호랑이보고 하는 말이,

'야 너 먹이를 가져오다 왜 내삐니.'

'아니다, 그거 소내기다. 아니야 난 소내기한테 잡혀 죽을 뻔했어.'

곰이 하는 말이,

'내가 잡아먹거든 볼래?'

지가 밤새도록 싣고 왔는데 지가 잡아먹겠다니 잡아먹는다니까 억울한 거야. 지가 선임잔데 곰한테 줄 수가 없잖아? 곰이 일어나니까 똥구멍을 쑥 굴속으로 디미는 거야. 그러니 어디 갈 데가 있어, 굴 안에 들어갔지. 꼼짝없이 곰한테 죽겠는데 큰일났거든.

다 들춰보니까 옛날에 칼을 접어서, 나무를 깎는 칼이 있어. 그게

하나 있단 말야. 곰의 불알을 살살 긁으니까 좋더래. 그래서 그 주머니칼로 불알을 홀랑 깠대. 홀랑 까니까 나와서 겅중겅중 나뛰다가 죽겠으니까 나가 자빠져 죽었거든.

호랑이가 보니까 소나기는 소나기란 말이야. 곰이 먹으면 저도 하나 얻어먹으려고 앉아 있어보니까, 소내기는 소내기야, 곰이 죽었으니까. 굴에서 나앉아서 지켜보니까, 아 곰이 죽었으까.

낭구를 해다가 불을 뻘겋게 해놓고 곰을 이렇게 쩨겨갔고 불에다 궈 갖고 자꾸 먹거든, 잘라서 먹는 거야. 이렇게 고기를 자꾸 자르면 호랑이도 배가 고프니까 먹구 싶은데 딱 보니까 사람이 혼자 먹거든, 그 불 해 놓구.

너무너무 배가 고프니까 내려가서 곁에 앉아 가지고 자주 먹으니까 호랭이가 곁에 앉아,

"아이구 한 점 달라구,"

"준다구."

이만한 돌을 불에 넣어서 벌겋게 달았지. 이미 시뻘겋게. 눈 딱 감고 입 딱 벌리면 준다니까 눈 딱 감고 입을 벌리면 고기 한 점을 딱 입에 넣고 그럼 홀떡 먹고, 고기 한 점 떼어 주고 몇 번 맥인거야. 호랑이가 또 눈 딱 감고 입벌리니까, 새빨간 돌을 달궈서 집어는 거야. 속에 돌이, 돌이 들어갔는데, 불덩어리가 들어갔는데 살아? 죽는다고. 날뛰다가 죽는데.

그 소도둑놈이 소 훔치러 갔다가 소는 못 훔치고 곰 잡고 호랑이 잡고, 그래가지고 아주 크게, 소도둑질 안 하고, 잘 살았대.

제보자 : 엄정희(여. 강원도 인제군 기린면 거주. 1999.8.13~8.15 채록)

80

꾀보 하인

* 핵심어 : 상전 속여 이득 챙기는 하인, 밥 가로채기, 죽 가로채기, 팥죽 가로채기

　옛날에 어느 선비 집에 하인이 하나 있었는데, 이 하인이 꾀가 많은데, 이 꾀를 선하고 착하고 좋은 데 쓰지를 않고, 자기 이익, 자기 편한대로, 자기 위주로 꾀를 쓰는 그런 하인이야.

　근데 그 주인이, 과거시험을 치러 가게 되었을 때, 이 하인을 데리고 가면서, 그래 먹을 음식을 싸 가지고 출발을 했는데, 가는 도중에, 아직 때가 안된 것 같은데, 이놈이 자꾸, 하인이 주인한테,

　"하이고, 밥을 먹으셔야 됩니다."

　"야 이놈아, 아직 때가 안되지 않았느냐? 그런데 무슨 밥이냐고?"

　"지금 밥을 안 먹으면, 밥이 변질돼서, 상해서 썩어서 똥이 됩니다. 그러니까 지금 먹어야 됩니다."

　그러니까,

　"에이, 이놈아, 아직 때도 안됐는데 무슨 소리냐? 가자."

　그리고 가는데, 그 중간에 이놈이, 화장실을 간다고, 다녀왔는데, 그리고 나서 어느 정도 가니까, 때가 되어 가지고,

"야, 밥을 먹자."

이래 가지고 이제 밥을 먹는데, 도시락을, 밥통을 열어보니까, 밥은 간곳이 없고 똥만 들어 있더라 이 말야. 그래서,

"야 이놈아, 이게 어떻게 된 일이냐?"

"아까 제때 밥을 안 먹으면 밥이 변질돼서 똥이 된다고 제가 그랬지 **않았습니까?**"

그렇게 얘기했으니 할 수 없어, 주막 가까이 가서 돈을 주면서,

"야, 죽을 한 그릇 사온나."

그러고 보냈는데, 아 이놈이 죽그릇을 가지고 오면서, 자꾸 손가락을 넣어서 휘젓고 있단 말이야.

"야 이놈아, 죽그릇에 왜 손가락을 넣어 휘젓고 있느냐?"

"아이고, 다른 게 아니고, 제가 감기 기운이 있는지, 콧물이 한 방울 떨어져 가지고, 그 콧물 건져낼라고 제가 젓고 있습니다."

"에이, 이놈아, 니나 먹어라."

그러면서 돈을 주면서,

"이걸로 팥죽을 좀 사온나."

이러니까, 팥죽 사러 가 가지고, 그릇을 가지고 오면서, 또 손을 넣어서 젓고 있거든?

"야, 이번에 또 때문에 그러냐?"

"아이고, 제가 머리를 자주 못 감아 그런지, 머리 이가 한 마리 떨어져 가지고, 그놈 이를 건져낼라고 그래 손가락으로 지금 젓고 있는 중입니다."

"하이고, 그거 니나 먹어, 니나 먹어."

그래서, 그 하인이, 밥도, 죽도, 팥죽도 다 먹었지. 이와 같이 이놈의

하인은 꾀를, 자기 배불리 먹는 데, 자기 편한 데 쓰는 못된 하인이었
다고 해요.

제보자 : 신정규(경북 김천 출신, 남, 1940년생. 2015.7.23. 채록)(경북사대 졸업
후 교사생활을 했기 때문에 거의 표준말로 구술함)

⑧

금덩이 나눠 가진 의좋은 형제

*핵심어 : 가난한 형제, 눈먼 동생, 우물속의 금덩이, 개구리로 보이기, 금덩이
        나눠갖기

형제간이 둘이 살았는데, 너무 너무 가난해요.

동생은 눈먼 사람이고, 형은 아니거든? 길을 가다가, 얻어먹으러 구
걸하도 다니면서, 목이 말라서 우물가에 이래 둘이 물을 마시면서 들
여다보니, 금덩어리 하나가 있어. 그래서,

'저걸 가지고 가서, 두 개면 동생 하나 나 하나 가지면 되는데. 하나
라 쪼갤 수도 없고, 그냥 놔두고 가자.'

그러고 놔두고 둘이 가는데, 이제 물을 보고 간 거죠. 근데 가다가
보니까, 어떤 깡패처럼 생긴 술주정뱅이가 왔어요. 와 가지고 해코지
를 할려고 그러니까, 얼른 가르쳐준 게,

"내한테 그러지 말고 저기 우물가에 가서, 거길 들여다보면 금덩어
리가 하나 들어 있으니까 가지고 가쇼."

그러니까 이 술주정뱅이가 우물가에 뛰어가서, 이리 들여다보니까,
금덩어리가 있는 게 아니라, 손바닥만 한 개구리가 떠억 이래 가지고
있거든? 그러니까 성질이 나 가지고,

"뭐야, 암것도 없으면, 이놈의 개구리 새끼."

그러면서 짜악 찢어놨어요. 그 개구리를. 짜악 찢어서 우물속에다 버려버렸어. 그려놓고 와서는,

"거짓말했다."

고 두 형제들 뒤지도록 두들겨 팼어(웃음). 그려 가지고, 실컷 맞고, 힘이 없잖아요? 우물가에 가서,

"어차피 늦었으니까, 물이나 먹고 가자. 갈 데도 없는데……."

그리고 우물가에 딱 가니까, 금덩어리가 두 개가 반으로 따악 쪼개져 있어. 그래 가지고 가서 하나는 아우 주고, 하나는 형이 갖고, 잘 먹고 잘 살았대요(웃음).

제보자 : 이옥선(경북 상주 출신. 여, 1953년생, 2015. 7. 23 채록)

제주도 대한 소한 추위로 할아버지 수염이랑 얼어붙은 사연

＊핵심어 : 제주도 추위, 친구 방문, 손님 대접, 수염이 얼어붙기

우리 제주도에는, 겨울철 가장 추운데, '대한과 소한 때 나간 사람은 기다리지 말라'는 그런 속담이 있는데, 옛날 의복이 시원치 않을 때, 그만큼 대한과 소한은 1년 동안에 가장 추위가 무섭다는 그런 때 있었던 얘기에요.

바닷가 알뜨르(앞들) 할아방이(할아버지가) 친구 찾아서, 저 산간 웃뜨르(윗들) 할아방집으로 갔어요. 그러니까 그 웃뜨르 할아방은 그 추운 겨울임에도 불구하고 친구가 찾아온 친구에게, 반갑게 맞아서, 이 말 저 말 하면서 이제 얘기를 허는데, 그 집의 할머니는 인자(인제) 또 어려운 가운데서 친구가 왔으니까, 눈치를 살피니, 빨리 갈 것 같지는 않고(웃음),

점심 대접을 해야겠다고 생각을 해서, 낮이 돼 나기까, 인자 올레집 (이웃집)에 가서 쌀 한 됫박을 인제 꿔 오고, 불을 지펴서 밥을 끓여두고, 인자 국을 끓야야 하겠는데, 겨울이라 눈은 오고, 텃밭에 가 가지고, 나물을 몇 포기 캐와야겠는데, 눈은 쌓이고, 그 텃밭의 눈을 손으로 헤치면서 나물을 캤는데, 마침 인자 소변이 마려워서, 그 굴중의라는 거, 가랭이가 넓은, 그 옛 할머니들이 입었던 굴중의 바지를 끌러서 그 밑으로 인자 소변을 보고서 일어설려고 하니까, 뭔가 잡아당기는 그런 것이 있어.

보니까 인자, 알수염(아랫 수염 : 하문의 털)이 얼음에 얼어서, 붙잡아서 일어설 수가 없는 거야. 일어서지 못하니까 인자, 하 거기 가만히 앉아 있는데.

방에서 두 할아버지는 이 말 저 말 하고, 낮이 거의 돼 가도, 할머니가 무슨 점심을 차려 오는 기색이 없으니까, 할아버지가 밖에 나와서, 할머니가 어디 갔나 찾아보니까, 텃밭에 가만히 앉아 있어. 자세히 가서 보니까,

'못 쓰겠다.'

하고서, 이 할아버지가,

'입으로 김을 불어넣어 가지고 그 얼음을 녹여서 할머니를 일어서야 되겠다.'

고 해서, 엎드려서,

"푸우, 푸우!"

하고 김을 불어넣는 거야. 할머니 알수염이 붙어 있는 그쪽으로 인자. 푸 하고 부는데, 한참을 그렇게 불다보니까, 인자는 그 할아버지 턱의 수염이 얼음바닥에 얼어붙었어요(웃음).

그러니까 그 할머니는 알수염이 얼음바닥에 얼어붙어서 꼼짝도 못하고, 할아버지는 푸 푹 엎드려서 할머니 알수염 쪽으로 불어넣다 보니까 턱수염이 얼음바닥에 붙어 있고. 할머니는 할머니대로, 할아버지는 할아버지대로 꼼짝 못하고 있단 말여.

그래서 방에서 기다리던 그 친구 할아버지는,

'이 사람들이, 어째서 나가서 소식이 없나?'

하고 밖에 나와서 보니까, 할아버지와 할머니가 그 모양 그 경기가 되어 있는 거라. 그러자 손을 내저으면서,

"어이! 명년 춘삼월 호시절에 다시 만나세."

허면서 그 친구는 왔다고 하는, 겨울 대한 소한 때 추위를 말해주는 그런 얘기에요.

제보자 : 진성기(제주도 출신, 남, 82세. 2017. 7. 21 채록)

눈 어두워 3년, 귀 막아 3년, 말 몰라 3년

＊핵심어 : 시집살이 비결, 소경 3년, 귀머거리 3년, 벙어리 3년

　제주도의 대표적이라 내세울 수 있는 얘기는, 너무 유명해서, '눈 어두워 3년, 말 몰라 3년, 귀 막아 3년'이라고. 왜 나로서는 중요하게 생각하는가 하면, 이 얘기가 제주도의 전통적인 제주도민의 정신을 상징한다고 하는 면에서 나는 중요하다고 봐요. '눈 멀어 3년, 귀 먹어 3년, 벙어리 3년', 이 얘기 육지에도 있지요. 있는데, 뉘앙스가 좀 다르다면 다르다고 할 수 있어요.

　제주도 산본 해녀마을에서 아주 귀하게 무남독녀 외딸 애기를 키우고 있었는데, 비바리가 있었는데, 이 비바리가 혼기가 닥쳐서, 인자 한라산마을로 시집을 가게 됐는데, 시집가기 전날 밤에,

　'어떡하면 시집살이를 잘할까?'

　고심하다가, 올레집 할머니를 찾아가 가지고,

　"할머니, 제가 내일 시집을 갑니다. 어떡하면 시집살이를 잘할 수 있습니까?"

　여쭤보니까, 그 할머니가,

"어, 니가 시집을 가게 됐구나. 그래 잘 왔다. 시집을 가면은, 눈 어두왕 3년, 말 몰랑 3년, 귀 막앙 3년을 살면 시집살이를 잘 살 수 있다."

이거야. 그래서 인제 결국은 시집에 가면은, 자기 눈에 거슬리는 일을 봐도, 못본 체해서 그냥 눈감아 주고, 에먼 말이 들려온다 해도 못들은 척해서 3년 살고, 거슬리는 말이 들려도 대꾸해 대들지 말고 3년 살고.

이제 그 비바리는 숫처녀가 돼서 할머니가 말한 대로, 눈 어두워 3년, 말 몰라 3년, 귀 막아 3년을 시집 가서 실행에 옮기는 거지. 시어머니가 무슨 말 해도 잠잠하고, 시아버지가 무슨 말 해도 잠잠하고, 그저 자기 할 일만 했던 거야.

그러니 일은 잘하지만은 말이 없으니, 이게 두 세 해 가니까 불평이 쌓이고 쌓여서 더 이상 참을 수가 없어. 폭발할 지경에 이르른 거야. 시댁 식구들이.

"아니, 어떻게 저런 사람을 신부감으로 데려왔습니까?"

아들이 아버지보고 말하니,

"아니, 내가 갔을 땐 말도 잘하고 그랬다. 그런데 어째서 갑자기 저렇게 벙어리가 됐는가?"

그래서, 의논 끝에,

"당분간만이라도 친정에 가서 살고 있게 보내자."

고 해서 보내기로 한 거야. 그래서 인자 신랑은 아내의 손을 잡고서 인자 처가집으로 딸을 맡기러 가는 거지. 한참 가다가 인자, 쉼돌(방돌)이 있으니까,

"좀 쉬고 가자."

고 해서 앉아있는데, 그 옆의 밭에서 인자 꿩 한 마리가 한라산 쪽으로 부지런히 날아가니까, 그 색시가, 그 꿩을 가르치면서,

"저 꿩이나 잡아시민(잡으면), 두들기는 널갱이랑(날개는) 시어머니나 멕이시민(먹였으면). 들급들급 뻬레는(왕방울같이 뻘건) 눈이랑 시아버니나 멕이시민. 메꽃 닮은 주둥이랑 시누이나 멕이시민. 거꼭걷는 정갱이랑(정강이는) 서방이나 멕이시민. 썩곡썩는(썩고 썩는) 가슴설낭(가슴살은) 설운 나랑 먹이시민."

이렇게 노래를 부른단 말야.

"아니, 이렇게 말 잘하는데 왜 집에서는 말하지 않았느냐?"

"아, 내가 당신하고 시집살이 잘하기 위해서, 시집오기 전 날 밤 마을 할머니를 찾아가서 이만저만 얘기 들은 게 있어서 그렇게 된 거라고."

"당신 속은 내가 알고, 내 속은 당신이 알았으니까, 이제는 집으로 돌아가서 살자고."

그래서 검은 머리가 파뿌리 되도록 잘 살았는 얘기요.

눈 어두워 3년이란, 눈웃음 치며 사랑, 사랑의 상징이에요. 사랑하면서 살라는 얘기고. 귀 먹어서 3년은, 믿으면서 살라는 거. 말 몰라서 살라는 것은, 모든 어려움을 참고 견디고 참아서 살라는 거. 결국은 참아라, 사랑하라, 믿어라, 이걸 말한 건데, 숫처녀다 보니까, 고지식하게 들어 가지고, 말도 않고 그렇게 해서 오해를 산 거지.

제보자 : 진성기(제주도 출신, 남, 82세. 2017. 7. 21 채록)

84

욕심쟁이, 우김쟁이, 잊음쟁이 삼형제

＊핵심어 : 욕심쟁이, 우김쟁이, 잊음쟁이, 삼형제, 마 캐기

옛날에 먹고 살기 힘들었을 때, 욕심쟁이와 우김쟁이와 잊음쟁이 이 세 형제가 있었어요. 욕심이 많은 사람하고, 우기는 사람, 잊어버리는 사람이 있었는데, 어느 해 갑진년 흉년에 인자 먹을 게 없으니까,

"한라산에 마를 파러 가자."

고 해서 가는데, 큰 돌담, 무더기가 크게 쌓여 있는 위에다가 마 줄기들이 얽어지고 틀어지고 그냥 있어.

"아, 이 돌담 속에 큰 마가 있겠다. 여기서 마를 파고 가자."

고. 그 돌무더기에 매달려서 돌을 하나씩 하나씩 까내려서 치우다 보니까, 그 마 줄기를 찾아서 파다 보니까, 그 돌담 밑이 굴처럼 되는 거라. 돌 쳐내고 마구 들어가다 보니까.

그래서 인자 파들어가다 보니까, 돌도 내치고 흙도 내치고, 줄기를 찾아가다 보니까, 온몸이 다 들어가 가지고 거의 다 두 다리만 바깥으로 나와 있을 그런 정도란 말야? 몸뚱이는 다 들어가고.

그래서, 이제, 하다보니까 날은 어둬가고, 잊음쟁이가,

"이거 안 되겠다. 어둬가니 이제 집에 가자. 가서 다음날 와서 또 파자."

그런데, 우김쟁이는,

"아이 참, 이만큼 파다가 내버려두고 가면은 남이 웃는다. 날이 어둡더라도 그냥 파고 가자."

우기고, 욕심쟁이는,

"이거 내가 파겠다고."

욕심쟁이는 자기가 마를 파겠다고, 몸뚱이는 속에 들어가고 다리만 밖에 나오고 파 들어가는 거지(웃음). 아 그러니까는, 잊음쟁이도,

"아 이제 날 어둬가니까 가자고."

욕심쟁이는 인자 ,

"거의 다 파기 시작했으니 파고 가자, 파고 가자."

이래서 우겨 봤자 되지 않는 그런 상황인데, 욕심쟁이가 자꾸 안쪽에 들어가서 돌만 내치고 두 다리만 밖으로 나와 있는데, 우김쟁이가,

"아, 그만 파고 나오라니까!"

화를 내면서 두 다리를 팍 잡아당기니까, 머리는 안에 들어가 있고, 몸통만 밖으로 빠져 나왔단 말야(웃음). 그러니까 그 잊음쟁이가,

"아, 이놈의 머리가 없었던가?"

잊음쟁이가 잊어서 그랬대요.

제보자 : 진성기(제주도 출신, 남, 82세. 2017. 7. 21 채록)

85

투자한 사람에게 재산을 물려준 부자

＊핵심어 : 부자, 무자식, 재산 상속자 물색, 돈 나눠주기,
투자한 사람한테 물려주기

우리 할머니가 들려주신 이야기야. 재산에 대한, 돈에 대한 이야기야. 절대 물질에 욕심을 가지지 말라면서 해주신 이야기야.

부잣집인데, 아들이 없어. 손이 없어. 딸도 없고 아들도 없고 그냥, 그런데 그 많은 재산을 누굴 줘야 되겠는데⋯⋯.

그래서 이 부자가 어떻게 생각을 했느냐면은, 자기가 믿을 만한 사람 셋을 골랐어. 믿을 만한 사람 젊은 사람을 셋을 골랐어. 타인을 골랐어. 자기 자신은 없으니까.

그래서는, 지금으로 말할 것 같으면은, 한 1억씩 줬어. 세 사람을 골라가지고. 다 1억씩 주고,

"이거 맘대로 써라. 네 맘대로 써라. 그 대신 1년 후의 오늘, 만나자."

그러고 줬어요. 그렇게, 돈을 걱정 없이 쓰라고 했응게,

"다 쓰고 왔습니다."

그래서 한 녀석한테 물었더니,

"돈 좀 더 벌라고 투자했다가 다 탕진했습니다."

"응, 그래?"

또 한 녀석보고 물었더니,

"저는 하다가 손해를 봐서, 다 버려질까 봐서 반은 못 쓰고 그대로 가지고 왔습니다."

그래, 또 한 놈보고,

"너는 어떻게 됐느냐?"

"저는 돈이 손해볼까 봐서, 못 쓰고 그냥 가지고 있었습니다."

그럼, 누구를 재산을 줘야 되느냐? 이렇게 우리 할머니가 나한테 물어보시는 거야.

내가 뭘 알아야 대답을 하지. 어리니까 못 알아듣는 거여. 대답을 못하지.

"대답 못하는 게 당연하다."

그러면서, 다 쓴 사람을 선택했다는 거여. 다 쓴 사람을.

나는 그 이야기가 이해가 안 갔어요. 어떻게 다 탕진한 사람을 선택한단 말인가? 아까워서 다 안 쓴 사람을 골라야지. 그래서 저는 그렇게 대답했어요.

"나 같으면 하나도 안 쓴 사람을 주겠다."

"그래? 그럴 거다."

그런데, 우리 할머니가, 사업도 안한 분이 그런 얘기를 할 수가 있으며, 그런 판단을 하셨는지 모를 일이야. 궁금한 거야. 그런데 우리 할머니가 지혜가 대단한 분인 거야.

"그럼, 왜 그러느냐? 네 대답은 틀렸어. 돈이라는 것은, 작은 돈을 아껴쓰는 사람이 돼야 한다."

작은 돈을 우습게 아는 사람을 주면 안 된다는 거야. 그 이유가, 작은 돈은 표적이 안 나도 큰 돈은 표적이 난다는 거여. 표적이 난다는 것은 투자했다는 거여. 투자하는 사람에게 돈을 줘야 한다는 거야. 우리 할머니가 어떻게 그런 걸 아셨는지 모르겠단 말여.

제보자 : 차득환(92세, 경기도 평택 출신, 2017. 8. 26 채록)

부록 : 찾아보기

* 제목, 핵심어의 어휘별 색인임.

이 복 규

국제대학(현 서경대학교) 국어국문학과 졸업

경희대학교 대학원 국어국문학과 석사 · 박사 과정 수료(문학박사)

한국학대학원 어문학과 박사과정 1년 수학

국사편찬위원회 초서연수과정 수료

밥죤스신학교 재학중

서경대학교 문화콘텐츠학부 국어국문학전공 교수

〈저서와 논문〉

『설공찬전연구』, 『국어국문학의 경계 넘나들기』, 시집 『내 탓』, 『육필원고 · 원본대조 윤동주 시전집』 등 단독저서 30여 종.

「윤동주의 이른바 '서시'의 제목 문제」를 비롯하여 학술논문 130여 편.

이복규교수의 교회용어 · 설교예화카페(http://cafe.naver.com/bokforyou) 운영중.

이메일주소 bky5587@empas.com

우리 구전설화

초 판　인 쇄 | 2017년 10월 25일
초 판　발 행 | 2017년 10월 25일

엮 은 이　이복규

책 임 편 집　윤수경

발 행 처　도서출판 지식과교양
등 록 번 호　제2010-19호
주　　　소　서울시 도봉구 쌍문1동 423-43 백상 102호
전　　　화　(02) 900-4520 (대표) / 편집부 (02) 996-0041
팩　　　스　(02) 996-0043
전 자 우 편　kncbook@hanmail.net

ISBN 978-89-6764-094-1 93810　　　　　　　정가 26,000원